U0623701

五味回眸

王 英 ◎ 著

中国文史出版社

图书在版编目（ＣＩＰ）数据

五味回眸 / 王英著 . -- 北京：中国文史出版社，
2024.2

ISBN 978-7-5205-4621-8

Ⅰ . ①五… Ⅱ . ①王… Ⅲ . ①散文集－中国－当代
Ⅳ . ① I267

中国国家版本馆 CIP 数据核字 (2024) 第 027626 号

责任编辑：牛梦岳

出版发行：中国文史出版社
社　　址：北京市海淀区西八里庄路 69 号院　　邮编：100142
电　　话：010-81136651　81136602　81136603（发行部）
传　　真：010-81136655
印　　装：廊坊市海涛印刷有限公司
开　　本：787mm×1092mm　1/16
印　　张：18　　字数：282 千字
版　　次：2024 年 2 月第 1 版
印　　次：2024 年 2 月第 1 次印刷
定　　价：68.00 元

文史版图书，版权所有，侵权必究。
文史版图书，印装错误可与发行部联系退换。

自序

　　人生一世，草木一秋。

　　我们每个人从母腹中呱呱落地来到人间，便开始了一段属于自己的单程旅行，之所以说它是单程，是因为谁都不能买到可以重来的返程票。

　　在这段旅程中，我们赖以生存的家乡便成了第一个熟悉的环境。在这个环境中，我们的父母、家人、亲友，以至同饮一井水、同耕一片地的街坊四邻、乡里乡亲，便成了我们最初人生家园的族员和伴侣。在日出而作、日落而息的生活节奏中，关于这方水土、这片天的所有的经历，一点点变成了我们终生也抹不掉的难忘记忆。它们伴随我们人生的每一个脚步，从一日三餐、衣食住行，到市井民俗；从农田五谷到瓜果梨桃的种植；从儿童嬉戏到父母亲情；从春花秋月到怀旧吟风……无不触动那根乡愁的心弦。

　　都说岁月如歌，在我一个老年人的心灵里，难忘的依然是随时可以激起情感浪花的景物风光。那不仅是故居院落里的泥墙、村前的老树、蜿蜒的蜈蚣河、飘香的原野，还有童年的六郎堤、妇女渠，河床里捉泥鳅的蓝色天空，以及古霸州的老堤晚渡、霸台朝阳、北楼山色。倒映在河流里的故乡，又何尝不是一处一景色，处处景色总关情？

　　在情感的长堤上，是一望无际的灿烂景色。其中有对儿时淡饭粗茶的回味、小凤理发师灵巧的玉手、令人垂涎的五月鲜桃、赤脚医生专业课堂上的听诊器、水井房女友的紫花布衬衫，以及永远难忘的青岩古镇、荆楚大地的黄鹤名楼、在格萨拉绿石林的感悟、那张北草原的阳光、我眼中的大石窝，还有五块月饼的彩礼、绣着 28 朵菊花的婚纱……一地一物，无不令人魂牵梦绕！

因为那段一生珍爱的军旅生涯，便有了对祖国南疆木棉花的独特感受。正是由于心中的军人情怀，注定了我对"英名墙"的久久凝思；有了汶川灾民给我的惊醒；在"十月的中国"大地，笃定"勿忘国耻，兴我中华"的情怀；还有那根"隐痛的神经"，总在时时提醒我：木棉花为什么这样红？因为它源自那位韶山青年在安源的热血奔涌，源自嘉兴湖上那十三位建党先驱永恒的"初心"。于是我看到一个奇特的景观：在故乡的草尖儿上竟站着一群英雄……

在那岁岁轮回的二十四节气里，我看到了春雪的洁白和寓意，看到了春夜喜雨的柔情。原来是惊蛰的蠕动，唤醒了清明细雨下的艳丽花海；是那个"秋雨的早晨"，送来中秋的圆月、诗意的重阳和那如霜的晨露；是那漫天飞舞的雪花，让我嗅到了又一个金秋的韵味。

人生况味：一路走来，有苦、有辣、有酸、有甜、有咸。

王英

2024 年 1 月 6 日

目 录

第一辑·乡情篇

一生一世桑梓情

中华传统文化源远流长，五千年的积淀，孕育出的经典作品灿若星河。这些不仅是中国悠久传统文化的明证，也是每一个中国人的立身处世之本，更是我们不可或缺的精神力量。

在传统文化里，古人把故乡称为桑梓，桑梓情真是人们再熟悉不过的汉语词汇。与桑梓有关的文字，不仅留存于卷帙浩繁的史书中，铭刻在千年古器上，更留存于他们奔腾的血液里。民国时期的学者马鸿翱就是一位极具桑梓情怀的人，他用自己的笔记录了民国时期津冀两地的琐闻旧事和乡间掌故，涉及今天天津武清区、西青区及河北省霸州市、安次区、永清县、文安县等地。文章或宣扬忠孝节烈，捍卫世道人心；或赞乡人义举，揭示桑梓之美；或书文坛佳话，传承故园文化。作者的生花妙笔，仿佛为读者辟开一条通往历史的幽静小道，让我们可以静下心来，慢慢欣赏路边的独特风景。

《桑梓纪闻》一书，虽然属于野史笔记，却较为集中地反映了儒家的思想，该书包含了立身、处世、为学、从政等丰富的人生经验和智慧，并且通过一个个小故事，告诉世人如何孝敬父母、友爱兄弟、立身处世、待人接物、修身治学等。儒家的"孝悌忠信礼义廉耻"，无疑是作者极力弘扬的为人准则，这八个准则，与今天"忠孝诚信礼义廉耻"的"新八德"，无疑是一脉相承的。无论时代怎样变迁，"老八德"也好，"新八德"也罢，依然是我们每个人最起码的行动准则。书中无疑也有一些封建思想的糟粕，比如宣扬烈女的一些文章，读者阅读时一定要取其精华，去其糟粕。

当今时代，诗词歌赋让位于流行歌曲，京剧昆曲让位于日剧韩剧，传统文化式微。众所周知，一个人的人生价值，并不是看他获取了多少财富，而是看他为社会奉献了多少。而一个民族的发展，并非仅仅取决于它的经济的飞速发展，同时更取决于它的文化的传承。文脉一断，民族之根将亡。

众所周知，优秀传统文化是中华民族的突出优势，实现中华民族伟大复兴必须大力弘扬优秀传统文化。要很好地弘扬和传承这些优秀传统文化，就要讲清楚中华优秀传统文化的历史渊源、发展脉络、基本走向，讲清楚中华文化的独特创造、价值理念、鲜明特色，增强我们中国人的文化自信和价值观自信。《桑梓纪闻》一书的出版，就是弘扬传统文化的一次有意义的尝试。

桑梓之处是故乡，故乡就是一种力量。它可能静默无言，它可能不动声色，但是当我们走进故乡厚重的历史，一定会有一种潜移默化的力量，激励着我们砥砺前行。

根的雕塑

家是一本永远翻不完的书，捧书拥读时脑海里总会显现出父亲的身影，尤其是那经历风霜所凝结成的倔强与固执的眼神。父亲对文化相当重视，虽然他只是个地地道道的农民。从我儿时起，父亲一直鼓励我读书，他所向往的是自己的儿子能走出脚下的土地，到更广阔的天地去施展自己的抱负。

父亲从1957年开始一直在队里当干部，那时候还没有包产到户，我家人口多，日子过得很紧。父亲虽然自己过着穷日子，却愿意帮助别人，村里谁家有困难他都会无私地伸出援手，他的厚道、直率、乐于助人在村里有口皆碑。我上初中的时候，在县医院工作的姑姑因为工作忙，将刚出生不久的表妹送到我家，让父母照料。为了让年幼的表妹有奶粉喝，父亲将母亲陪嫁的两只银手镯卖了，还偷偷去城里卖过一次血。表妹在我家被悉心照顾了五年，直到姑姑的家境好转才被接走。

父亲虽然文化不高，却喜欢读书，那年月村里有图书室，他总会去那里借阅拿回家中来读。这些书大多是文学作品，我记忆深刻的有《林海雪原》《红旗谱》《艳阳天》等，父亲有的时候会念给我们几个孩子听。

记得小时候村里有一座老爷庙，老爷庙坐落在村的街西头，供奉的是关公关云长。大庙坐东朝西，雕梁画栋，红墙碧瓦，飞檐辉映，气宇轩昂。每到集日那天，大庙的正门便早早打开，当时来大庙的人都是借着赶集前来上香求药的。父亲告诉我村里缺医少药，人们得了病只能祈求神佛，可香灰之类的东西根本治不了病。

当时父亲抚摸着我的头，感慨地说："你长大后，如果能当一名大夫，给村里人看病该多好呀！"望着父亲满含悲伤的眼睛，那一刻，我在心里下定决心长大后一定要成为一名救死扶伤的医生。

我告诉父亲，自己长大后一定做一名医生。回到家里，父亲给我找出两本从外祖父家拿回来的《中药汤头歌》《药性赋》来，嘱咐我利用早晚时间背诵，以便从小就为长大后从医打基础。此后，我一有空就翻看、阅读、背诵《中药汤头歌》和《药性赋》。半年后，我就能倒背如流了。父亲看着我，满脸的喜色，破例让母亲炒了两个鸡蛋，喝了一茶杯的白酒。如今我能成为一名医生，与童年时父亲让我背诵的这两部古医药书密不可分。

父亲是个要强的人。小时候每年麦收时节，村干部都要下田劳动，记得有一年麦收，父亲割麦子回来就一头倒在了炕上。母亲问他怎么了，他说自己腰疼，掀开父亲的衣服，他的腰部肿得老高，母亲急忙拿来热水把毛巾泡进脸盆，拧干后用热毛巾给他热敷肿的部位。父亲疼得一夜没睡觉，第二天，父亲也不听母亲的阻拦，扔下一句："我是村干部，我不带头谁带头？"父亲还是拿着镰刀下了地，后来落下了腰椎间盘突出的毛病。

1985年1月，我退伍回家。回家后，我利用自己的一技之长，拿出复原费，租下了村街上一间房子开诊所。父亲帮着我到县城买木材，找木匠打药阁子，随后，装修房屋，挂出牌子。每天从诊所回来，父亲都会问我一天接诊的情况，并告诉我，医生的职责是救死扶伤，不是发家致富。我笑着告诉父亲："今天我又没要村里某某人的医药费，因为我知道这个家庭不富裕。"父亲脸上露出满意的微笑。

1992年，我与别人经过外出考察，创办了一家医院。进城后，我想把父母接到城里来照顾，可父亲极力反对。他说自己在乡下住惯了，住楼房不习惯，再说城里也没有土地，种不了庄稼和蔬菜，这样的话会把他闷坏的。虽然我多次苦苦相劝，父亲却不为所动，依然和母亲在村里过着简朴的生活。

而今，父亲已去世5年，每每怀念起父亲，我总能从自己的言谈举止中看到父亲的影子，如倔强的性格，不服输的精神。我知道，爷爷是父亲的根，父亲是爷爷的枝，父亲是我的根，我是父亲的枝，这根与枝血脉相连，生生不息，如一条系在岸上的缆绳。

苇笛声声

故乡的秋天，最美的就是中亭河两岸的芦苇了，芦花飘飘悠悠静立在河边，一棵棵挺拔而秀美。偶尔有风吹过，就会发出沙沙的声音。水鸟在芦花的头顶飞来飞去，不停地鸣叫着。

穿梭在芦苇的青纱帐中，听着轻灵灵的鸟鸣和着水韵，让你高兴地伸展紧缩的身心，自由自在的仿佛要飘起来。这时你信手做一只苇笛，吹奏起轻悠悠缠绵绵的音乐，招致忘情的水鸟扑棱棱飞起来。秋天的芦苇青翠不失坚硬，折上一段，用小刀削出一个笛哨，在青绿的苇管上挖几个洞，将那已干枯的芦苇折断，挖出薄而雪白的苇膜，贴到笛管口，一支苇笛就做成了，贴在唇边轻轻一吹，欢乐的音乐就会随之流淌出来。

捧着小巧玲珑的苇笛轻轻吹响，笛声在鸟鸣啾啾、晨曦微露的林间，在晨雾笼罩、水流潺潺的溪边，在岩石丛生、流水深幽的小河旁悠悠回荡，你的身心，你的感觉与那动人的笛声融为了一体，一切是那么幽静、雅致、和谐。

初春时候，河边芦苇钻出水面，不久就会蹿得很高，把那芦苇芯子拔下来，再一层一层分开，就是最天然的乐器。中间空，一头粗一头尖，把粗的一端含在嘴里，轻轻一吹，便可以发出尖细而悠长的乐声。芦苇芯子吹起来不费力，是我们小时候最爱的天然乐器，但大人发现以后就会训斥，因为拔去芯子的芦苇，再也无法长高，就会那样终结了"苇生"，现在想来也是很残忍的事情。所以后来我们不再吹芦苇芯子，而是把芦苇叶子摘下来，裹成一个小喇叭，把细的一端捏扁，就可以吹出很响亮的乐声。每天我们在放学路上，一边走，一边吹，有时还比赛谁吹得响吹得好听，声音呜呜哇哇传出很远，自有一番天然的乐趣。

用来吹奏的东西还有很多，可以说各种树叶都是我们的乐器，随便摘一枚对折一下，含在嘴里，就可以吹出各种动听的声音。当然我们最喜欢的是厚实肥大的树叶，不仅因为吹出的声音响亮，因其肥大，还可以有婉转的曲调。记得有个小伙伴是吹奏树叶的高手，他能够用杨树叶子吹出《泉水叮咚响》的乐曲，让我们羡慕不已。有一年暑假，我迷上了树叶，试吹过很多种，虽然都能吹响，但是都不如苇笛清亮婉转。由于天赋不够，总是无法吹出完整的乐曲，让我一度很懊恼。因为这个原因，中学毕业以后，有一位叔长让我跟他学吹鼓手，被我断然拒绝了。

如果有闲暇，我还会摘片树叶放在嘴里吹吹，那不仅是一种心情的表达，更是人与自然精神的共鸣。

一声柳笛十分春

在我的记忆里，童年的春天是在一阵阵柳笛声的催促中，才变得姹紫嫣红、鸟语花香的。

小时候的家乡，天空湛蓝如洗，河水清澈见底，空气格外新鲜。雨水节气过后，地里陆陆续续长出了各种各样的野菜，我和小伙伴们每天背着细树条编织的筐子，手拿铲子去野外挖野菜。

春天是青黄不接的季节，野菜拿回家不仅可以食用，剁碎后还可以喂猪。

借一场春雨的滋润，无论是荒滩坡地，还是林间沟壑，到处都有野菜的身影。此时，刚露头的青草还未完全变绿，而野菜葱绿的叶片，无疑给萧瑟的大地注入了生机，为寂寥的田野增添了一抹新色。

我和十多个小伙伴一边打闹一边挖着野菜，我们专挑棵儿大的野菜挖，用铲子从它根部连根挖出，抖落粘连的泥土放进筐头里。那时我们没有换季的过渡衣服，在乍暖还寒的春季，大家依然穿着松松垮垮的棉衣，大家挖一阵野菜，就追逐奔跑打闹一阵，不多时就大汗淋漓，热得小脸红彤彤的，只得解开衣扣袒胸露乳了。

野菜装满了筐，我们就会来到小河边，喝上几口河水，然后"噌噌"几下爬上河边的大柳树。当时家乡种植的都是一种叫作"旱柳"的柳树，旱柳的树身通常有一搂粗，六七米高的树干，条条枝丫尽力向上伸展又从容地垂落下来。

早春的柳叶还未冒尖，枝条却已返青。我们爬上柳树，折断几根柳枝，用力扭一扭树枝，粗的、细的、长的、短的，各种各样的柳枝落了满满一地。从树上下来，我们会做柳笛的三四个人，通常会选取筷子粗细、二十厘米长的枝条，两只手轻轻捏紧两端，分别向相反方向慢慢旋转，反复捏搓，直到暗青色的表皮松动，再从粗的一端一点点抽出里面白色的柳条，使皮骨分离，之后将管状的柳皮裁成长短不一的小段，把圆润结实的一端捏扁，用小刀或指甲或牙齿刮去几毫米粗糙的老皮，一支支柳笛便大功告成了。

我们把柳笛分给小伙伴，他们如获至宝，嘀嘀地吹个不停。一时间，水波荡漾的小河边，全是欢快的柳笛声。

夕阳西下，田野的小路上走着我们一群回家的孩子，"呜啊，呜啊"细长的声脆，"嘟啊，嘟啊"粗短者音浑，你吹一下高音，他发一声低音，抑扬顿挫的阵阵笛声飘荡在原野里，回旋在天地间。

柳笛声声，在我们嘴里一天天地吹响，它唤醒了万物，催绿了草木，让杏花含羞绽开，桃花红晕片片，让我们天真的眸子里长出了憧憬和希望。

四十六棵大白菜的故事

在我童年的记忆中，在滴水成冰的寒冬，储存大白菜的菜窖无疑是一个温暖的地方。

菜窖简单粗陋，但它是一家人冬季的大菜篮子。天气暖和的时候，人们通常会把菜窖口敞开，让里面的白菜通通风，防止被捂坏了。天气冷的时候，大家会把菜窖口用麻袋片或者草帘子封严，上面再压上棒子秸秆。这样下面的草帘子或者麻袋片就不会被西北风刮跑，菜窖里的温度才会有保障，避免大白菜被冻坏。这些都是父亲的活，由于父亲的细心，我家的大白菜总是保存得绿莹莹的，可以一直吃到来年二月份。

记得有一年的腊月，夜晚突降暴雪，气温骤降了10多摄氏度。天亮之后，父亲从菜窖取菜回来，一脸的忧心忡忡。母亲问："咱家的白菜冻了吗？"父亲摇摇头，叹口气说："因为菜窖口没封严，隔壁王大爷家的白菜冻了。"王大爷是个伤残军人，腿脚不好，老伴儿还常年有病。母亲着急地追问："呀，怎么这样啊？冻了多少棵？"父亲说："唉，别提了，我下去数了数，46棵，足足有一半儿来的。"

沉默片刻，父亲又说："我已经给王大爷家送去四棵白菜了，并告诉他路太滑，不要出来了，菜窖口我也帮他封严实了。"

晚上10点多的时候，父亲把我叫醒。穿好棉衣，我拿着手电跟着他来到自家的菜窖前。天出奇的冷，我冻得浑身直哆嗦。我拿着手电在菜窖口照着，父亲下去抱上好多大白菜，我在上面数了数，刚好46棵。父亲把这些绿莹莹的白菜，抱到20米开外王大爷的菜窖口，在我的手电筒的照耀下，蹬着梯子下去，抱上来冻得硬邦邦的好多大白菜，我数了数也是46棵。

父亲把我家的大白菜放进菜窖里，然后对我说："春生，这事儿千万不能对外人说，知道吗？"

我似懂非懂地点点头。那46棵冻白菜被父亲抱回了家。这些白菜在我家屋子里，没几天菜帮子就烂掉了很多，母亲把烂掉的地方掰去，只剩下很少的部分炒着吃。由于冻白菜糟践头儿太大，这46棵冻白菜不到一个礼拜就吃完了。

那一年刚过了正月十五，我家菜窖里就没有白菜了，全家人只能靠吃老咸菜度日。而往年，我家的白菜至少还可以坚持一个月。

不过，在那个寒冷的冬夜，朴实的父亲却在我心里洒下了一缕爱的阳光，直到今天，我的心中始终有温暖的阳光照耀。

童年的吆喝声

在我童年的时候，村子里几乎整天都有不绝于耳的吆喝声。吆喝声也叫叫卖声，书面语叫市声。村里的一天是伴随着清晨的梆子声开始的，梆子声分两种，一种是豆腐梆子，一种是香油梆子。

"嗒嗒嗒嗒"敲着一只小小梆子的是卖豆腐的，豆腐放在一块有框子的木板上，捆在自行车后座上，卖豆腐的人敲击的梆子大概六七寸长，下边有一个木把，敲起来时"嗒嗒嗒嗒"节奏感很强，声音很是清脆。伴随着"换豆腐来了！"的吆喝声，声音传得很远。每到这时，胡同口就会不约而同地出现端着碗的妇人或孩子。那时的故乡，买豆腐的可以用钱买，没有钱可以用大豆换。不多时，满满的一木框豆腐会下去多半，这时，卖豆腐的就会骑上车子换一个地方，梆子声渐行渐远。

同样是梆子声，换香油的人，他们敲击梆子发出来的声音却很缓慢，远不如豆腐梆子的节奏来得急促、让人兴奋，厚重的声音里充满沉稳的架势。那吆喝声高亢、嘹亮，又悠长。"换——香——油——来！"洪亮的吆喝声一出来，街头巷尾就出现拎着瓶子打油的人。

故乡的吆喝声里最动听的，无疑是卖泥娃娃的小锣声了。小锣比小盆的直径略大一点，用小锤敲一声，小锣便发出清脆的声音，敲锣人并不急于敲第二下，任由声波在空气中扩散，待声音即将消失时才会有第二个"当——"，"当——"后边的尾音传得很远，在锣声的铺垫下，卖泥娃娃的喊声就会响起来："泥——娃——娃——"那时的泥娃娃都是胖乎乎的造型，有男孩儿，有女孩儿，涂上了五颜六色的颜色，很鲜艳，对于我们这些孩子来说，泥娃娃已经是最昂贵的玩具了。

能够吸引我们这些小孩子的，还有一种"磨剪子戗菜刀"的吆喝声。这种手艺人大多中午来村里，通常骑一辆自行车，车后绑着个木板凳。板凳一头儿固定两块磨刀石，一块用于粗磨，一块用于细磨，凳腿上还绑着个装水的小铁罐。凳子的另一头儿则绑着坐垫，还挂了一只篮子或一只箱子，里面装一些简单的工具，有锤子、钢铲、水刷、水布等。磨刀人大都是上岁数的人，"磨剪子嘞——戗菜刀，磨剪子嘞——戗菜刀……"的吆喝声还没落下，就有人把家里该磨的剪子、菜刀拿来了。他们干活的场景会引来很多人的围观，当一把生锈或卷刃的家伙什儿经过他们的打磨、修整，变成锋芒利刃之后，四周就会发出"啧啧"的赞叹声。

当然，我小时候的吆喝声还有很多，比如卖冰棍的、换炸饼的、扎扫帚簸箕的，等等。每个行业都有自己独有的吆喝声，而故乡人的一天就是在这些充满乡音的吆喝声里，伴随着日出日落度过的。回想起来，这些吆喝声是多么熟悉又是多么亲切！如今吆喝声越来越稀少了，村里人和城里人一样，买东西到超市、到商场，走街串巷的生意人已经很少很少，渐渐消失。各种各样能代表一个时代的"吆喝"已成为远去的童年记忆。

现在我居住的村庄，已经很少能听到吆喝声。一天清晨，突然一阵响亮的电喇叭声惊动了我的睡眠："修理油烟机——洗空调……"我忽然想起，家里的空调该清洗了。可等我走出院门，那电喇叭声随着修理师傅的车轮，早已经远去了。

当时我有些怅然若失，望着空落落的街道，我突发奇想，如果这些人能除掉电喇叭，用自己真实的喉咙吆喝，肯定走不远。

怀念村庄里的狗吠声

大概是上了年纪的缘故，我总喜欢回忆过去的事情。不知什么原因，童年村子里平平常常的狗吠声，经常出现在梦里。在梦里，狗吠声此起彼伏，时而急促时而舒缓，真切朴实颇具动感，听着仿佛置身于美妙的音乐中一样。

小时候，村子里几乎家家养狗，人们养的狗多数是土狗，主要是黄毛和黑毛两种，也有杂色的，不过数量很少，一个村子里也就三四只的样子。在那个还较为封闭的年代，村民们与外界的交往很少，过着面朝黄土背朝天的日子，平时一个村庄若来了一个不熟悉的人，都是稀罕事儿。倘有一只狗见了陌生人叫起来，其他的狗也会紧跟着叫起来，如此一来，满村子都是此起彼伏的狗吠声。

在我七八岁的时候，家里也养了一条小黄狗。小狗刚抱来的时候才出生一个多月，每次放学，小狗见我背着书包回来，就会在院子里摇着尾巴迎接我，还时不时在我身上舔几下，那种感觉让我多年以后每每想起都觉得特别亲切。小黄狗很通人性，从来不挑食，家里的剩饭剩菜给它放在盆里，总是吃得很干净，吃完饭也不乱跑，安心地守在家里，晚上只要门外稍有动静，它就会立马起身到门口打探消息。半年后，小黄狗长成了高大威武的大黄狗，着实吓人。

记得那是一个初冬的下午，听说邻村要放电影《地道战》，我和弟弟吃过晚饭，也没和父母说一声，就带着大黄狗去邻村看电影了。电影散场后，已经是晚上 10 点来钟，没有月亮，天很黑，虽然才三四里的路程，我和弟弟独自走在前不着村后不着店的路上，心里面充满了恐惧。幸亏有大黄狗跟着，一有个风吹草动，它就会"汪汪"叫个不停。大黄狗的声音在空旷的田野里传得很远，远处村子里的狗吠声此起彼伏地回应着，传到我们的耳朵里，幼小的心里瞬间有了些许踏实，恐惧也消失了很多。当然，回到家之后，父母的一顿训斥是避免不了的。

我 10 岁那年，家里盖起了三间新房，欠下了不少饥荒，过年的时候，父母连买几斤猪肉的钱都没有了。那时候，村外的麦子地里野兔子很多，而我家的大黄狗绝对称得上是逮野兔子的"高手"。临近春节的时候下起了大雪，我家的大黄狗几乎天天去地里逮野兔子，有时候一天能叼回三四只。年前，别人家熏猪肉，我家就熏兔子肉，院子里到处香气扑鼻。过年的时候，因为有兔子肉招待客人，使得父母在留客人吃饭的时候多了不少底气。

人们的生活随着改革开放日新月异，我家的大黄狗早已不在，乡村的狗吠声离我们的生活似乎也越来越远。不过有一种奇特的现象，狗在乡村虽然日趋减少，却在城市中日渐增多，并且狗的种类也五花八门，国内的藏獒、国外的名犬应有尽有，价格不一，而且价格越高显得越名贵。无形中，狗成为炫富的招牌。

不过，现在的狗给人的感觉非常娇气，就像温室里的花朵经受不住一点风雨。虽然它们吃着讲究的狗粮，病了有宠物医院治疗，可它们的叫声总是软弱无力，给人一种无病呻吟的感觉，远远不如我童年时村里的那些土狗，虽然吃的是残羹剩饭，叫起来却充满活力，斗志昂扬。

记得一位外国作家说过这样一句话："过去是一家'银行'，我们将最可贵的财产'记忆'珍藏其中。记忆赐予我们生命的意义和深度。"说实话，对于记忆里的狗吠声对我有何意义和深度，我真的不得而知，我只是觉得在记忆深处，狗一叫，村庄就多了些温馨；狗一叫，村庄就多了些和谐；狗一叫，村庄就生动活泼起来……而我们这些在农村长大的孩子，生活里就多了一份童年的回忆与抹不去的乡愁。

炊烟是乡村的符号

在我的脑海里，炊烟就是乡村的符号，没有了袅袅的炊烟，村庄也就缺少了世外桃源的那种安详与静谧，缺失了村庄独有的生活气息。

我一直认为，故乡清晨的炊烟是最美的，淡淡的蓝蓝的炊烟，在农家小院的房舍上、绿树上弥漫，让人想起清晨田野上树林里飘动的雾霭。晨风吹来，村庄便脱去轻纱般迷雾般的睡衣，裸露出乡村初醒的清新与美丽。这时，拍翅的鸡，蹒跚的牛，乱窜的猪，蹦跳的孩子，拾粪的老汉，屋顶的炊烟，无不生机盎然，沁人心脾。这样的早晨，让人感到神清气爽，无比愉悦。

吃过早饭后，除去到地里干活的人，村子里在家的大人、小孩儿，男人、女人，都会三三两两地聚在一块地方闲聊，外加几条好事的狗。老者们脸上一律皱纹密布，那皱纹最深的自然也就是年龄最长的老者，面目慈祥可亲可近，不时地给旁边的后生家讲讲村子从前的故事。这时的太阳懒懒的，却是一副乐融融的样子。那时由于日子艰难，村里人中午极少开火做饭，大多吃早晨剩下来的干粮，所以中午是极难见到炊烟的，除非家里来了贵客才会动灶火。

黄昏的炊烟最壮观，它从高矮不一的房顶烟囱中袅袅升起，在晚霞的照射下缭绕在村落里，升腾着一种朴实，一种单纯，这时的村子越发显得古朴、恬静、美丽动人。烟缕渲染着黄昏的景色，田间的人们在炊烟的呼唤下，扛着锄头顺着村道走回来。顿时，牛的哞哞声、狗吠声、鸡叫声、人们说话与嚷叫声等交织在一起，将炊烟下的村庄变得充实起来。

夜幕就像块黑布似的以看得见的速度从西面走来，使得小村里的炊烟缓缓地融入夜幕，被无边的夜幕同化。接下来，吃过晚饭的人们嗅着炊烟的气味，陆陆续续地来到村中心，围在一起天南地北地侃大山。常有些不知深浅的女人前来围观，这时调皮些的男人免不了会说几句荤话让大家笑笑，胆大些的甚至在围观的女人的脸上或屁股上拧一把也不算出格。

炊烟是乡村的符号，是记录在农村图景上的印记。炊烟伴随着日升日落的节拍起起伏伏，是那样的训练有素，在风儿一个眼神或一个无声的口令下即刻变换着姿态，向东、向西、向南、向北，直冲云雾，卧倒或爬升，它们成了每一户人家派出的代表。摇曳身姿的炊烟或者呈白色或者呈蓝色，让村庄的每一个角落都弥散着柴草燃烧沁散出的疏淡而温润的清气，夹杂着从各家各户飘出的淡淡饭菜清香。没风的时候，炊烟像一个个浓墨重彩的夸张惊叹号；微风的时候，炊烟似一个美艳舞女挥起的长长衣袖；风大的时候，炊烟似愤怒而狂舞的蛟龙。炊烟注定是乡间的植物，如槐树如杨柳，根须深深地扎在故乡黄色的泥土里。

现在乡村的草堆日渐稀少，家家都用上了煤气和炭炉，很少再闻到特有的炊烟味。村里的老人偶尔还蹲在土灶前，一把一把地添烧着麦秸和豆秆，灶膛里的火光映红了他们写满沧桑的脸庞。我知道早晚有一天炊烟会消失的，就像镰刀、犁铧、锄头这些农具一样成为历史，这是人类进步的必然结果。可我就像晚清的那些遗老遗少留恋那条垂在脑后的辫子一样，对炊烟执着地痴迷着。我感觉，村庄如果没有了炊烟不过是一成不变的风景画，只有加入了那些叠印于家乡泥屋上空一束束灵动袅娜的飘带，这一不变的风景才有了流动之美，才有了回味无穷的诗情画意，好比一首美妙的歌有了动听的音符。

在"背叛"农村成为城里人三十余年后，我越来越深刻地体会到，有炊烟的地方才是家，炊烟的方向才是家的方向。炊烟长长如村姑的秀发，如逶迤的河水，如青草覆盖的乡间小路，如煤油灯下母亲绵长的缝衣线，它们不断嬗变的姿彩常常飘荡在我的梦里，且随着年龄的增长而越来越浓。

蚂蚱翅膀上的秋天

我小时候的农村还都是土坯房子，家家户户过着日出而作日落而息的贫苦生活。当时的田野里，夏秋之际绿草如茵，庄稼郁郁葱葱，各种隐藏在田间的昆虫和野生动物，为大自然增添了无限的趣味。

在秋天，我最喜欢的事情就是逮蚂蚱了，因为蚂蚱可以烤着吃，味道非常香。蚂蚱是家乡人的叫法，其实它就是蝗虫，是一种令人恐惧的害虫，蝗虫成灾，所过之处寸草不生，所幸的是，这样的事情在我的家乡并未发生过。

入秋前后的庄稼地里，蚂蚱已经完全长成，正是肉肥味美的时候。周末，我们几个小伙伴总是在午后相约一起去地里逮蚂蚱。

天是蓝蓝的，飘着大朵大朵的白云，我们兴高采烈地走在田间小路上，目光搜寻着蚂蚱的踪迹。蚂蚱虽小，但机灵得很，它们往往选择在草间匍匐着，当你走近触动了草丛，蚂蚱便会跳起来飞得老远，再想找寻到它们的踪迹，那可不大容易了。不过，别看我们年龄小，但捉蚂蚱还是蛮有经验的。只要发现了蚂蚱的踪迹，我们便会屏住呼吸，蹑手蹑脚，一点一点地向那小东西靠近，再靠近，手半拢起形成一个窝儿，慢慢地弓下身子，悄无声息地将手落下，等到要接触到蚂蚱的那一瞬间，手迅速落下将蚂蚱扣在手里。这样的方法差不多百分百奏效，但也有失手的时候，那就重新来，再追蚂蚱一次。

逮住蚂蚱以后，我们通常用一根草棍串起来，叼在嘴上，接着再去寻找下一个目标。一下午的时间，每个人手上就会有二三十个蚂蚱的收获。在田野里跑累了，我们就在河边找一块空地，捡来干树枝或干草，用手在半湿的地上挖一个洞，把逮来的蚂蚱用软的柳树枝串起来，放在洞上烤。

只需几把干草叶，蚂蚱就被烤得"刺啦刺啦"地响，再把它翻个身儿，不一会儿，在我们嘻嘻哈哈的打闹声中，烤熟的蚂蚱露出它诱人的金黄色。蚂蚱烤得脆，吃起来极香。现在想起儿时烤蚂蚱的场景，唇边还会泛起那烧烤的香味儿。吃得口渴了，我们就去沟边捧起沟里的水喝，那个年月无论是河水，还是沟渠的水，都可以直接饮用，喝完后绝对不闹肚子。

现在饭店里有一道菜叫"油炸蚂蚱"，只是那蚂蚱都是人工养殖的，我也吃过，虽然也很脆香，但感觉远没有野生蚂蚱味美。大自然里的生物链就是这样奇特美妙，蚂蚱虽然是害虫，但对于童年的我们来说，却是无污染的绿色食品，不能不说也是一种幸运。

近年来，由于农药、化肥的广泛使用，田野的昆虫和野生动物越来越少，有些品种已无影无踪。今天回过头来看，童年的乡野简直就是一个丰富多彩的动物世界，天上飞的、地上跑的、水里游的，会蹦的、会叫的、会爬的、会跳的，会凫水的、会打洞的……那时的环境好得竟是那么奢侈，人与自然的和谐是多么令人心驰神往呀！

童年的蝈蝈声

童年的初秋，最让我痴迷的事情，就是去野地里逮蝈蝈。

蝈蝈是让人喜爱的虫子，它们通体绿色，长相怪异，肥胖的肚子带有花纹，棕色的小翅膀，两颗硕大有力的门牙，以及头顶两条细长的触角，给人一种憨态可掬的感觉。当然，最惹人喜爱的还是它们清脆的叫声。

小时候，很多人家院子里的屋檐下、枣树上、丝瓜架上都会挂着几个蝈蝈笼子，笼子是由高粱秆扎成的，有四方的和三角的两种。笼子上有个小门，是专门用来给蝈蝈送东西吃的。我们霸州走出过一位画家，他叫许鸿宾，画界人称"蝈蝈许"，我曾经看过他的一幅名为《蝈蝈居》的作品，画的就是三角形的笼子里，一只蝈蝈吃倭瓜花时的场景，充满了田园气息。

暑假里，通常是家里的大人扎好蝈蝈笼子后，我们就去地里捉蝈蝈了。蝈蝈常常隐伏于草丛或植物茎秆上，它们极善跳跃，不易捉到。天气越热，它们叫得越欢，所以捉蝈蝈，我们大多选择天气最热的午后。

当我们头顶烈日行走在大豆地或者杂草丛中的时候，蝈蝈短促的鸣叫声时高时低，时缓时急，上下起伏，像金属碰撞般清脆。蝈蝈非常聪明，感觉有人靠近，便不出声了。若你莽撞地走过去，蝈蝈会双腿猛蹬，运动员似的蹦跳而去，藏于草丛、豆稞或其他隐身之处，由于它身体的颜色与这些植物的颜色接近，你就再难找到了。所以捉蝈蝈是需要耐心的，当你第一次听到蝈蝈叫声，一定要站在原地不动，等待它们再度发声，然后蹑手蹑脚地靠近，看清蝈蝈匍匐的位置，采取背后突然袭击的办法，用手掌猛扑上去，食指拇指掐住蝈蝈头部两侧，蝈蝈便乖乖成为俘虏。

我们把逮住的蝈蝈用蓖麻叶小心包起，用草捆住，回家再放进蝈蝈笼子里。喂它们倭瓜花或者菜叶，一定要洒上水。蝈蝈们吃饱了，喝足了，大腿一翘，双翅抖擞，会兴奋地叫个不停。

最迷人的就是明月高悬的秋夜，一缕皎洁的月光洒在院子里，一声声清脆的蝈蝈叫声飞扬着，这叫声清脆响亮，不亚于乐队之声，声音此起彼伏，像一首永远弹唱不完的歌，悠扬动听，婉转、响亮、迷人。这样的意境，给人一种幽静之感，给人一种清凉之意，给人一种乡愁之味。

在我的童年记忆里，在夏秋之际，蝈蝈仿佛成了这个家庭的一部分，是它们让农家的小院里充满了勃勃生机。

刨树墩

我小时候的农村，冬天可燃物极少，所以"冬闲"的时候，家里的男人们就会去野外刨树墩。树墩拉回家后，劈成柴火可以用来取暖，如果树墩积攒到一定的数量，还可以送到镇上的炭厂换成现金贴补家用。

冬日的野外北风呼啸，冰天雪地里父亲拉着小拉车，车上装着铁锹和钢镐等工具。我则跟在车后小跑，沿着树趟子寻找树墩的踪迹。

每当发现一个树墩，父亲都会非常高兴，尤其是发现一个大树墩。其实树墩是极难刨的，尤其是那些粗大的树墩，根部很粗，还有着发达的根系，需要刨一个很大的坑才能把树墩弄出来。

父亲刨树墩很有办法。树墩旁边的泥土已经冻得瓷实，父亲先用钢镐将冻土掘开，冻了的泥土像石头一样硬，非常耗费体力。父亲尽量把坑刨得足够大，坑越大，树根露出来的越多，那些树根也是极好的燃料。虽然冬天的气温很低，因为劳动量大的缘故，父亲干活时总是穿着单衣单裤，脸上经常是汗流不断。

我是父亲的助手，除了把父亲砍断的树根捡拾成一堆，还要等父亲累了的时候用斧头砍断那些细小的根系。

记得我和父亲刨的最大的树墩是一个柳树墩，我们用了三天时间才刨出来，还请来附近的村民帮忙，才把树墩装上车，估计这个树墩至少有上百斤的分量。后来这个大树墩被镇上烧炭的买走了，竟然卖了40块钱，在那个年代简直是"天价"，过年的时候我和弟弟不仅添上了新衣服，家里还吃上了大鱼大肉。

而今，和父亲一起刨树墩的场景有时会出现在我的梦里，梦里冬天的阳光从天空中倾泻下来，洒在父亲的身上，父亲穿着单衣，挥着钢镐，钢镐起起落落间，我发现自己看到的，不仅是父亲的勤劳，还有当年他对家庭的那份担当和付出。

有一种情怀叫"小人书"

在我小时候，正是小人书大为流行的时代。你走进任何一家书店，都能看到小人书那亮丽小巧的身影。小人书是那时主要的娱乐读物，几乎占据了我们这代人所有的课余时光。

小人书，真正的名称是连环画。这种只有咱中国才有的特色连环画，在那个物资匮乏的年代，不知曾给多少人带来了精神上的享受。

我小时候非常爱看武侠方面的小人书，从上小学的时候起，我有了零花钱就买小人书，20世纪80年代的各种武侠小人书我买了100多本，而且一直珍藏到现在。

我觉得那个年代的武侠小人书都有大情怀，小人书都是黑白版，里面的人物画得很简洁，可谓善恶分明。小人书里面的主人公都是惩恶扬善的，练习武艺都是为了伸张正义。我曾经十分喜爱的小人书《方世玉打擂》《神腿杜心五》等就是这种类型。

有的小人书是弘扬爱国主义情怀的，像《大侠霍元甲》《神力王》《武林志》等。我从这些小人书中明白了，练习武艺就要伸张正义，惩恶扬善，更要有爱国情怀，能够在国家危难之际挺身而出。从这些小人书里我明白了一个道理，一个人活着就要爱国、爱家、爱生活。

现在是数字化的电玩时代，是动漫和三维动画的天下。科技的发达，使得黑白版的小人书已不可能卷土重来，与数字化的电玩时代匹敌。也许正因为如此"过时""老旧"，如今小人书竟然成了一项热门收藏。我从网上看到价值过万的小人书很多，有时候朋友们劝我把这些小人书拿出去卖掉，也是一笔不小的收入。我只是笑笑，因为在我心中，小人书就像我的爱人，成了我一生无法割舍的最爱。

虽然这些小人书我已翻看了不知道多少遍，可每当闲下来的时候，我都会再静静地欣赏一遍，就像和自己的爱人聊天一样。你说如果我把自己的最爱卖掉了，心里能不难受吗？我们这个岁数的人，大多数都有小人书情结，因为这些小人书带给我们太多的快乐和启迪，带给我们对英雄的无比崇拜。像霍元甲、杜心五、东方旭、方世玉这些武侠人物，多年之后，依然存于我心中，他们熠熠闪光的形象让我一生敬佩。

我从这些武侠小人书中汲取文学营养，感悟人生，明白了一个人只有热爱祖国、热爱人民、热爱生活，才会活得快乐，活得有意义。我深深知道，对于我们这代人来说，小人书的情结不会消散于记忆的时空，它只会随着时间的推移而越来越深浓。因为它温慰了我们的整个童年，温慰了一代人的记忆。

搂树叶

过去农村人家取暖主要靠柴火烧炕，树叶是当时烧炕的一种重要燃料，谁家的树叶堆大，就预示着谁家能过一个温暖的冬天。当时因为大人们的主要精力都放在参加集体劳动挣工分上，于是我们这些上学的孩子，就成了搂树叶的主力军。

那年月，村里的路边和地头都种满大杨树，杨树枝长叶茂，叶子宽大厚实，秋天被风吹落到沟里，叶子搂起来比较容易，而且非常耐烧。每天放学以后，我们这些孩子放下书包后，第一件事就是背起院子里的背筐，筐里放上一条大麻袋，手里拿着铁齿的耙子，和熟悉的小伙伴三五成群地结伴奔向村外。到了远离村子的沟边后，一个个迅速放下背筐拿起耙子争先恐后地把树叶搂成堆，然后分头往麻袋里揽，装满后，用手压了又压，用脚踏了又踏。有的孩子麻袋已经满了，但搂的树叶还有，就折一些小的树枝插在背筐的周围，用今天的话来说，就是做了一个加高箱来装，将树叶装在里面。之后再把麻袋摞在上面用绳子捆好。

每个冬日的傍晚，村里"户户烟囱冒烟"，家家户户烧的几乎都是树叶。烟雾缭绕的景象成为村子里一道独特的风景线。其实烧炕也是有学问的。烧炕一般用玉米秆将火点燃，待有了底火，再捂上厚厚的树叶，树叶虽然不起火苗，但底火一直燃烧着，这样就会使得土炕从晚上热到天亮。尽管外面天寒地冻，由于炕热被窝里暖和，人们也能酣然入梦。

那时候的冬季温度比现在低很多，我们搂树叶时穿的衣服很单薄，但是很少有人得感冒。那是户外劳动锻炼了我们的体魄，增加了我们的抵抗力。

现在一到冬季就会有流行感冒，上学的孩子更是成为"重灾区"，我觉得这与如今的孩子养尊处优，缺乏到野外锻炼有很大的关系。说实话，我还想带着自己的孙子走出温室，回到故乡野外去搂一次树叶，让他们把前人的勤奋捡起来，把家庭的责任感搂回来，让他们用自己的小手把寒冷的冬天变得暖暖的。

拾粪趣事

近日拜读了农民作家王根柱的小说《县长拾粪》，故事大约发生在 20 世纪 50 年代，县长老马平易近人，为了村里的粮食能增收，大清早就和村干部一起去拾粪。说实话，也许对于今天的年轻人来说，县长拾粪这样的故事恐怕有点不可思议。但是这样的故事情节，对于经历过那个时代的我来说，却对比深信不疑，因为我本人也看见过拾粪的县长。

那大概是我六七岁的时候，当时是 20 世纪 60 年代中期，村里还有生产队。麦收时节的一天，我正在麦场旁边看着大人们忙碌，这时候一个骑着自行车，车上绑着一个粪筐的中年男子来到麦场。挨着麦场就是生产队的粪堆，他解下粪筐将里面的大粪倒在粪堆上，然后一边擦着脸上的汗，一边大踏步走到麦场边阴凉处的水桶前，舀起一舀子凉水"咕咚、咕咚"往嗓子眼里灌。

这时候我看见生产队长三炮叔颠颠地跑了过来，嘴里不停地说："郑县长，欢迎你来检查工作。"那个被称为郑县长的中年人大踏步走进麦场，弯腰抓起一把晾晒的麦粒，捡了一粒放在嘴里嚼了一下，说："还得晒个两三天才能入库，不过这两天报着有雨，一定要做好准备，不能让麦粒着潮。"

当时的生产队种的各种庄稼，大都是用的人粪尿和各种牲畜的粪便做肥料的，也就是农家肥，而县长粪筐里的大粪就是在路上拾的。

"庄稼一枝花，全靠粪当家。"上学后我也经常在礼拜天或放寒暑假时背起粪筐到村外的大道小道上去拾粪，通常这项义务劳动，也是作为评比"三好学生"的一项条件。那时候不仅我们这些小学生拾粪，村里的男劳力特别是半劳力（老人、未成年人）每天早晚（个别时候也有整天的）大多都要挑着粪篮子到处转悠，看到一处粪便就抢先几步把它捡拾到篮子里。人们最喜欢捡拾的是牛粪、驴粪、骡马粪，因为这些都是食草大牲畜拉的，量大，蓬松，臭味相对较小，碰到一堆就会高兴好大一阵子，装到篮子里很有成就感。

那时候学校给我们下达的拾粪任务，要求三天交一次。粪少，拾的人却多，我们这些孩子为了能多拾一些大粪，早日被评上"三好学生"，也是挖空了心思，绞尽了脑汁。离我们村三里外的中亭河边水草丰盛，附近村子的生产队都会把生产队的骡马赶到这里吃草。我和几个要好的小伙伴知道这个消息之后，每到礼拜天学校放假就会背上粪筐，悄悄来到高大的堤坡上。河边绿草如茵，牛儿、马儿们悠闲地啃着草，小牛卧在堤坡上小憩。夏天的阳光正烈，我们一字站在大树的绿荫里，睁大眼睛向着草地上望去，只要发现一堆粪，就小跑着过去赶紧装进粪筐。毕竟是放牧的地方，牲畜的粪便比别处多了很多，短短一个小时，我们每个人都能拾满一筐头，然后大家兴高采烈地背着往回走。到了交粪的日子，班里很多人都只有半筐或大半筐，唯有我们几个是满满一筐，老师表扬了我们。我们几个望着同学们羡慕的目光，心里说不出的高兴。

冬天拾粪最辛苦，大家拾粪都是起大早，背着筐子拿着粪叉子满世界找粪拾。天寒地冻，冻得我们手总是在袖口里揣着。在路上很难拾到粪，因为有更勤快的人已拾走了，不过这难不住我们，因为我们有经验，知道哪里有粪。一般来说，大街小巷的墙角、草窝有鸡粪和狗粪，村里房前屋后背静的地方有人粪，沟坡壕沿有猪羊粪。所以，只要用心找，还是能拾到粪便。

在我的记忆里，虽然当时的工分钱数都不多，可是家家老小捡粪的积极性高，参加各种集体劳动的热情都十分高涨。义务劳动、民兵训练等各种义务活动，社员们都积极参加，而且任劳任怨，从不问报酬。人人都能团结一致，广大农村掀起为庄稼多上粪，多打粮，为国家多交红心粮的热潮。

现在的农村实现了机械化，人们也不再养牛驴骡马，农民也和城里人一样，住上了小洋楼儿，过上了小康生活。因为有了化肥，拾粪的事情早已成为历史，对于现在的年轻人来说，拾粪的场景只能在影视剧里看到了，而对于我来说，像郑县长那些人，他们大公无私的身影却常常出现在梦里。

手写春联

记得小时候，父亲的毛笔字写得很好，临近年关，乡亲们会夹着红纸找父亲帮忙写春联，父亲总是笑盈盈地来者不拒。

父亲忙着裁纸，我也忙着为父亲磨墨。父亲有一个厚厚的塑料皮日记本，里面记了好多好多春联儿，什么"天增岁月人增寿，春满乾坤福满门"啦，"岁岁平安日，年年如意春"啦，都是吉祥语。

父亲挥笔弄墨，一行行刚劲有力的大字就乖乖地落在一张张红纸上，散发着墨香，而我则帮忙拿到院子里晾干。有时候，父亲还会自己编词儿，也很有意思的，贴粮囤写的是"五谷丰登"；贴猪圈写的是"六畜兴旺"；贴书桌写的是"好好学习"……什么堂门、房门、楹柱、猪圈、鸡圈……按村民先来后到的顺序，父亲会把写好的春联卷好，用铅笔写上户主的名字，等着他们上门来取。

村里人贴春联也曾闹过笑话，还记得村里有一家人，两口子不识字，有一年，居然把父亲写的"肥猪满圈"贴在屋内墙上，被认字的年轻人看到，一时成为笑谈。

现在，科技进步了，农村大集上和超市里卖的都是统一制版印刷的春联，花几个钱就能买到，非常省事，所以很少有人再写春联。但我总觉那些卖的春联，反反复复也就那么几套词，令人感觉单调乏味。

我的书法水平不高，但是每年坚持自己书写春联，总感觉自己写的春联更有生活气息。有人说，贴春联是春节的一个文化符号；有人说，贴春联图的就是喜庆和吉祥。大家说得都对。春联引领了春节，春联在哪里，春节就在哪里，它映红了春节，升华了春节。

除夕的上午，把自己书写的春联在大门上这么一贴，我就感觉贴出了亮堂红火的岁月！

童年的腊八粥

过了腊八就是年。小时候一进腊月，心里总期盼着早点喝上母亲熬的那一锅甜丝丝的腊八粥。

那时候的腊八粥与现在的腊八粥不同，虽然熬粥的食材也是八种，却非常简单，有时就连我们现在天天能吃到的大米都没有。人们熬制腊八粥大多用黏高粱米、小米、小麦、黍子、黄豆、花生仁、大枣、黑豆之类的东西。这些粮食都是生产队分的，家家户户平常都会留一些在腊八这天用。

腊八粥里最珍贵的就是红枣。我家院里有枣树，秋天枣熟了，母亲就会早早地把鲜枣打下来。为防止我偷吃，她总是把枣拿到小棚子的棚顶上晒干，然后放进竹篮子挂到外间屋高高的房梁上。

到了腊月初七下午，母亲就开始忙碌起来，先把大铁锅盛入水，再放入各种豆子开始煮，要煮到豆子香软开花才行，一般要煮好几个小时，母亲就一直在炉子前守着。晚上，母亲斟满一碗白开水，然后在水里放上几粒糖精，把碗放到窗台上。那时的气温很低，一宿下来，碗里就会冻上一个冰疙瘩。腊八的晚上，我们小孩儿回来后，就会像吃冰棍儿一样，砸开嚼着吃，人们说腊八吃冰疙瘩，牙齿好。

夜晚的星星在天上眨着眼睛，凌晨3点母亲就开始熬腊八粥，从开始点火到腊八粥做熟，没有一两个小时是做不好的。那时家里人多，要做好大好大一锅粥才够吃。水开后要用铲子不停地搅拌，否则米粘了锅底，会煳的。从淘米到把米下锅，再到烧火、搅拌，一番操作下来，片刻不得歇息。

睡梦中的我被母亲叫醒，伴随着腊八粥的香味，先给爷爷奶奶各端一碗，再给父亲端一碗，碗里冒着诱人的香气，屋子里温暖如春，全家人脸上写满了

31

幸福。

那时候，家家户户做腊八粥都起得很早，据说是因为有这样一句老话："腊八谁家烟囱早冒烟，谁家高粱早红尖。"这也许是人们对来年粮食丰收的一种期盼吧！

转眼 50 年过去了，我们的生活有了翻天覆地的变化。人们过腊八节再不用为食材发愁，去超市转一转，各种食材应有尽有。时代不同了，人们在熬制腊八粥时更注重健康与养生，在健康生活理念的指导下，选择食材除了传统的糯米、红枣、赤豆、花生、莲子、桂圆外，又添加了小米、糙米、燕麦、百合、菱角、山药、枸杞，以及橘皮和桂花。

唇齿留香，岁月凝芳。年年腊八喝一碗香醇浓郁的腊八粥，对于我们这代人来说，是对勤俭持家、先苦后甜等传统意识的追忆。令人欣喜的是，在国家推动全民文化自信的时代背景下，如今越来越多的"90后""00后"喜爱上了腊八粥，不仅因为粥的味美可口，更是被它所承载的文化精神吸引。以腊八粥为代表的中国传统民俗，正在以一种包容而崭新的姿态，刷新颜值、热圈粉丝，爆发出撼动人心的时代力量。

会唱歌的“炉糕”

在我的记忆里，母亲摊炉糕时，小铁锅里发出的“刺啦啦”的响声，就像是一首欢快的歌曲，更像树林里鸟儿的叫声，令我百听不厌。

炉糕是家乡的一种美食，它是圆形的，一面焦黄，一面金黄，吃到嘴里又松软又筋道，微甜中透着一丝淡淡的酸味，吃的过程中你会感到，有一种米香之外的清香沁人心脾。在我小的时候，中亭河两岸的村庄大量种植谷子，谷穗非常饱满，最大的谷穗有小孩胳膊粗细。秋日的阳光下，远远望去，地里一望无垠的谷穗沉甸甸、金灿灿，仿佛在低头沉思，非常壮观。

那年月还有生产队，秋天谷子收割后，在麦场里晒干，在经过碌碡的碾轧，金灿灿的小米就可以装入口袋了，通常情况下，各家各户都会分上几口袋小米。

初冬，母亲把小米捞过水，晾到不粘手，赶紧跑到街上的石磨前，将半袋子小米磨成精细的面粉。刚磨好的小米面，抓在手心里略微潮润，能闻到一缕淡淡的米香。

在某个晚上，屋外寒风刺骨，母亲会把和面的面盆洗刷干净，舀上两葫芦瓢小米面放进去，接着掺兑适量的面肥、温水，打成稠稠的糊状。然后把面盆用高粱秆盖帘盖上，上面再蒙上厚厚的被子，放在暖乎乎的炕头发酵。这个冬日的夜晚，守着面盆睡觉的我，梦里就会有炉糕锅“刺啦啦”的歌声唱个不听。

第二天上午，小米面糊发好了，母亲还要搋碱。她首先蘸一点面糊，放在嘴里咂摸咂摸，酵酸味不见了，舌尖上有丝丝的甜，这碱就算搋好了。接着，父亲就会在外屋用几块砖瓦搭起个临时的小灶，将摊炉糕的小铁锅摆在上面。摊炉糕，要用专门的工具"炉糕锅"，炉糕锅直径大概 30 厘米，是一种生铁铸造的圆形锅子，三条短腿，中间凸出，周围一圈凹槽。凹槽一来可以防止面糊外溢，二来面糊流入凹槽会自然形成一圈厚边，固定炉糕的形状。炉糕锅子的锅盖类似半个西瓜皮，中间是一个提环。

别看这小小的炉糕锅子，可不是每家都有。记得我们家有一口炉糕锅子，摊炉糕高峰的时候，很多人来借。有时候，炉糕锅到底在谁家，我母亲都说不清楚，用的时候，可能要找半天才会找到。

摊炉糕的火势不能太旺，也不能太弱，中火最好，一般选择高粱穗子、芝麻秸、麦秸、麻秆等。这些柴火烟少又好烧。小铁锅烧热后，母亲轻轻地在锅里用白菜帮刷过油，接着小心地舀了面糊倒进锅里，面糊自凸起的地方流到凹槽，满了，匀了，就将盖子盖上。大概一分钟左右，锅里便"刺啦啦"地开始歌唱了。此时，母亲掀开锅盖，一股米香扑面而来，简直能把我的口水逗出来。再看那炉糕，圆圆的，暄暄的，周身布满蜂窝样的小眼儿，色泽灿黄，简直可爱极了。

我们家第一个炉糕，一定是先给爷爷和奶奶品尝，老人说："好，接着摊吧。"母亲面露喜色，第二勺、第三勺糊糊开始进锅。母亲通常会把一个炉糕切成几块，分给我们四个眼睛直勾勾的兄弟姐妹。那热腾腾、香喷喷的炉糕，转眼之间就进了我们的肚子。那时的我就想着，如果天天能吃上炉糕该是一件多么幸福的事情呀！

摊完炉糕通常就到中午了，母亲接着熬上一锅白菜豆腐汤。吃中午饭的时候，炉糕摆上了桌，每人面前再盛上一碗热气腾腾的白菜豆腐汤。爷爷、奶奶盘腿坐在炕上，我们兄妹四人围在他们左右，而父母则坐在炕沿上，大家咀嚼这甜丝丝的炉糕，喝着热腾腾的菜汤，这幅画面就像一张"全家福"的照片，虽然过去了几十年，却总会浮现在我脑海里。

有一次文友聚会，席间我点了几个炉糕，在品尝的过程中，有一位作家朋友说了一句话，他说，其实我们每个人追求的幸福很简单，就像我们品尝炉糕，只要我用心细细地品味，就会感觉幸福，每时每刻都会萦绕在我们身边。

　　真的，只要每次吃到甜丝丝的炉糕，我就感觉到我们的生活越来越美好！

腊月里来年糕香

小时候，一进入腊月，家门口那盘碾子就开始忙活起来，一天到晚，人们排着长队磨米、磨面，为过年做准备。那时候还没有电磨，碾子都是人工来推。

在小年腊月二十三来临之前的三四天，母亲会把备好的蒸年糕的黏高粱和黍子米分别用两个大盆泡上。第二天凌晨一两点，她会早早地起床，把黏高粱和黍子米捞出来控干水分，以同等的重量混在一起。在很多人还在被窝里沉沉睡着的时候，我们一家人就起床了，父亲和母亲背着粮食，我和两个姐姐拿着笸箩、扫帚跟在后面。那时我才 10 岁，就开始和父亲推碾子，几圈下来，头上的热气冒出来了，半个小时后，棉袄根本穿不住，索性甩下来推。母亲则在另一侧拿着笤帚扫碾到边下的米，两个姐姐负责在旁边用箩子筛面，箩子上的面粉在箩床上来回地推拉，稳稳地落在下面的笸箩里。磨面的过程大约要三四个小时，虽然很累，但我一想到过两天就能吃到甜甜的年糕，感觉浑身有使不完的劲儿。等我们背着面粉回家时，天才蒙蒙亮，这时候早有好几户人家在碾子后面排队等着磨面了。

到了腊月二十三，母亲一大早就把家里的大铁锅刷净，盛上适量的水，先煮一些红小豆，趁着烧火的空隙再把红枣洗净。红小豆是自己种的，家乡的红小豆那时候经常出口，被外国人称为"红珍珠"，煮熟后又沙又甜。红枣是自家的枣树上自然成熟的，胖胖的，甜甜的，没有一个有虫眼。

红小豆煮熟后，母亲在大铁锅里放上箅子，上面铺笼布，继之铺红枣（须挑好、洗净、沥干），然后小心翼翼地倒入拌好的黏米粉面团，一层红枣一层面团再放一层红小豆，堆三四层不等，约半尺厚，母亲嘴里念叨着："年糕年糕年年高！"然后点火开蒸。她先是团起一把秫秸，"嚓"的一声划火柴点着，然后慢慢转动手把火引向其他叶子，待火势稍旺，小心地送入灶膛，赶紧加第二把秫秸，松松地盖在火苗上面。同时，轻轻地推拉风箱，顿时，灶房响起"呱嗒呱嗒"的乐曲，此起彼伏。

等锅盖冒出了热气，母亲再改小火蒸。大约两袋烟的工夫，年糕蒸熟了。揭开锅后，母亲用一把铁铲把年糕分割为一方一方的。由于年糕又黏又热，母亲先把铁铲用凉水冲洗一遍，双手在凉水里蘸一下，趁着凉劲儿搬出一方年糕，尽管如此，母亲的双手还是被烫得红红的。

品尝着母亲做的年糕，香里带着甜，甜里裹着黏。母亲还时不时地提醒我别吃得太急，会噎人的。善良的母亲顾不上自己吃一口，忙着给左邻右舍送一些，邻居们都夸母亲做的年糕好吃，香、甜、糯，味道纯正。

母亲为人热情，邻居们谁家做不好年糕了，乐意前来找母亲咨询，母亲会不厌其烦地帮助，甚至亲临现场，手把手指导。在我的记忆里，母亲做的年糕口味独特，晶莹剔透，口感筋道，滑嫩爽口，绵软香甜，嚼起来津津有味，这大概与家乡的红小豆和红枣味道极佳有很大关系。

如今，母亲早已长眠于地下，老家门口的石碾也退出了历史的舞台，我不知道年糕这种普通的吃食究竟有什么魔力，使我至今百吃不厌，但我相信绝不仅仅是因为年糕柔滑和糯而不黏的口感，也不仅仅是因为它"年年高"的美好寓意。这种喜爱之情与童年的亲情有关，且随着岁月的流逝，这份情愈渐浓烈！

老冰棍儿的味道

　　我小时候，冰棍儿很便宜，花上 3 分钱就可以买一根，5 分钱两根。尽管如此，由于那个年代实在太穷了，村里很多人家吃油盐都要精打细算，所以对大部分人来说，在炎炎夏日吃上一根冰棍儿简直就是一种奢侈！

　　我是卖过冰棍儿的人。那是上小学五年级时，暑假期间，为了减轻家里的负担，也为了给自己挣学杂费，我忽然萌生了要去卖冰棍儿的念头。这念头一经闪现就势不可当，母亲虽然心疼我，却禁不住我的软磨硬泡，就给了我 10 元钱做本钱。批发冰棍儿要去几公里外的县城里，早晨父亲把家里的自行车推到院子当中，把一个长方形的木箱子绑在后座架上，反反复复检查是否牢固，最后叮嘱我，路上一定要注意安全。

　　我在城里批发了 50 根冰棍儿，每根 1 分钱。然后花 2 元钱买了个泡沫箱子，将盛有冰棍儿的泡沫箱子放进木箱子里，我就赶紧骑车往村里返。第一次在村里卖冰棍儿，总是拉不下脸，别人往人多的地方去，而我挑人少的地方走。一天下来，虽说也是晒得满头大汗，却只卖了一半。剩的冰棍儿有的已经开始融化，我就拿回家给姐姐弟弟们分吃，虽说没挣钱，但也没赔。看到大家吃冰棍儿时的快乐表情，我的心里甜滋滋的。

　　有了第一天的经验，我的脸皮厚了起来，开始往人多的地方叫卖。很快，一半冰棍儿就卖出去了。可是，怕见同学却偏见同学——我的同桌，班长兼学习委员小强。看见他的那一刻，我的脸就红了，像办了错事，低着头想躲，却被他拦住了。小强说："我说这两天你怎么没参加咱们的暑期活动呢！"他让我等一会儿，之后带来了很多同学，同学们都争着买我的冰棍儿，很快冰棍儿就卖完了。然后，他让我跟他们一起去参加活动，还把帮我卖冰棍儿列入暑期社会实践活动之一。

有了同学们的帮助，我开始每天批发 100 根冰棍儿。小强还带我到村里的砖厂去卖——小强的父亲是厂长，我们可以自由进入。砖厂的活又累又热，冰棍儿卖得又多又快。在同学们的帮助下，最多的一天，我们卖了 200 根冰棍儿，最后，我奖励同学们每人一根冰棍儿表示感谢。

那个暑假，我挣到了自认为人生中的第一桶金。除了交自己的学杂费外，剩余的大部分都交给了母亲。当然，我还留了一小部分，我用这一小部分给帮助我的同学每人买了一个日记本，歪歪扭扭地写上了自己的赠言。另外，我还给小强买了一个好看的书包。因为卖冰棍儿的原因，我和同学们的关系更加亲密了。

说实话，那时候的冰棍儿很简单，就是一个冰块，味道远远不及现在各种各样的雪糕、冰激凌好吃。可是，也不知道为什么，那冻得咬不动的老冰棍儿的味道，却在我记忆深处挥之不去，一直无法忘却。

红薯叶子粥

在我小时候，村里大量种植过红薯，红薯产量高，可以替代粮食解决人们的温饱问题。

麦收之前，正是红薯生长最茂盛的时期，一畦一畦的红薯地，那一片片骄傲的红薯叶，它们梗着脖子，仰着头吸收着天地雨露的精华。此时的红薯叶宽厚、敦实，满身都流淌着绿浆。

这个时候，母亲就提着菜篮子到地里采摘红薯叶。回到家里，先是用清水冲洗干净，然后在大锅里烧开水，把红薯叶放进水里，一片片红薯叶，水草一般漂浮在水里，柔软青碧，散发出一股淡淡的清香。

红薯叶子熟透后，母亲用笊篱捞出放进冷水里备用，接着刷锅重新倒入清水，然后撒入一碗玉米面在水里，用勺子不停搅动，等到玉米面和水的混合物"咕嘟咕嘟"冒出气泡来，红薯叶子就开始下锅了。最后，母亲在锅里放上几粒盐巴，热气腾腾的红薯叶子粥就大功告成了。我一口气能喝两大碗。

如今大鱼大肉吃腻了，我经常怀念小时候的红薯叶子粥。今年夏天大暑节气里的一天，我和妻子去郊外游玩，在一条乡村公路旁看到一块红薯地。妻子掏出口袋里的塑料袋，望望四周没人，便走到红薯地中间，掐了一小把红薯秧上的嫩尖儿。

晚上回到家里，我们两个就开始忙活熬红薯叶子粥。渴望已久的红薯叶子粥上桌了，中间摆上一盘六必居的酱菜，喝一口粥吃一口咸菜，那种久违了的亲切感瞬间袭来，让我胃口大开，一连喝了三大碗。

小时候，我们做梦也想不到，当年为了填饱肚子而做的红薯叶子粥，现在却成了我们这代人眼里的美味佳肴。

童年的香椿芽

对于香椿芽，大家一定不陌生，这种长在树上的美食，与鸡蛋是最完美的组合，香椿炒鸡蛋无疑会"感动"很多人的味蕾。现在一年四季在超市的货架子上都能看到香椿芽的身影，但是在我小时候，蔬菜大棚还没有出现，人们要想吃到香椿芽只能等到春天香椿树开始吐露新芽的时候。

我家的老院里有一棵香椿树，它又粗又高，树干已经高过房顶，据父亲说这棵树已经有30多年的树龄，是当年爷爷种下的。每年清明前后，仿佛一夜之间，香椿嫩芽便悄悄地从树枝上伸展出来，清香四溢。那时候我最喜欢坐在院子里，仰脸尽情地观看这一树美好，深深地呼吸着香椿芽淡淡的幽香，明媚的阳光或者淡淡的云影覆盖在树冠之上，树叶泛着一层层淡淡的银光，偌大的树冠把小院遮掩了半个，树枝搭在蓝色的瓦房上，映衬得瓦儿更蓝，紫红色的香椿芽闪着诱人的光……

母亲将高高的梯子搭在树身上，再爬上梯子把最嫩的香椿芽摘下来，然后清洗干净，制作成美食。母亲通常会为我们做一顿杂面条，所谓的杂面条就是玉米面与黑面和好后（红小豆、绿豆面也叫杂面），用擀面杖擀成片，叠成数层，再用菜刀切成面条。我说的黑面，现在的年轻人一定不清楚为何物。黑面就是麦子经过去皮等粗加工后磨出的面，这时候出来的是粗面，然后再经过机器加工几遍出来的才是现在我们熟悉的白面。人们之所以吃黑面，是因为生产队分配的粮食有限，大家经常填不饱肚子，粗加工的黑面比白面会多出三分之一。

春天还是青黄不接的时候，根本没有蔬菜做菜码。母亲会把紫红色的香椿芽在开水里烫一下，捞出放进凉水里一浸，香椿芽就开始变得绿生生的，再炸上一碗花椒油，杂面条出锅后，凉水过几遍，捞入碗中撒上绿生生的香椿芽，淋上两勺花椒油，往嘴里一送，那才叫一个开胃，味道真是好极了。

说实话，在生产队解体之前，我还真的吃过一次香椿炒鸡蛋。那是在我上小学三年级的时候，我们的老师是一位天津来的女知青，姓陈，人长得很文静。我记得陈老师在讲课的时候经常呕吐，回来后就把这事告诉了母亲。母亲笑着说："你们老师那是怀上小宝宝了。"

一个周末的中午，母亲把陈老师请进家门，烙了一张白面饼，之后把准备好的香椿芽切碎，磕开三个鸡蛋在碗里和香椿芽搅拌好，在油锅里"刺啦啦"滚上一滚，于是满屋飘香。望着那黄灿灿的鸡蛋，虽然还没出锅，我的口水先流了下来。母亲把饭菜端上桌，对陈老师说："乡下没啥好吃的，香椿芽补身子，你多吃点，对肚子里的孩子好！"在母亲的再三催促下，陈老师才动筷子。陈老师把我拉到跟前，夹了一筷子香椿炒鸡蛋让我张嘴，我瞅瞅母亲，她说："就吃这一口，赶紧去街上玩。"我把香椿炒鸡蛋含在嘴里，急忙跑了出去。在街上，我找了个角落坐下慢慢品尝，嘴里充满了诱人的香味。

后来陈老师回城了，母亲在世的时候，她还经常回村里看望母亲。每次陈老师回来，只要赶上香椿树发芽，母亲都会为她炒一盘香椿炒鸡蛋。

母亲已经离世18年，现在正是初春的时节，我想老家院子里的香椿树一定新芽初绽，在寂静中悄悄冒尖了。可惜的是，院子里再也没有母亲攀着梯子摘香椿芽的身影了。在我心中，老家院子里的香椿树永远是一片追忆亲情的风景，更是一直萦绕在我心田中恒久不变的思乡情结啊！

童年的"捻捻转儿"

在我们冀中平原，捻捻转儿是一道名副其实的时令小吃，一年中能够制作捻捻转儿的时间就只有麦熟前的几天。捻捻转儿的食材是小麦，但是必须选那些刚刚灌完浆又没有干透，麦粒青而饱满且有一定硬度的麦子。

刚做出来的捻捻转儿鲜嫩柔韧，嗅一下麦香扑鼻，吃一口唇齿生香。现在的捻捻转儿都是机器磨出来的，售价也不便宜，大概 20 块钱一斤。如今的人们品尝它，只是为了尝鲜。最常见的吃法是，将新蒜在蒜臼里捣成蒜汁儿，喜欢吃辣的可以加些干辣椒一起捣碎，抓一把盐，淋点小磨香油，倒一点醋，顿时满屋子都弥漫着清香，滋味悠长。吃的时候，用勺子舀些调好的汁儿浇在上面，吃起来感觉很过瘾。

对于我们这些 20 世纪五六十年代出生的人来说，捻捻转儿不仅仅是珍馐美食，更是家乡人在饥饿年代救命的一种食物。

20 世纪的六七十年代，村里还有生产队，由于粮食的产量低，人们的口粮便十分珍贵。就拿我们这个六口之家来说吧，父母挣的工分一年下来也就分一千多斤玉米、百来斤麦子而已。那年月家家户户的状况都差不多，只有逢年过节或家里来客，才能吃上顿纯白面的馍或面条，平常日子吃的不是玉米饼子，就是高粱窝头。

尤其到了每年农历的三四月份，即人们口里"青黄不接"的时候，各家的粮食都吃完了，大人要下田出力，孩子们嗷嗷待哺。为了避免有人饿死，生产队就组织人拣一片将熟的麦子分到各户，让社员们自己割完后背回家制成捻捻转儿充饥。

记得每次父亲把未熟的青麦打成捆背回家后，母亲先把麦穗放在锅里蒸熟，或者烤干，然后放进簸箕里揉搓，搓好的麦穗扬净糠皮，簸箕里便剩下一片黄绿色、热腾腾的籽粒，晶莹透亮。做完这些，母亲把一块干净的苇席铺在院子里，上面摆上一个长条木凳，再从屋里搬出个小石磨放在木凳上。

接下来，她就开始制作捻捻转儿了，首先把熟麦粒一把把抓进磨眼，经过多次碾轧，色泽碧绿、弯弯曲曲的捻捻转儿就从石磨中掉落下来，这时候站在旁边观看的我和弟弟，早已饥肠辘辘，母亲就会让我俩捡起席子上面的捻捻转儿吃。我们就迫不及待地往嘴里送，这东西清香中带着微甜，对于小时候的我来说，简直是珍馐美味。

可是每次看到我们吃到五分饱，母亲就不让我们吃了。据母亲说，捻捻转儿到了胃里会膨胀，而且食后会口渴，越喝水越膨胀。前几年，村里有位光棍汉连续三天粒米未进，后来别人帮他做了三碗捻捻转儿，他一口气全部吃了下去，半夜里发渴，咕咕咚咚喝了两瓢凉水，没想到膨胀的捻捻转儿在肚子里翻江倒海，居然活活撑死了。

真的，对于我们这代人来说，小时候能够吃上一顿饱饭，绝对就是一种幸福！

写下上述文字的时候，我突然想起五月份的一则新闻，某地方的农户地里的麦苗没有成熟，就卖给养殖场当饲料，原因就是这样做能多收入几百块钱。作为一个小时候挨过饿的过来人，我想告诉他们，怎么能用小麦去喂牲口呢，这是在跟人抢口粮呀！如果拿大米白面喂它们，那人们粮食不够吃了咋办？对于这种乱象，幸好有关部门及时出手叫停了。

中国人有句老话："家中有粮，心中不慌！"对于我们每个人来说，父母只能给我们生命的长度，粮食给我们的，却是生命的宽度和厚度，我们每个人的一生离不开粮食的滋养。现在，很多国家出现了粮食危机，我们每个中国人更要居安思危，珍爱粮食是我们中华民族源远流长的美德，我们要以感恩之心爱护粮食！更要珍惜每一粒粮食！让节约粮食的好风气在全社会蔚然成风！

母亲的芝麻盐

夏天偶尔去田野里散步，在一处树林边的地里竟然见到了一片芝麻地，阳光下芝麻花开得正艳，花呈淡紫色，状如喇叭，在茎秆与叶子之间微微斜垂，像是一位托腮醉卧、含娇带羞的少女，非常惹人爱怜。

在我小时候，对于庄稼人来说芝麻可谓浑身是宝，芝麻榨出的油叫香油，香油在那个物质贫乏的年代相当金贵，平常日子人们都舍不得吃，只有来了客人在做菜的时候，出锅时才点上几滴。香油还能医用，当时村里缺医少药，平时小孩儿嘴上出现干裂或口疮，大人们就在干裂处和口疮上，抹上一点香油，不几日便可痊愈。芝麻秆能烧火做饭，由于它的秸秆比较耐烧，大多数人家都会留到过年炖肉时才用。

望着眼前这一片娇艳的芝麻花，我首先想到的就是母亲做的芝麻盐。我小时候还有生产队，当时粮食和蔬菜都是生产队里分的。不过春天是没有蔬菜的，老腌菜就成了平常日子里下饭的主菜，偶尔为了改善一下伙食，母亲就会做一小坛子芝麻盐放在锅台上，让我们打牙祭。

每次做芝麻盐之前，母亲总是站在院子里，她将芝麻倒进簸箕，微微弯腰，双手一上一下娴熟地簸动着，细微的灰尘在阳光下荡起了薄雾，芝麻中藏匿的碎叶子溜到了簸箕的舌头处，轻轻一拨就掉在地上了。有时候簸好的芝麻中还会夹杂一些泥屑石子，母亲会小心翼翼地拣出去。

炒芝麻是制作芝麻盐的一道重要工序，看似简单，却是个技术活。譬如火候的掌握，火大了，容易把芝麻炒煳，吃起来又涩又苦，难以下咽；火小了，芝麻半生不熟，擀不碎，口感也不好。

那时候家里用的是土锅台，炒芝麻用的是生铁铸成的黑锅，用柴火烧锅，火的大小很不好把握，完全凭经验。母亲炒芝麻用的是麦秸，什么时候火大，什么时候熄火掌握得恰到好处，所以做出来的芝麻盐味道特别香。

最后母亲将炒熟的芝麻堆在木质的案板上，此时炒熟了的芝麻体型比原来丰腴了许多，鼓鼓胀胀的，有一种圆润之美。大约过了一个多小时，母亲将凉了的芝麻均匀地摊在案板上，然后用一根又粗又长的擀面杖，重重地碾轧芝麻。母亲双手吃力地向前推进，缓慢得几乎感觉不到擀面杖的滚动，好似下面躺着坚硬无比的石头。

如此反复碾轧几遍，她才明显加快了速度。据母亲后来说，头几遍碾轧最费力但很关键，要把芝麻里的油轧出来，这样做成的芝麻盐才香。接下来粗大的盐粒该登场了，那时候村里人用的都是大粒盐，不像现在是细碎的盐末。母亲将盐粒碾碎后，均匀地撒在芝麻上，然后装进一个黑瓷坛里。

晚饭的时候，玉米饼子刚出锅，母亲就会用菜刀将饼子横着劈开，舀一勺芝麻盐夹在中间，塞进我的手里，看着我狼吞虎咽的吃相，母亲脸上就会浮现出淡淡的笑意。记忆里我从没看见过母亲自己吃过饼子夹芝麻盐，她总是自己吃咸咸的腌菜，香喷喷的芝麻盐总是紧着家里其他人吃。

望着眼前的芝麻地，母亲在厨房里做芝麻盐的场景，就像电影画面一样在脑海里挥之不去。于是淡淡的乡愁如一缕缕云烟在心头萦绕……

小时候我没发现芝麻盐有多金贵，现在却突然发现母亲的芝麻盐是那么金贵，因为芝麻盐里凝聚着她对一个家庭无私的付出和对子女满满的爱啊！

我的红薯情结

我刚会走路的时候，对吃的很挑剔，几乎没有能勾起馋虫的饭食，唯独对红薯情有独钟。譬如说我在院子里玩儿的时候，大人怎么喊都没反应，只要喊一嗓子："锅里的红薯熟了，谁吃呀？"我便立马回声："我吃！"然后冲进屋里，爬上土炕坐在饭桌前，伸手拿起盘子里的红薯狼吞虎咽地吃起来，吃了这一个又想吃下一个，总是等到父母说"行了！下顿再吃吧"，这才肚子饱了眼不饱地放下。

我最喜欢吃的是埋在灶膛里的烤红薯，冬天的晚上，母亲在灶台前做好饭，灶膛里柴火的余烬还旺着，经常会拣几个个头小的红薯埋进去煨好，大约一个小时后，从灰烬里扒出红薯，剥开乌黑的焦皮，露出黄澄澄的瓤儿，散发出阵阵诱人的香味。我放嘴里咬一口，软酥酥、甜丝丝的，甭提多好吃了。当然，剥过红薯的手上也会沾满黑乎乎的炭灰，稍不注意，就会弄到脸上、鼻子上。每每这时，母亲总是扭过头笑着，然后快速捏一下我的小鼻子，半斥半嗔地道一句："小馋猫！"在那个物质并不丰裕的年代，可以说，灶膛里的烤红薯就像今天的肯德基、麦当劳，是当时我们这些孩子最喜欢吃的食物。

我记得那年月红薯只有两种，一种白心的，一种黄心的。白心的熟了之后很面，适合老人吃，黄心的很甜，是孩子们的最爱。我们吃的红薯都是自己家里种的，村里人都有一块自留地，虽然地不多，也就一亩左右的样子，但几乎家家都会留出几分地栽红薯，一来是家家有孩子，可以让他们解馋，另外家家有老人，老人吃那东西牙齿不费劲。

红薯其实很好"活"，栽的时候浇上水，然后等水渗好后，再用土掩埋，露出茎叶就能活了。如果赶上了一场雨，雨后的红薯秧子水灵灵的，碧绿碧绿的叶子真如"小家碧玉"一样，惹人喜爱。红薯到了夏季就开始猛长，拉蔓，四处扩张，它的茎叶通常向四面八方延伸，和它周围的同伴们连成密密麻麻的一大片，仿佛给整个大地披上了一层绿地毯。为了控制藤蔓生长，要定期给红薯翻秧，从而促进地下的根茎生长，结出更多、更大的红薯。

红薯花不是一种大红大紫惹眼的花，它的花通常是粉粉的，散发着淡淡清香的小花，形状好似喇叭花。红薯叶子呈卵圆形，碧绿碧绿的，那些粉粉的小花映衬在碧绿碧绿的叶海里，就像夜幕上缀着的小星星。

秋天是红薯成熟的季节，那些绿叶葳蕤的红薯叶子经过了秋霜的袭击，个个变得蔫头蔫脑、没精打采，先前的绿叶也变成了经霜的红叶，真似"霜叶红于二月花"的情景。红薯和花生一样埋在地下，在刨红薯的时候，我们这些孩子给大人们帮不上任何忙，只能到挖过红薯的田里捡一捡，看有没有大人们遗漏的红薯或者还埋在土里的红薯。如果发现一块丢下的红薯，就像见到宝贝一样，急忙用小手挖出来。

现在，红薯在超市里能看到，农贸市场里随时都有，偶尔在街巷里还有卖烤红薯的小地摊，只要看到烤红薯，我总要走上前去问一问，买上一个饱饱口福，即使不买，闻一闻那久违的香气，也能感受到一阵温暖。可是在城里闻到的烤红薯味，却再也没有当年在乡间那样香甜了。

铁豆子

20世纪六七十年代，村外的野生绿豆一片一片的，到处都是铁豆子，比如庄稼稠密的垄沟里，枝叶繁茂的果树下，杂草丛生的坝墙边，到处可以看到它们叶片繁盛的身影。

这种野生的绿豆秋天成熟，成熟后的豆子和普通绿豆样子差不多，但放进嘴里一嚼，坚硬得几乎能硌掉大牙。放在锅里，任你怎么煮也煮不烂，所以人们给它取了个名字叫"铁豆子"。

小时候母亲却非常爱采摘这种铁豆子，每年秋天都会采摘几十斤，用来在过年前后生豆芽，给大家做菜用。记得母亲在生豆芽前，首先找到四个大小适中的盆子，是20世纪六七十年代的泥盆，必须保证盆没有油渍，否则豆芽极易腐烂。

每年过了腊月二十，母亲就开始生豆芽了。她生豆芽第一个程序是将铁豆子放到盆里清洗，洗净后，母亲会在盆里加入温水，之后再点几滴白酒。铁豆子在水里泡上一天一夜，把水沥净，用盖帘盖住，上面再加些保暖措施，最后放在热炕头上，为了保障土炕的温度，无论白天黑夜，灶膛里都有柴火的余温存在。大约一个礼拜，豆芽就在盆里长成了。

母亲生的四盆豆芽水灵灵的，非常鲜亮，一大部分送给左邻右舍，一小部分留作自家用。这种铁豆子生成的豆芽，过年时无论是熬汤还是炒菜，都脆脆甜甜的，非常受客人们欢迎。左邻右舍吃过后，也夸赞母亲生的豆芽味道好。

看到母亲过年生的豆芽如此受欢迎，到了秋天，村里很多女人也开始采摘铁豆子，在过年的时候，来向母亲讨教生成豆芽的窍门。

与现在超市或者街头卖的绿豆芽相比，母亲用铁豆子生成的豆芽在口感上更胜一筹。我想，也许这种野生绿豆天生就喜欢接地气的热炕头，沾染了人间烟火气息的铁豆子，才会"变废为宝"，成为人间美味吧。

　　不过，遗憾的是，不知什么原因，现在这种野生绿豆在家乡已经绝迹了。

母亲的千层茄子

小时候每到深秋时节，生产队菜园子里的茄子就拉秧了，家家户户都会分上一两背筐大小不一的茄子。茄子背回家后，母亲就会给我们做千层茄子吃了。

做千层茄子是不需要去皮的，母亲把大小不一的茄子放在案板上，一片挨着一片切下去，等快切到底部时及时收刀，让每一片与底部连着一点点。每一片的厚度大约1厘米，把葱花一层挨一层均匀撒进去，然后再轻轻压实。

压实之后的茄子是要在大铁锅里煎的，母亲在锅底倒入适量的豆油或者棉花籽油，油必须恰到好处，少了，千层茄子会煳，多了，做出来的茄子吃起来会油腻。

母亲是此中高手，她做出来的千层茄子，紫黑色稍显焦黄，茄子夹着绿色的葱花，上面撒一些五香粉，五香粉的浓香夹杂着葱香非常诱人。

在我的记忆里，吃千层茄子的标配是刚出锅的玉米饼子，将茄子夹在玉米饼子中间，喝着小米粥，再来上几瓣儿霸州本地的红皮蒜一嚼，真的非常开胃，越嚼越香。在那个年代，秋后能吃上两三顿千层茄子，就像过年能吃上肉馅饺子一样，对于年少的我来说是一件非常渴望的事情。

现在我们的生活早已有了翻天覆地的变化，我吃过很多酒店里厨师做的色香味俱全的菜肴，不知何故，却总觉得这些美味远远不及母亲给我做的千层茄子那么令我垂涎与惦念。

和谐"腊八饭"

童年的记忆里，我们北方的农村"腊八"这天早晨，家家户户一定要吃"腊八饭"。

"腊八饭"是必须凑足八种食材的，比如大米、小米、高粱米、绿豆、红豆、红枣、花生、瓜子仁等。

那时候农村穷，谁家也没有那么全的食材，为了做一锅可口的腊八饭，不知从什么时候起，村里兴起一种"借粮"之风，大概意思就是"腊八"的头天，让家里的小孩子到左邻右舍"借"家里没有的食材。

那时候我大概五六岁的样子，"腊八"的头一天，姐姐手里端着一个葫芦瓢，领着我去左邻右舍"借粮"。每到一户，我和姐姐就嘴甜地叫着"大娘、大婶子，你家有绿豆、红小豆吗？我们家没有，我妈让我来借点"。看到我们，大人们总是笑嘻嘻地把我们需要的东西捧出一些，放进葫芦瓢里。

母亲也是个讲究的人，我们家院子里有一棵枣树和一棵杏树，每年，母亲早早地就把晒好的红枣和去了壳的杏仁精选出来，就为这一天送给来"借粮"的孩子。看到有小孩子进门，母亲就喜笑颜开地捧出红枣和杏仁相送。小孩子接过红枣和杏仁开心地跑了，母亲脸上也会露出舒心的笑容。

"腊八"这天，天刚蒙蒙亮，我们还沉浸在梦里，母亲就在灶间忙活了。蒙眬中，"呱嗒——呱嗒"拉风箱的声音有节奏地传来，然后，腊八饭的香气便弥漫在屋子里了。腊八饭焖好了，母亲就在灶间里大声喊："起床！吃腊八饭喽！"

吃完饭后，父亲会让我端上一碗腊八饭跟在后面，自己手里拿着家里的菜刀，来到院子里的枣树下，用菜刀在枣树的树身上圈割开一道韭菜叶大小的缝隙，然后将腊八饭抹进缝隙里。据说枣树吃了腊八饭，来年树上结的枣子不仅多而且甜。

我对这个问题一直百思不得其解，前几年在家乡的一处枣园，一位果农为我揭开了疑团。原来枣树在结果时最怕雨水过多，雨水多果实坐不住，还容易烂。在枣树中间划开一圈缝隙，可以阻止水分上升到枣树的枝杈上，起到保护坐果的功效。

后来，随着生活条件的改善，农村生产的粮食丰足了，到了腊八也就没有孩子出来"借粮"了。时代不同了，人们在做腊八饭时更注重健康与养生，在健康生活理念的指导下，选择食材时除了传统的糯米、红枣、赤豆、花生、莲子、桂圆外，又添加了小米、糙米、燕麦、百合、菱角、山药蛋、枸杞、葡萄干、栗仁、橘皮和桂花。煮熟后，吃起来黏黏的，含在口里的香甜与爽滑余味无穷……

尽管如此，我总觉得现在的腊八饭，远没有小时候"借粮"做的香甜可口。我想，这也许是因为当年的腊八饭里藏着困难岁月邻里之间的相互帮衬与友善，才让我殷殷眷念吧。

冬至的饺子

我们北方人有冬至吃饺子的习俗，时至今日，每逢冬至我最想吃的还是小时候母亲用白菜和油渣包的饺子。那白胖胖的饺子里有一股白菜和油渣混合的香味，想一想就让我口生津液。

记得小时候，每逢冬至的前一天，一向节俭的母亲总会买回一些半瘦半肥的猪肉和膘油，然后切成小块，燃起土炕前的灶火，开始熬炼。待铁锅烧热，母亲熟练地把一盆肥嘟嘟的肉块儿倒进锅里，小火慢烧。每当油渣从油层中浮起，母亲就用笊篱小心地捞起，左右一颠，控干油，再倒进准备好的瓷盆里。而我和弟弟最幸福的事情，就是能吃上几口脆香的油渣了。

冬至这天的晚上，从生产队放工回来后，父亲忙着剁白菜馅，母亲忙着和面。面和好后母亲就开始调菜馅，母亲将拧干水分的白菜馅放进盆里，放入适量的盐，再把一碗油渣倒进去，然后用一双筷子不停地搅拌，调好以后还特意再点上几滴香油，屋里顿时香气四溢，惹得年幼的弟弟久久不离菜盆。

之后，全家人就有说有笑地包饺子，姐姐擀皮，妈妈和爸爸包，我负责在土灶前烧火。盛饺子馅儿的瓷盆空了，油浸浸的瓷釉上，还沾着油腥子，母亲舍不得，总是用饺子皮擦拭几遍，然后将两个饺子皮叠放在一起，捏好四边。这样的饺子大概会有10多个，都是母亲吃的，她不让我们吃。母亲说，妈不喜欢吃馅儿，就喜欢吃水煮过的面合子。长大后我才明白，母亲这是担心我们小孩子吃不饱撒的谎啊。

当热腾腾的饺子被盛入粗瓷碗里端上桌，全家人就开始蘸着醋兴高采烈地吃起来。那时候能够吃上一顿这样的饺子，就像过年能吃上大鱼大肉一样，相当奢侈。

如今人们吃饺子越来越讲究，比如说我家冬至吃的就是三鲜馅饺子，三鲜馅的配料是韭菜、鲜虾、猪肉、鸡蛋、木耳、香菇。平日常吃的大多是白菜猪肉馅、白菜牛肉馅、西葫芦羊肉馅、猪肉青椒馅、猪肉大葱馅、牛肉大葱馅、羊肉大葱馅、素三鲜馅还有猪肉芹菜馅的，等等。饺子馅儿的种类可谓花样百出，但是于我来说，最怀念的还是小时候吃的白菜油渣馅儿的饺子。那种油渣和白菜混合的香，是香到我骨子里，浓到我血液里的，40年过去了，依然让我魂牵梦绕。我曾无数次依照母亲的做法包过这种饺子，可入口之后，却吃不出记忆中的滋味。

小时候，家里天天发愁吃什么，现在大鱼大肉吃惯了，我们也发愁吃什么，可是这两者的差距，只有经历过的人才明白。面对这种变化，我常想，对于生活我们要有一颗感恩的心，唯有如此，才能让自己在人生这条只有单程车票的路途上，时时刻刻发现生活中的美好，心情才能像春天的绿草地一样洒满阳光。

最爱家乡的贴饽饽熬小鱼

在我的儿时，家乡曾经河流密布，到处是野藤般乱缠的沟渠河塘，想吃鱼是再简单不过的事情。贴饽饽熬小鱼是当时人们经常吃的一道饭食。三伏盛夏，忙里偷闲，大晌午的，大人们提了铁锹、笊篱钻进水沟河汊，一阵忙活，两三斤鱼秧子便捞了上来。

到家里，老婆孩子一阵欢喜，用几桶新汲的水洗个透，一把剪子将鱼肚子剪个口儿，挤出五脏六腑，再经过一阵清洗，干净了，就下锅。锅是大锅，鱼下去，锅开上来，味儿也溢出来，就在锅边贴一圈饼子。盖上锅盖，猛烧火，工夫不大，一锅贴饼子熬小鱼就成了。

由于物质贫乏，那个年月根本就不是先用油把小鱼煎一下，而是把加工好的小鱼放到开水锅里，撒上点盐、醋与酱油、生姜和大蒜，待到锅热了的时候，将和好的玉米面团成团，贴在柴锅周围，锅里的小鱼熬熟了的时候，玉米饼子也熟了。如果等鱼熬熟之后再贴饼子，饼子就没有了独特的香酥味。熬鱼贴出的饼子金黄如酥，香味儿馋人；吃着饼子，小鱼成了无上的美味儿，咸是香，腥也是香，一口饼子一条鱼，头也罢，尾也罢，肉也罢，刺也罢，都合了饼子一口咽下，咸香之中，什么劳累辛苦都没了。三五个饼子，几十条小鱼，就肚腹胀满，腰身一伸，感觉日子竟这么美。

家乡流传着一句俗语："贴饽饽熬小鱼一锅收（熟）"，就是巧借了该风味小吃之名。贴饽饽熬小鱼里的小鱼，最鲜美的是家乡的小河鱼（民间亦称小麦穗或是小豪根）放在锅底熬上，小鱼熬煮得软烂鲜香，异常美味。

转眼 40 年过去了，不知从何时起，这贴饼子熬小鱼又悄然时兴起来，成了美味，成了佳肴，成了少见的稀罕物。大饭店打出招牌：传统美食，贴饼子熬小鱼；大宾馆贴出广告：回归自然美食。而且要大锅贴大锅熬，要农家的火农家的灶。大鱼大肉早腻了，人们对这种农家饭非常感兴趣，吃的人越来越多。

每到双休日，我常常到菜场上转转，看有没有我要的小杂鱼，幸运的话也能买到，不计贵贱，我总会买上一斤，拿回家里做一锅贴饽饽熬小鱼。做这道美食最好是活的小豪根和小麦穗，或小鲫鱼，棒子（玉米）面得是当年的新鲜粮食。大锅烧热后，锅底熬鱼，锅帮四周转着圈儿贴满饽饽，配了葱、姜、醋、料酒，再放上宽宽的粉条，大铁铲翻两下，那股子鲜美与浓香直往人鼻孔里撞，似乎有只无形的大手牵着我，围着灶台团团转，垂涎欲滴是必然的。

和老伴儿一起吃贴饽饽熬小鱼的时候，我感觉我们品味的不仅仅是小鱼的鲜美和饼子的芳香，我们品味的是童年的味道，那也是乡愁的味道啊！

春分时节韭菜香

在我的家乡河北，春分是人们吃头茬韭菜的时候。

记得小时候，家家户户都有一个不大的菜园子，园子里种着各样蔬菜。春天，韭菜无疑是菜园子里最先吐绿的蔬菜。在惊蛰之后的第一个雨夜，韭菜纷纷萌发出来，先是嫩黄中稍有些浅绿，如一群初出闺阁的少女，显得弱不禁风。然而过不了两天，在暖暖的东风吹拂下，瘦弱的韭菜就变得如少女一般亭亭玉立。

春分一到，村里家家户户就开始割头茬韭菜。人们割韭菜大都选在清晨，太阳还没有出来的时候。这个时间段割下的韭菜，带着露水珠，格外鲜嫩。无论是包饺子，还是用来炒菜都极可口。

我曾跟着父亲去菜园割过头茬韭菜。在清晨的薄雾里，父亲一边割着韭菜一边告诉我，割韭菜有讲究，镰刀在土下不能太深，也不能太浅。镰刀割下去深了，会割断了韭菜的芽根，这样韭菜就难以顺着原来的芽处生长；如果下镰刀过浅，芽的根留得过长，新芽就会被老根束缚，长得不粗壮。父亲是行家，一镰刀下去，恰到好处。割下来的韭菜，我拿在手里细看，根部是紫色的，一拃多长，样子鲜嫩油绿、娇小精致。用手抖几下，绿叶摇摆着，上面还有晶莹的露珠在叶子上跳跃。

一捆韭菜拿回家之后，父亲会把韭菜放在锅台上，对着母亲喊上一句："中午吃饺子，韭菜鸡蛋馅！"我和弟弟听到这消息，心底无疑乐开了花。吃过早饭，暖暖的太阳下，母亲坐在院子当中开始择韭菜，择下的韭菜叶也被家里养的大鸡小鸡吃得所剩无几。母亲把院子收拾干净，接着从屋里拿来水桶和菜盆，到水井旁洗韭菜。清冽凉爽的井水倒在菜盆里，嫩嫩的韭菜经过一遍遍清洗，绿得如翡翠一样晶莹剔透。

母亲洗完手，走进屋里先和好面，然后在案板上切韭菜，韭菜在屋子里散发着浓郁的气息。切好的韭菜放进盆里，母亲便让我抱进柴火生火。灶膛里火花噼啪响的时候，母亲会从里屋盛粮食的大缸里拿出几个鸡蛋（这是家里养的老母鸡下的，存了很久），将鸡蛋在碗口磕开，锅里倒些棉花籽油，就开始摊鸡蛋了。摊好的鸡蛋金黄诱人，待凉了以后倒入韭菜馅里，放上盐和几滴香油，鸡蛋韭菜的香味便从屋里飘入院子，又从院子飘入胡同里……

母亲心灵手巧，包的饺子非常好看，各个像元宝。中午饺子出锅后端上饭桌，我迫不及待地咬上一口，小麦面的筋道，混合着鸡蛋和韭菜的鲜香，吃在嘴里那叫一个香，好吃得停不下呢。

50年过去了，我一直喜欢吃韭菜，尤其是韭菜鸡蛋馅的饺子。只是现在的韭菜大多是大棚里生长的，虽然长得翠绿丰满，却远远没有童年菜园子里的韭菜味道浓郁。

我觉得小时候的头茬韭菜之所以好吃，也许是因为它们经历了严寒，内心深处藏着一种坚韧和对春天的向往，就像"梅花香自苦寒来"的梅花，都有一种来自骨子里的坚毅吧！

烤红薯的诱惑

小时候的秋天，我最快乐的事情就是和小伙伴们在野外烤红薯。

每逢周末，我们就会各自从家里的窗台上，挑选两块经过晾晒的红薯揣在怀里，然后来到村北中亭河岸边，挑一个避风的地方就开始挖坑。

我们挖的坑大概20厘米深、40厘米宽，然后捡来碗口大的土坷垃垒成一个小小的窑。之后大家就开始四处捡干柴，我们用的柴火主要是树木的枯枝，毕竟木头的底火硬，容易燃烧。

有人先把枯草放进窑里点燃，然后再填入玉米叶、玉米秸之类的继续加大火势，最后把折成一小段一小段的枯枝放进去，而且必须非常小心，否则一旦枯枝把土坷垃垒成的窑给碰塌，就前功尽弃了。

在火苗的炙烤下，坑里潮湿的泥土很快就干裂起来，待到炭火与坑口持平时，我们急忙将坑里的柴灰扒出来，迅速将10来块红薯丢进去，再把炭火埋在红薯上，之后就得迅速用砖头砸塌上面的土坷垃，压埋在炭火上面。

在兴奋和煎熬中等待近半个小时后，红薯出窑的美妙时刻终于来临，大家小心地扒开窑土，用树枝把红薯从炭灰中扒出来。一个个熟透的香气怡人的红薯展现在眼前，顾不上红薯的热和烫，我们一个个双手腾挪、辗转哈气，忙着揭去那一层灰炭色外衣，就开始大口咬着冒着油的瓤儿。进入口腔的红薯，草木灰的余香若有若无，经过咀嚼的红薯顺着喉咙滑下去，像柔滑的泥鳅一下子就钻进胃里。

吃过红薯的我们，在田野上驰骋玩耍，就像小马驹一样不知疲倦。

我们钟爱烤红薯的原因不仅在于它可以帮助我们满足果腹之欲，体验唇齿留香的感觉，更重要的是它能极大地补充能量。

　　去年，60多岁的我和两位年龄相仿的朋友星夜登泰山，走到半山腰的时候，我们几乎筋疲力尽，没想到竟然碰见一位卖烤红薯的地摊，一人买一个，狼吞虎咽地吃完，顿感浑身上下充满力量，大家一口气爬到泰山山顶，终于看到了"一览众山小"的日出胜景。

南瓜飘香

20世纪六七十年代，村里几乎家家都缺少口粮，为了填饱肚子，除了把红薯当主粮，每家还都种着南瓜。南瓜易种，好成活，产量高，储存时间长，是人们过冬和解决春荒之际温饱的重要食物。

在我童年的记忆里，南瓜可谓全身是宝，南瓜子除做种子外，还可以晒干生吃或炒焦吃，是我们农村孩子冬闲时的零食；南瓜花儿可以做菜，还是一味中草药呢，能清湿热，消肿毒，还能下乳；南瓜秧可以喂猪；南瓜的藤蔓可以铡碎了沤粪做土肥。

南瓜青嫩时，可以切成南瓜丝掺上白面搅动，摊成南瓜咸食（类似于饼状的一种食物）充饥，也可切成丝或者片，像土豆一样炒着吃。

南瓜个头大，不怕寒霜，所以村里人采摘南瓜大多是在立冬时节。摘回家的南瓜堆放在院墙下，经过寒霜沁润会更甜，这样的南瓜被称为"老南瓜"。数九寒冬，家里常吃的早餐是南瓜汤，冬天的早晨，北风呼啸，我们兄妹四人躲在被窝里不愿起来，母亲在外屋把老南瓜洗净外皮，用刀剁开，扒出瓜瓤，然后再一切四瓣，选一瓣再切成片，一个普通的南瓜熬汤，我们家通常需要四五天才能吃完。

在铁锅里添水，等到水开后放入南瓜片，铁锅边缘贴上玉米饼子。出锅时南瓜汤里淋几滴香油，屋里顿时香气四溢。起床后我们每人喝上两碗南瓜汤，吃上一个玉米饼子，吃饱后浑身暖意融融，冬天的寒冷被驱逐得四处逃逸。

我的最爱就是妈妈包的南瓜馅菜团子，南瓜馅包在玉米面团里放进锅蒸，当那特有的南瓜香气飘出来的时候，再用小火焖一会就好。母亲做的南瓜菜团子汁水多，味道鲜，混合着玉米的香气，那个好吃劲儿，想起都垂涎欲滴。

　　我当了医生以后才知道，南瓜看似普通，却有极高的药用价值。南瓜含有多种维生素和矿物盐等营养成分，不但可以润肺化痰和清毒，还能防治各种疾病。

　　如今人们早已经吃惯了大鱼大肉，南瓜却变身为一种时尚食品，现身于各种不同风格的高档餐饮场所，南瓜饼、南瓜汤、南瓜饭、南瓜菜应有尽有，满足着人们渴望健康的愿望。

煮花生

在人们的记忆深处，所珍藏的往往并不一定是多么重要而奇异的事物，有的其实平常得无足称道，只是因其在特定场合、特定情景触动过自己某种感情的神经，于是便留下了刻骨铭心的记忆，以至终生不能忘怀。我对于煮花生就有这样一种情结。

去年秋天，我们几个分别了十多年的初中同学兼室友，在小城相聚，人生难得这份同窗情缘，虽然分别后并非日日思念，一旦再聚首，便有一种阔别重逢的兴奋和喜悦。况且又分别了那么久，各自境遇不尽相同，自然有说不尽的话题，聊不完的故事。求学时的各种美好，分别后的种种变迁，各自经历的趣闻逸事，一一泛上脑海，尽兴地谈吐。聊这聊那，没有主题，没有头绪，忘乎一切，欢乐开怀。

中午聚餐后，聊了整整一个下午，仍意犹未尽，个个摩拳擦掌，豪情满怀。晚上又一起用餐，席间不知哪个问了一句：你们还记得当年咱们在文章家吃煮花生的事吗？这一问犹如干草上点了火星，立刻引爆了一场关于煮花生的热烈谈论。

"记得，记得，当然记得。"

"那能忘得了吗？"

"那次吃得那叫香。我不知你们怎么着，我以后真再也没吃到过那么好吃的煮花生。"

"是的，是的，我也一样。"

于是我也沉浸在回忆中。

文章家离中学最近，他每天走读，骑一辆自行车往返于学校和家之间，令我们几个住校生羡慕不已。文章性格内向，平时不常与人交往，也不轻易流露对人的好恶。我们厮混了一个学期后，文章终于压抑不住少年爱热闹的心情，有一天突然要请我们周末到他家去玩。我们这帮笼子里的鸟儿，当然欣然同意，甚至为之欢呼雀跃。好不容易挨到周末，我们一帮便呼啦啦拥到文章家里。

他家有三间古朴的平房，虽然有点老旧了，却依然宽敞明亮。屋里屋外收拾得十分整洁，家什物件摆设得条理井然，显出这是个勤劳的庄户人家。

文章的父母，慈祥善良，和蔼可亲。我们的到来，使两位老人十分高兴，他们在当院阴凉地里安置了小桌小凳，让我们坐着喝茶。我们像毛猴子一样哪里坐得住，于是这里那里东瞧西逛。到了别人家里总觉得一切都很新鲜。最使我惊叹的是，他们家房后面那一大片花生地，花生虽已接近成熟，枝叶依然浓密，满眼碧绿，完全遮蔽了土壤，那花生依然呈现着葳蕤的长势。

文章的父母一眨眼的工夫便抱到院里一大堆花生棵子。花生长得很好，饱满的果实，一嘟噜一串的，累累如珠。我们一起忙活把花生果一颗颗摘下来，在清水里淘洗干净，捞到篮子里，下面的事情文章妈妈就不用我们干了，叫我们去一边玩着等着吃。我们说着闹着，觉得才不多一会儿，文章的妈妈便端上来一大盆热气腾腾的煮花生。我们便毫不客气地围着盆吃起来。花生咸淡适口，花生仁儿软软的嫩嫩的，缭绕的热气中有一种特有的扑鼻香味。我们吃得兴致盎然，各人的两手和小嘴巴都紧忙活，谁也不甘落后。不一会儿，便见了盆子底儿，一大盆花生果变成了满桌子的皮壳。

文章妈妈看我们吃得尚不足兴，在我们没留意间，一盆刚煮好的花生又端了上来。我们于是又埋下头来吃。

"孩子们，吃个够吧，咱地里有的是。"主人的亲切和诚意，使我们几个尚不懂事的少年心里都暖乎乎的，心里头和肚子里都感到十足的美好。

那一天文章的父母还设晚宴招待了我们。晚饭有好几个小菜，都是自己地里种的新鲜蔬菜，还让我们饮了点酒，是那种叫小香槟的甜甜的酒。当时吃的是些什么菜和饭，如今已经淡忘，唯有那香香的煮花生，却永远记在脑子里。

这些年随着物质的丰富、生活的提高，家庭饭桌上的鱼肉已属平常，几人小聚，到馆子里去撮一顿，品品生猛海鲜和珍稀的美味佳肴也不稀罕。虽然他们厨艺精湛，花样翻新，但吃来吃去，总没有哪种东西给我留下太深刻的印象，有些所谓美食，更不过徒有虚名而已，然而文章家煮花生的滋味，直到如今依然萦绕在我心头！

此次聚会，我们又沉浸在对那次去文章家拜访的回味中。想起了那煮花生的味道，有人提议，点一盘煮花生吧！一会儿服务员端上来了，白白净净的一盘煮花生。剥开尝了尝，咸咸的，确实比大鱼大肉好吃。转眼之间，一盘花生就被我们一抢而光。

面对这一盘简单的花生，我突然悟到，曾经很长一段时间，自己觉得生活就应该是大鱼大肉、吃香喝辣，如此才不枉此生。但后来我发觉，这种生活却是以牺牲简朴生活为代价，更何况餐餐肉荤让人感受到了一种无比真实的麻木与厌倦感，不断的油腻也让时间变得黏稠不堪，快乐也来得不纯粹了。

我想，生活还是应该回到简单，这才是人生的真谛，就像这一盘花生，简简单单放上盐和花椒大料用水煮熟即成美味，但真正懂得这个道理的人却不多，因为在物欲横流的时代，我们的心灵被太多的欲望填满了。

粽子里包裹的旧时光

端午节临近了，脑子里总想起儿时妈妈坐在院中枣树下包粽子的场景，这种记忆竟恍如昨日。

端午节一般在收割小麦的前后，属于农忙季节。为了全家人能吃上粽子，母亲总是提前 10 来天就要准备各种食材。第一项任务当然就是去劈苇叶，母亲趁早晨有露水或黄昏时，在河边的芦苇荡中精心挑选采摘。我们村紧挨着中亭河，这里地处九河下梢，盛产芦苇，苇叶翠绿清香。好粽子离不开好粽叶，家乡的人都知道，最好的粽叶要用芦苇尖下第三四个叶子最好，既嫩又不会妨碍芦苇生长，这样的苇叶也是母亲最佳的选择。

母亲首先将苇叶两面清洗干净，整齐地摆放在大木盆中，用水浸着备用。绑粽子用的是晒干的稻草，稻草也要经过水浸泡以后才会韧性十足，不断裂，并且粽子煮熟后有一股淡淡的稻香。那时候，我家经常包的粽子只有两种馅：一种是大枣馅，枣子是去年秋天自家枣树收的，放在屋顶晾晒后，被母亲保存起来；一种是红豆馅，红小豆是自家地里产的，经过蒸煮，被母亲加工成豆馅，再拌入红糖，非常甜。

等母亲将准备工作做完，我便赶紧拿来一个小凳子，坐在母亲身边看她包粽子。母亲拿出三片苇叶，并列叠起来，放水里轻轻一掠，两只手将苇叶包成圆锥状，撮一把糯米放入其中，再放入红枣或者豆馅，余出的苇叶来回缠绕成四面体，再用稻草勒紧，仅十几秒，一个棱角分明的粽子就完美地呈现在眼前。

一脸盆糯米，母亲要用两个多小时才能包完。等母亲把包好的粽子在凉灶锅里摆好，加上井水的时候，已经是黄昏了。我便开始帮母亲生火。柴火在灶里噼里啪啦响起，慢慢地苇叶的清香就在小院弥漫开来。家里大人从地里回来，月亮已经爬上枝头。这时候在院中放一个地桌，全家人围坐在一起，粽子就会被母亲端上来。看着一家老少开心地吃着自己包的粽子，她的脸上就会露出幸福的笑容。

现在母亲已经离开我十多年，我再也吃不到她老人家包的粽子了。不过每年端午，无论多忙，我和妻子都会亲手给家人包一盆粽子。我们夫妻包的过程很快乐，孩子们吃起来也很开心，这就是自己包比买更有意义，这难道不是过端午节的仪式感吗？

在端午节，我们包的不仅仅是粽子，更是一份浓浓的节日氛围。为家人准备一顿自己亲手包的粽子，又何尝不是对孝道的传承与榜样的力量呢？

一碗红糖水

对于我们 20 世纪 60 年代出生的孩子来说，童年的时候，红糖绝对属于一种可望而不可即的奢侈品。那年月只有女人坐月子，或者家里老人病了才有资格喝上一碗红糖水。

如果上学路上有一个小伙伴，手里拿着一个夹了红糖的玉米饼子吃，一定会引来同伴们羡慕的眼光。尤其是冬天，能喝上一碗热气腾腾的红糖水，曾是多少孩子的梦啊！

记得当时人们沏红糖水用的都是吃饭的大海碗，通常在碗底放上两勺糖，铁锅里的水必须滚烫，舀出来倒入碗里，然后用一根筷子不停地搅动，直到红糖全部溶化为止，屋里就会有浓浓的糖香扩散开来。如果家里有人头疼脑热，喝一碗红糖水就会药到病除。

那时家里住的是土坯房，冬天取暖的方式就是烧炕，毕竟屋里连个煤球炉子都没有。如果我偶尔感冒了，出虚汗高烧不退，在那个缺医少药的时代，妈妈就会让我先躺在炕上，盖上厚厚的棉被，然后为我沏上一碗热气腾腾的红糖水。她说，红糖水是祛寒的，喝下它把寒气驱走，感冒就好了。

童年的红糖都是黑红色的，远比现在超市里的红糖颜色厚重。红糖水沏出来给人的感觉，可以说是色浓味酽。趴在被窝里，看着碗里那翻滚的深红色，嗅着热气里渗出的甘甜和芳冽，我总是忍不住要喝一大口，当红糖水沿着喉咙被缓慢地咽下去的时候，那种甜和暖会通过食管，一点一点暖到心底，之后扩散到四肢、指尖和脚尖，让我感觉浑身舒坦。

一大碗红糖水下肚，热汗就冒了出来，然后再美美地睡上一个晚上。第二天一早，我就又可以欢蹦乱跳地上学去了。

在缺医少药的年代里，我们这代人的童年没有面包，没有大鱼大肉，没有王老吉、加多宝，更没有奶茶和肯德基。但是一碗红糖水下肚，营养与热量、温馨与甜美便一同流向我们的五脏六腑，沸腾了我们的血管，让我们感受到了家的温暖！

饺子酒

我小时候的正月里，经常会下起大雪。大雪落毕，整个的村庄就静置在一片白茫茫的雪色之中。

记得 9 岁那年的大年初六，天空飘起了大雪，在张家口部队上的老叔托回家探亲的战友给家里送来 10 斤羊肉。当时父亲是生产队长，他和母亲经过商量，决定拿出全部羊肉包一顿羊肉馅的饺子，晚上请生产队里的会计、出纳，以及队里加工厂的厂长、业务等 8 个人来吃一顿"饺子酒"，在酒桌上让大家对生产队的发展出谋划策。

那时候人们吃的饺子，最讲究的就是过年时候吃的猪肉白菜馅儿。所谓的猪肉白菜馅是菜多肉少，帮子多叶子少，拌好的馅儿红少白多。那年月如果能吃上一顿纯羊肉馅的饺子，对于村里人来说简直就是一种奢望。

父亲在菜板上用菜刀把羊肉剁成馅儿，馅里加入了几颗剁得细碎的大葱，面是母亲和的，饺子皮是姐姐擀的。包饺子父母各自都有绝活，母亲是右手捏褶，一捏到底，背面煞是美观。父亲擅长的则是捏饺子，左手一下，右手一下，一个饺子就包完了，一下午父母包了满满当当六盖帘饺子。

黄昏到来，我和父亲踩着嘎吱嘎吱的积雪，沿着村中大街小巷请生产队的这些"骨干"来我家吃"饺子酒"。

那时候村里还没有电灯，为了屋里亮堂，父亲还特意从生产队的饲养棚里借来了一盏马灯，马灯亮起来的时候大家都来了，热腾腾的饺子出锅后，羊肉的香味便在屋内弥漫开来。

人们围坐在炕桌上，炕桌上摆放着一碗碗热气腾腾的饺子，还有父亲从供销社打来的 5 斤散白酒。大家互相敬着酒，说着自己对生产队发展的建议和看法，同时感叹饺子味道的美好，盼望着在大家的努力下，明年过年社员家家都能吃上一顿羊肉饺子。现场最高潮的部分是身为副队长的柱子叔兴高采烈地站在地上唱了一段："今日痛饮庆功酒，壮志未酬誓不休，来日方长显身手，甘洒热血写春秋。"

那天，我和姐姐、母亲三个人是在灶台上吃的饺子，那顿饺子真香呀！9 岁的我整整吃了三大碗。

饭后，人们准备回家，父亲提着马灯送大家。屋外，雪映大地，其实并不黑，街道看得一清二楚。更何况都是本村人，岂能被路上的黑暗绊倒？但父亲坚持给大家照亮，于是在雪夜的村庄里，父亲举着一盏马灯游走在大街小巷。

那个寒冷的正月，铭刻在我记忆深处的，除了热气腾腾的饺子酒，还有一盏马灯的亮光，以及一群为了村民能过上好日子呕心沥血的人。

家乡的老面酱

20世纪80年代后期，那个时候村里人已经解决了温饱问题，家家户户都有余粮。于是很多人家把平时剩下来的面食放干巴了，攒起来做面酱。制作这种面酱的原料就是家里剩下的馒饽饽、烂饼子，那时候人们主要吃的面食有玉米饼子、玉米面窝窝头、白面馒头或者白面饼。

到了盛夏时节，这些面食积攒到一定数量以后，女主人便把它们放到一个阴暗的地方，过了一段时间，食物表面就会长出"绿毛"来，这个时候，再把它们拿出来，在小棚子上铺上凉席，将这些长了绿毛的面食晒干。经过十多天的晾晒，还要把它们掰成一小块一小块，接着再晾晒。

制作面酱要在暑伏天，妇女们在家里烧一大锅盐卤水，凉透之后，将这些长了绿毛的小块块放进瓦缸里，兑卤水和匀搅拌成糊状。之后将坛口用白布封好，再在上面加盖一层塑料布用细绳将坛子口绑死。

当时村里还有骡子、马、驴等牲畜，这些牲畜的粪晒干后，便会被主人收集起来，堆在村外形成一个粪堆。主妇们会把粪堆刨一个坑，将坛子埋进去，然后在上面插上一个木棍做标记。大约十天半个月之后，主妇们会把坛子刨出来，打开封口，用一根干净的竹棍对着里面搅拌，搅拌均匀后，再把坛子封好，继续放进粪坑里发酵。

大概一个多月，面酱就制作成功了，这种村里人自己做的面酱的味道有点甜，颜色是黑的，味道非常鲜美。我小时候经常吃妈妈做的这种面酱，感觉它格外好吃，拿着新出锅的玉米饼子，用大葱蘸着面酱吃，嚼之让人满口生津，胃口大开，越嚼越有味，越吃越爱吃。如果再喝上一碗秋天新鲜的玉米粥，那滋味真是美极了。这种面酱不易变质，可以从夏天一直吃到冬天。

现在由于时代的变迁，骡马的粪便早已没有了，这种村里人自制的面酱也绝迹了。对于现在的年轻人来说，肯定感觉这种面酱不卫生，可是吃着这种面酱长大的一代人，我还真没听说过因为吃面酱闹肚子、中毒的事情。

家乡的面酱就像母乳一样，喂养了一代人，它在我们心中是甘醇的，有着阳光的味道。

儿时的冰镇西瓜

夏天每次吃西瓜，童年吃西瓜的场景就会浮现在脑海里，宛如记忆深刻的电影画面一样历历在目。

那是 20 世纪 60 年代后期，村里还没有电视机、风扇、空调、冰箱等家用电器。大暑之后，胡同里的人们都喜欢坐在院子里的枣树下乘凉。月色下，地上铺上一领炕席，几个女人坐在上面，家长里短地谈谁家男人勤快谁家孩子调皮，男人们坐在马扎上聊着庄稼和农事。我们几个小孩子追逐打闹着，心里却殷切期盼着能快一点吃上一块馋人的冰镇西瓜。

那时候还有生产队，村里各个小队都有一大片西瓜地，种的是一种叫"蹦金儿"的西瓜，这种西瓜黑皮、黑籽、黄沙瓤，吃起来非常爽口。西瓜陆续成熟，生产队隔三岔五就会把西瓜分给社员们。家里有了西瓜，胡同里的各家各户就有了一种默契，每天晚上总会有一户人家，在人们聊得正欢的时候，让家里的孩子去抱一个西瓜来，放在地桌上切开，请大家伙儿一起分享。

当然吃西瓜最讲究的，就是一个字：凉。那时候虽然没有冰箱，但也无大碍，人们有土办法，就是提前从井里提一桶凉水上来，把瓜扔进去，放在阴凉的地方，静心等待即可。这就是村里人通常说的冰镇西瓜，当然与真正用冰镇过的西瓜相比，在口感上还是有一定差距。

当这种冰镇西瓜上桌的时刻，就像汪曾祺老先生文章里描述的那样，一刀下去，绝对是咔嚓有声、凉气四溢，甚至连我们凝视西瓜的眼睛仿佛都是凉的。虽然每个人只能吃上不大的一块西瓜，但对于当时的我来说，已经感觉很快乐。

我小时候还真的吃过一次正宗的"冰镇西瓜"，我爷爷是生产队的车把式，中伏里有一次被县城里的一个公司借了去，上天津去拉冰块，晚上回来的时候抱回洗脸盆大的一块冰，用厚厚的稻草包裹着。爷爷说工人们在搬运的过程中摔碎了一大块冰，不能入库，分给了他这么一小块。他赶紧拿来一个水桶，破天荒地将两个西瓜放在里面，再将冰块砸碎放进水桶。

那天晚上，爷爷兴奋地告诉左邻右舍，今天他请大家吃真正的冰镇西瓜，这种冰镇西瓜过去只有慈禧太后那样的人物才能吃到，今天咱们这些平头百姓也享受一下皇宫里的生活。听了这话，院子里的人们一脸喜色。

说实话，用冰镇过的西瓜确实比凉水泡的要凉一些，西瓜的口感更甜。枣树下，大家伙儿大口大口地吃着，西瓜的汁儿流下来也不用顾及，吃得好开心、好惬意。在我的记忆深处，那个晚上吃的西瓜，是我至今吃过的最甜最脆的瓜，那味道令我魂牵梦绕，总也不能忘怀。

什么是快乐？小时候觉得能吃上冰镇西瓜就是快乐，而现在却发现，儿时邻里之间那种在一起吃西瓜的氛围，才是快乐的源泉啊！

童年的槽子糕

我们村是个 5000 人的大村，也是当时公社的所在地，大街上有一个供销社。

赵宏伟的妈妈在自己的哥哥当上供销社主任之后，去了供销社上班，她是售货员，负责卖各种糕点，里面就包括槽子糕。赵宏伟的妈妈上班后不久，人们突然发现傍晚回家的时候，她手里总是拿着一张草纸，由于包裹得不严实，里面包着的两块槽子糕很容易被看到。这个女人从从容容在街上走过，对碰到的每个人都要笑一笑，却从来不停下自己的脚步。

在大街上，我们这群孩子的眼睛，都被赵宏伟妈妈手里的两块槽子糕牢牢拴住了。我们甚至想，咳，做这个女人的儿子该多好呀，天天有槽子糕吃。在学校的操场上，我们经常问赵宏伟："你家天天有槽子糕啊！？"赵宏伟总是一脸漠然，会不屑地哼一声。我们又问："槽子糕好吃吗？"他还是那一声："哼——"赵宏伟这一"哼"仿佛是对我们真诚羡慕的不屑，但又好像不是。

一个月后的下午，在课堂上赵宏伟闹起肚子来，疼得他在地上打滚儿。老师一看吓坏了，急忙背上他，在我们几个男生的护卫下，直奔公社的卫生院。半路上，老师让人赶紧通知赵宏伟的父母，快点儿来卫生院。赵宏伟在卫生院躺了三天，才回来上学。

有一天下午放学后，赵宏伟将我们几个要好的小伙伴约到村外，神神秘秘地对我们说："知道我为啥闹肚子吗？都是我妈妈手里那两块槽子糕害的。那两块槽子糕是发霉的，供销社不要了，我妈妈说不能吃，不能吃，可她却天天提来提去，那天中午我趁她不注意就吃了，没想到刚上课就肚子疼。"停顿了一下，他接着说，"不过，我也算因祸得福，真的吃了一块槽子糕，我妈妈看我闹肚子住院，就花五毛钱买了两块槽子糕给我养病，那槽子糕又香又软又甜，真的很好吃。可惜我只吃了一块，另一块给了我妹妹。"

"哦，槽子糕本来就是又香又软又甜的。"我们也都这样自以为是地说。

晚上回到家里，躺在炕上，睡不着，悄悄对母亲说："槽子糕是又香又软又甜的，赵宏伟吃过，我啥时候能吃一块啊？"母亲听了，哽了一下，酸酸地说了声："睡吧！"外面，夜很黑。

那一年是1966年，我8岁，终于知道了槽子糕的味道。

韭菜开花滋味长

九月，田野里韭菜齐刷刷地排列着，叶似翡翠，鲜嫩欲滴，散发出一种淡雅的清香，还开出洁白优雅的韭菜花。韭菜开的花像一把把小伞，当小伞开到七成的时候，韭菜花就可以做酱了，也就是俗称的"韭菜花"。

前几日在地里望见一片韭菜花，不由得想起小时候母亲做韭菜花的场景。画面定格在20世纪80年代初期，那个时候包产到户，家家都有一块菜园子，韭菜是家家户户必种的蔬菜。立秋之后，韭菜就开始开花，韭菜花是母亲从家里的菜园子里刚摘来的，非常新鲜。

厨房里俯身干活的母亲，两条长辫子垂在胸前，她一朵一朵地择，将干枯的花去掉，花柄也掐去，时不时直起身，用袖子蹭一下额上细密的汗珠，然后又猫下腰继续工作。

择完韭菜花，母亲将它们放在一个大搪瓷盆里洗濯。大约要洗十来遍才算洗净。母亲从水缸里舀水，也得蹲下起来十来次，然后将小山一样的韭菜花，在笊篱上一次次控干。最后放在菜板上剁碎，成渣成末，收进盆里，放上大盐。如果赶上面梨熟了，或是晚黄瓜下来，都可以掺一些进去，口感和味道会更好。

这时老菜坛子该登场了，韭菜花全部被塞进去，然后罐子口用红布密封好。大约一个星期后，一早一晚的餐桌上，韭菜花就成了不可或缺的一道小菜。若是因为其他的菜看多而忘了端或不必端，奶奶或者母亲就会下意识地问一句："哎，那韭菜花呢？"仿佛少了它就不叫一顿饭似的。姐姐赶忙小跑着去厨房，从碗架里将其请出来，滴上两滴香油，捧到饭桌上去。那时香油很金贵，母亲是不舍得多放的。

吃韭菜花最酣畅淋漓的方式，就是掰半块新贴的玉米饼子，用刀从中间劈开，夹上一层韭菜花。棒子面的香味混合着韭菜花的气味，咬一口，特别香。小时候，妈妈在饭桌上说得最多的一句话就是："不能糟蹋粮食，否则老天爷不管饭吃。"母亲过怕了穷日子，一生勤俭节约。所以当时我吃饼子夹韭菜花，一边吃还一边用手接着，掉到手上的饼子渣，一定会重新放进嘴里。

现在我每次吃饭都想吃几口韭菜花，并且不会浪费一粒粮食，这与母亲的言传身教密不可分。

童年的杂面条

在 20 世纪七八十年代，在农村几乎家家户户都有一个木头大案板，一根近一米长的擀面杖。炎炎夏日，人们的中午饭很多时候都会选择吃面条。那时候不仅家庭主妇都会擀面条，就是很多男人也是擀面条的高手。

那时候由于白面相对匮乏，人们便将玉米面或者黑豆面这种廉价的东西与白面掺在一起，擀出来的面条俗称"杂面条"。这种杂面条在那个年月，我们在夏天经常吃到。村里家家户户都有菜园子，黄瓜、西红柿、豆角都下来了，蔬菜一定要挑嫩的，与卤拌在一起吃起来才爽口。那时候最常见的卤就是炸花椒油，如果桌子上再放上一碗调好的芝麻酱，那简直就像今天吃大餐一样了。吃面条必不可少的就是蒜汁。把蒜捣碎，加入醋少许，酱油少许，点上几滴香油，将它浇在碗里，和菜码、花椒油、芝麻酱一拌，吸溜一大口，嗨！那叫一个响，那叫一个香……

如今我已是花甲之年，记忆中吃到的最美味的面条，就是在姥姥家吃的榆树面条。那时候我大概七八岁，暑假住在姥姥家，天天和两个舅舅一起玩儿，一天中午，姥姥掺着榆树面给我们做了一顿杂面条。小小年纪的我竟然吃了满满三大碗，感觉吃得又香又过瘾。

现在人们的生活品质提高了，在家里吃面条配各种卤，比如鸡蛋西红柿、猪肉，其他菜码就更多了。人们也很少再动手擀面条，原来的手擀面变成了机器轧出来的那种。

每次吃面条，我总会忍不住怀念起从前的土灶、大锅、炕桌以及那炉膛里噼里啪啦燃烧的柴火，锅里鱼跃般翻滚的面条……

暖心的破米粥

　　最近妻子突然心血来潮，竟然从市场上买来一个小铁锅，我问她做啥用，妻子告诉我说熬破米粥。我问："为啥放着家里的电饭锅不用，非要用这铁锅，你也不嫌用着麻烦？"她说，只有用这个铁锅熬出的破米粥味道最好。妻子最后补充说，咱们现在年纪大了，多喝些破米粥对身体有好处。

　　说实话，对于破米粥我并不陌生。小的时候一过秋收，家乡华北大平原的天气就变得越来越冷，村里人为了节省粮食，一早一晚家家都会熬破米粥。家乡的破米粥是用当地产的黄玉米，在机磨上经几圈碾轧后，成为有渣有面的混合物，破米的工序就算完成了。再用细罗筛下面粉，留下的玉米渣就是破米。我们这里的破米和东北的大碴子虽然制作方法相似，但要比它精细一些，颗粒也小得多，和小米粒差不多。

　　熬好一锅粥还是有讲究的。这里的学问还不少呢！火烧急了粥潽锅米夹生，火烧弱了米是泡熟粥不香，搅动勤了粥太稀，搅动少了粥煳锅底。虽说家家有粥，家家却有不一样的味道。

　　小时候，母亲往往起得早，在村庄还未完全苏醒的微微晨曦中，她用大铁锅烧温一锅水后，再放入破米，用勺子不时搅动。锅开几次后，用小火慢熬。烧火的间隙，勤快的母亲开始收拾院落，打扫房间。这时粥越熬越稠，屋内外散发出玉米的芳香，伴着香香的味道我们陆续起床。

　　母亲将饭桌放在炕上，饭桌的中间摆上一盘自己腌制的咸菜，然后将粥盛在大瓷盆里，放上粥瓢子，稠粥能戳住筷子。农民劳动强度大，早晨喝上这样的粥，既暖和又抗饿能顶半天呢！那年月如果家里晚上能吃上一顿红薯破米

82

粥，对于我来说简直就像过年吃大鱼大肉一样兴奋。

母亲做的红薯破米粥是极其细致的，红薯洗干净，切成棋子大小的方块，先放在锅里提前煮上。等到水开后，再将金黄的破米均匀地撒入锅中，用勺子轻轻搅动。待到鲜亮的粥汁渐次黏稠起来，灶膛里煨起一丛麦草屑，慢火熬着，耐心等着。

在我家，红薯破米粥最佳的下饭菜就是胡萝卜拌葱丝，案板上有母亲切好的胡萝卜丝和切得非常精细的葱丝，放好调料老醋一浇，再点上几滴香油，诱人的香气直往人鼻孔里钻。等到粥一上桌，我会迫不及待地端起碗，就着爽口的下饭菜细细品味，那破米的黏甜，红薯块的甘甜，胡萝卜丝的清甜，混合在一起，令人唇齿生香，至今仍回味无穷。

在晚秋已经有些寒冷的夜晚，一碗粥下肚之后，我顿感舒心润胃，肺腑温暖，热汗淋漓，继而经脉通络，全身的毛孔也在这一刻完全张开，熨帖至极，畅达至极！等到两碗粥下肚之后，我虽然已经饱了却仍意犹未尽，反转着碗，用舌头把碗壁舔得干干净净。

人，有审美疲劳，食欲也有疲劳。当时，喝破米粥的时候，盼望吃细粮做的馒头、饺子、面条。现在，饭桌上顿顿都有大鱼大肉，渐渐地，人们患上了脂肪肝、高血脂症等"现代慢性疾病"。随着健康的警钟长鸣，人们开始为自身健康着想，更加注重饮食的健康。"大鱼大肉"已逐渐退出了餐桌的争霸赛，粗粮成了人们追捧的"网红"。破米粥有膳食纤维，具有刺激胃肠蠕动、加速粪便排泄的作用，可防治便秘、肠炎、肠癌等疾病。对于我们这些中老年人来说，多吃破米粥有百益而无一害。我曾经在电视上看到一个小品叫《吃饺子》，是赵丽蓉和李文启老师演的，说的就是因为现代社会的改变而引起人心理变化的故事，里面奶奶和孙子的一番有趣的辩论真是发人深思。小时候，我们做梦也想不到，人人都吃够了的窝头，现在，却成了孩子眼里营养丰富的香饽饽。

晚饭时，端着妻子熬的香喷喷的破米粥，我思考着一个问题：窝窝头、破米粥这些我小时候最常见的家常便饭，现在又受到人们的追捧，究竟是为什么呢？想着，想着，我的心底豁然开朗，填满了浓浓的暖意。朋友们，我想答案一定也在你的心里吧。

童年的风箱

　　小时候，过年是每个孩子心底最深的祈盼。农历腊月二十三过后，家家户户忙着和面蒸馒头、包包子、炒瓜子、炒花生，还有就是令人垂涎三尺的炖肉、熬鱼。这时候各家的风箱就开始夜以继日地忙碌起来了。看！它稳稳地蹲在灶台旁，像一只小老虎一样咆哮着、吼叫着，吹得锅底下的火苗呼呼地欢唱跳跃。

　　那时候我总是坐在马扎上，膝盖上放着一台半导体收音机，一边听里面的广播，一边带劲地拉着风箱。别小看拉风箱，这也是有技术含量的活儿，我一般只负责蒸馒头时拉风箱。记得每次锅里的水开后，母亲会把刚刚揉好的馒头一个个放进锅里，盖上锅盖后，就让我用力拉风箱，这样可以让灶膛里的火苗烧得旺一些。10多分钟后，丝丝的白气沿着锅边升起来，在灶房里白云般弥漫开来。母亲看蒸汽上来了，便嘱咐我用小火，慢点拉。这时我也人困马乏了，于是轻轻地拉着风箱，听着风箱悠长动人的曲调，直到馒头、包子熟透出锅。每每看到松软的白面馒头出锅，便能得到母亲的夸奖："能蒸出这么好的馒头，都是我儿子风箱拉得好，柴火火候掌握得好！"那一刻，我心里美滋滋的，感觉过年全家人能吃上可口的白面馒头，自己的功劳最大！炸油饼、煮肉、熏肠子这些是细活，火候难掌握，也有"危险"，所以拉风箱的重任就落在"业务精通""技术娴熟"的父亲肩上，而我只能在旁边打打下手，往灶膛里添些柴火。

　　风箱的形状就是个长方体的木箱子，这个木头箱子里装着一块绑扎着满是鸡毛的长方形木头活动夹板，这是用来抽风和送风的，绑扎上鸡毛抽得风力大。在风箱的前方有两个圆孔或方孔，将两根表面光滑、质地坚硬的木棍或长方木板固定到绑有鸡毛的夹板上，就成了风箱拉杆，用以推拉活塞。在风箱的一侧还有一个活动的小门，小门是用长方形小薄板制作的，挂在风箱口。吸风时，它就自然张开；送风时，它就自然闭上。这样就可以把通过推拉产生的气流推出来，作用类似于现在的鼓风机。

将风箱安装在锅台旁，可以说是相当烦琐的工程，大概需要两三天的时间。记忆里曾见过父亲安装风箱，他先是在锅台侧面留一个直径大约3厘米的洞，然后顺着这个洞在灶膛里修一个风道，当然都是用砖头砌成的，风道的出风口在灶膛的正中，是用两块整砖封住风道的。父亲先是在每块砖的中间用铁锉磨出个半圆的空儿，两块砖对在一起，正好成为一个直径大约2厘米的眼儿，与风道相同。在这个眼儿的表面还要磨出一个凹槽，凹槽上放上一个砖球，这个球是用废弃的砖头磨出来的，有乒乓球大小。最后一道程序，就是用和好的胶泥将风道和进风口密封好。

风箱的工作原理大致是，风从风箱里吹进来的时候，风力会把出风口上的砖球吹得悬浮起来，风就能进入灶膛，起到鼓风机的作用。风箱往回拉的时候，球就会落下来，防止火星子和柴火灰烬进入风道。说实话，现在感觉这工艺虽然原始落后，但有一定的科学道理，不得不佩服当时研制者的智慧。

灶台旁的这台风箱，从我记事起已在家中无私"奉献"了二十多年，直到1983年包产到户后，才从人们的视野里渐行渐远。

现在，离新年的脚步越来越近了，想起过去拉风箱的那些时光，心里不免生出一点怅惘和感慨，那份怀念和眷恋的心绪萦绕在心头，久久挥之不去。我想，风箱是有生命的，如果没有生命，为什么四十多年过去了，它还在我的记忆里鲜活着，如果没有，为什么每次看到炊烟，耳边就会响起风箱"呱嗒、呱嗒"的声音呢？

落寞之余，我更多的是庆幸，庆幸自己生在了这个伟大的时代。先人们用了几百年的风箱被时代淘汰，是我们生活日新月异的必然结果。新中国成立至今不过70多年，从来没有哪一个时代能发展得如此迅速。在党和政府的领

导下，人们不仅早已解决了温饱问题，各种高科技也进入了日常生活。而且前人很多的奇思妙想，不管是飞天揽月，还是下海捉鳖，在这个伟大的时代都似乎轻而易举就能实现，现在我们的综合国力与世界强国并驾齐驱，这无疑令每个中国人无比骄傲。

风箱，这个远去的家庭老物件，它真实地记载着一个时代的历史，成为记忆里的一笔珍贵财富。随着时代的进步，它早已退出历史的舞台，我们再想一睹它的芳容，恐怕只能在美好的回忆中寻觅了。

童年的土坯炉子

窗外飘着的雪花，不知怎的，突然勾起了我对往事的回忆。想起儿时教室里的土坯炉子，炉膛里煤球跳动着微弱的火焰，就像星星眨着眼睛。

我的小学与初中，是在老家岔河集村读的，那时候的教室都是土坯屋，门窗破旧，闭不严实。很多窗棂损坏，窗户就靠糊上几张麻纸遮风挡寒。一阵阵冷风刮进教室，冻得我们蜷缩成一团。一下课，大家会一拥而上，围在土坯炉子四周，烤手暖脚。我们一边搓手，一边跺脚，拥挤在土坯炉旁，嬉笑打闹，弄得课间十分钟都感觉挺短的。

土坯炉子就在讲台的旁边，大概1米来高，用土坯垒成，炉子的外面抹上一层厚厚的泥巴。泥巴也是用黄土掺杂了细麦糠和好了的。土坯炉子使用之前还要用火将炉膛的泥巴烤硬，如果不事先过火，炉膛可能开裂，使用的时候会出现透风漏气的情况，致使炉火不旺。为了省煤，炉膛也就碗口大。

炉子烧的煤球要在秋天准备好。学校买来大量黑黑的煤末，堆在院子里，然后请来摇煤球的师傅制作煤球。师傅将学校新买进的煤面儿及去年的坏煤球打碎过了大筛子，再掺上适量的黄土和好，按一定的厚度平摊在操场上，再用铲刀将它们切割成小方块。风干一定时间后，将这些小方块放进一个坐在花盆儿上的小筛子里，左右上下揉晃，把小方块都摇成了圆煤球，倒在场地上晾晒，晒干后就等着我们冬天来烧了。

生炉子自然是我们男生的事情，班里三个人一组，选出一个负责人，轮流值日生火。轮到自己生炉子的日子，头天晚上就准备好棒子轱辘（玉米芯）和玉米秸。那时候家里没有钟表，全靠家长估摸时间，家长一般都是早早叫醒我们，5点钟就到学校了。

　　生炉子的次序是先把玉米秸的叶子撕下来点着，等到生起了火焰，再把玉米秆掰断放进炉膛，几分钟后玉米秆的火苗腾起半尺高，闪亮的火光也给教室注入了温暖。这时就该添加棒子轱辘了，先把棒子轱辘掰断放入五六根，等到它们燃烧起来，再放入更多的棒子轱辘，连续放两三次之后，炉膛里的火焰呼呼地向上冒。这时候，我们就向炉膛里倒入一簸箕煤球，烟马上冒了出来，浓浓的黑烟在屋里弥漫开来，我们就打开教室的门和窗户，让烟散放出去。

　　教室里是待不住的，我们就到操场上去玩，天依然黑着，教室里的灯也昏黄不清。约半个小时之后，炉膛里的煤球开始燃烧起来，星星点点蹿出几缕火苗。此时教室的烟气已经非常稀薄，我们重新回到有了烟火气息的教室，顿时感觉房间里温暖起来，寒气也似乎一下子被赶走。再给炉膛里添上一簸箕煤球，我们就关好门窗，回家吃早饭。等到 8 点上课的时候，炉膛里的火苗跳跃得正欢呢！

　　那时候的学校，不仅取暖的炉子简陋，就连我们上课用的桌子，也是土坯垒成，只不过桌子的表面会抹上一层深灰色的麻刀灰，让表面变得光滑整洁一些而已。讲课用的黑板也是把麻刀灰抹在墙上，然后从饭锅外面刮下锅底灰，与水搅拌均匀，用刷子一遍遍往墙上的黑板上刷，一直到刷成深黑色为止。

　　"黑屋子，泥台子，下面坐了一群土孩子。"时光飞逝，土坯炉、土课桌、麻刀灰制成的黑板早已走进了历史。现在的学校早已经换成漂亮的教学楼，夏天有空调，冬天有暖气，黑板也变成了电子大屏幕。孩子们在这样的环境下学习，太幸福了。对于我们这一代人来说，变化之大，能不让人感叹吗？

　　记得小时候，爷爷常对我说这样的话，将来的社会，铁牛耕地，千里之外，人和人可以面对面讲话。没想到老一辈人的幻想，在我们这一代早已成为现实，各种现代化的农机具代替了人力，一部手机就算远隔万里也可以面对面说话。当今科技的快车可以说一日千里，日新月异。但印在我们这代人记忆里的一些东西，也肯定不会忘记，比如取暖的土坯炉子，它给予我们的不仅仅是曾经的生活陪伴，更是生命中一段永不消失的温暖记忆！

童年的菜窖

每到冬季，我都会不由自主地想起老家院子里的菜窖，那个用来储存大白菜、土豆、萝卜的菜窖呀！总是让我无法忘怀。

我小的时候，正是国家贫困的年代，物质极度缺乏，人们的生活很是艰苦。为了保证过冬的生活，村里人每年都要提早做一些储存。粮食的存储比较简单，随意堆在屋子里，用缸或用口袋都可以存放，而蔬菜为了保鲜、防冻，只能用挖菜窖的方法来储存了。

一般是在地里的土还没有上冻的时候，各家各户就开始为挖菜窖而忙碌了。先是选址，有的人家是在院中，有的人家是在院子外面。我家的菜窖就在自家院子里，父亲总是在生产队放工后，回到家就拿起铁锹开始挖坑。别看窖的体积不大，可活计却不少。俗话说，死方变活方，一方顶三方。就是说，挖一个菜窖，从地下转移到地上的土，需要菜窖体积的三倍才能装得下，而地下的土，就是靠铁锹，一锹一锹往上扔，如果不经常干活，没有一些力气，干不了一会儿，便会手臂酸痛。

一般情况，用一两天时间家里的菜窖便能挖好。挖好以后，便是覆盖封堵，首先要在窖的上方横放几根粗的原木，能够起到足够的支撑作用，然后在上面放上捆好的玉米秸，再将挖出的土覆盖在玉米秸上，覆盖的厚度要二三十厘米，能起到足够保暖作用。这样，一个菜窖就挖好了。

菜窖完工后，剩下的就是蔬菜入窖的活计。俗话说"立冬萝卜小雪菜"，刚收回的萝卜、白菜就会被父亲"请"进菜窖。父亲会把萝卜切头，挨挨挤挤摆放在墙角，然后用土培上，这样萝卜不会抽秧糠心。那时的大白菜是家里储存最多的当家菜，父亲会在菜窖的地面上垫起一块木板使其腾空，然后在木板上一层一层把菜摆放好，每一层之间还要垫上几根秸秆便于通风，有时摆放一排，有时是前后两排，看起来整整齐齐。菜窖的温度基本都在五六摄氏度左右，而且湿度适中，存储效果非常好。蔬菜什么时候吃，就到菜窖里去取，可新鲜了！随吃随取不仅鲜灵，而且吃起来口感也好。即使外面大雪纷飞、滴水成冰，菜窖里依然温暖如春。

为了方便上下窖，一般要在窖口放上一个梯子。菜窖挖好后，可以随时将需要储存的菜放在窖里。菜窖存菜虽然简单，但作用却很大，应该说，一个菜窖，基本承载了一家人冬季蔬菜所需。菜窖的窖口也是重要的通风通道，窖口一般情况下都是用一个草帘子盖上，隔个两三天就要打开一次，让菜窖"透透气"。出于好玩儿顺便也能帮父亲的忙，透气通风和下窖掏菜便成了我经常做的事。菜窖给我印象最深的是，冬天最寒冷的时候，每天早上外面滴水成冰、寒气逼人，可是菜窖的窖口处，却不停地往外冒白色的雾气，像烟一样云雾缭绕，而且窖口边结满了厚厚的洁白的霜，既神奇又非常美丽。这现象直到我上学以后才明白其中的道理：那是一种凝华现象。窖里的热气往上蹿，遇到强冷空气，便瞬间凝固，由气体转为固体。那种现象如梦如幻，充满了神秘色彩。

在严寒的冬日，从菜窖里抱出一棵白菜，剁成菜馅儿，用盐腌渍片刻，挤掉汁儿，随后用来包饺子，在当时那可是美味佳肴！最让我难忘的是在下着大雪的日子，从菜窖里拿出十多根胡萝卜，洗净后一嚼，又脆又甜，令人胃口大开。在那个物资匮乏的年代，菜窖里的菜丰富了家人的餐桌，调剂着一家人舌尖上的味蕾，可谓功不可没。现在，冰箱虽早已"飞"入寻常百姓家，不论春夏秋冬，时令蔬菜品种齐全、丰富多样，但我总感觉冬天里的蔬菜缺少窖菜的清香，真的是一种缺憾。

在我的记忆里，人们入冬窖菜，窖的是蔬菜，吃的是心情，品的却是生活的情趣！心里流淌出的是对美好生活的憧憬，是自己生活经历的一段宝贵财富。

家乡的麦秸垛

人上了年纪就爱回忆童年的事情，尤其是进了腊月年根临近时，脑海里总是浮现出在村旁麦秸垛里和小伙伴们捉迷藏的情景，思绪也随之飘向遥远的儿时……

我的家乡在河北，是小麦的主产区。夏天，镰刀收割下的麦子从地里拉运到场里，横七竖八地躺在平坦的麦场上，经过石碾反复碾轧，已经变得温顺、柔和，不再像在田间生长时那样挺拔。而后人们把麦秆与麦粒分离后，各家各户就会把分到手的麦秸堆在路边，堆成一个个蘑菇状的麦秸垛，用泥将顶部封住，防止被雨水淋湿发霉。

那时候的麦秸垛特别多。瞧！一排排的麦秸垛在村头的路边排开，错落有致的麦秸垛似一座座城堡，成为我们嬉戏的乐园。

那个年代，尽管物质生活十分匮乏，但我们这群孩子能玩的游戏还是蛮多的。尤其是放了寒假，我们这群孩子就像失去约束的马儿，只要有机会总会往村头的麦秸垛里钻，在麦秸垛旁捉迷藏、弹玻璃球，做各种有趣的游戏。有时候从家里偷偷拿出为过年准备的花生、瓜子和糖块过家家。这时我和小伙伴们会一头扎到垛窝里，躺在干燥柔软的麦秸窝里，大家一起分享美食，躺在金黄柔软的麦秸垛里，如同躺在母亲的怀抱里一样温暖舒适。

当然，在玩的时候也会有意外的收获，麦秸垛的草洞里常常发现几个鸡蛋，有时能捡到六七个，我猜想这肯定是急于下蛋而又找不到窝的母鸡留下的。每次当我把鸡蛋拿回家炫耀时，母亲都会找到麦秸垛附近的人家，说明情况后把鸡蛋给人家送去。母亲为人忠厚，乐于助人，从小就告诫我们不要占别人的便宜，要懂得吃亏。

那时候，麦秸在农村的用途非常多，可以编成草帽、坐墩等日用品，还能打成草帘子铺房顶，或者作为骡马的饲料，此外麦秸还能铺在炕上取暖用。人睡在上面绵软舒适，堪称农家席梦思。那时的冬天，我家炕上总会铺上软软的麦秸。晚上闭上眼睛，一股淡淡的清香潜入鼻翼，带着这股麦秸的幽香，慢慢滑入香甜的梦里。麦秸的作用这么多，各家各户轻易不用麦秸烧火做饭。只有过年炒花生、瓜子，或者家里来了客人，需要烙白面饼的时候，才会烧麦秸。过年在土灶里做饭，需要小火慢炖时，麦秸无疑是人们的首选。

如今回到乡下，村里的街道整齐划一，麦秸垛早已经没了踪迹。我沐浴在冬日的暖阳里，站在高垄上望着田野，闭上双眼呼吸田野中的空气，仿佛童年麦秸干燥的清香就在鼻息间浮动……

家乡的麦秸垛，作为几千年农耕文化的象征物，它们就像是一个个故乡精神的坐标，留在了历史的最深处，也留在了我们这一代人的灵魂深处。

蒲　墩

从我记事起，每年秋收之后，母亲就常用玉米皮编织蒲墩。

母亲编蒲墩选的是玉米的嫩皮，她先将新鲜的玉米皮在水中略微浸湿，使它变得柔软如丝，然后像拧麻花、梳辫子一样拧成绳子，慢慢拧成一个口袋形的蒲垫，边拧边往里装柔软如丝的玉米皮。

蒲墩的大小取决于辫子的长度，辫子越粗越长，蒲墩越大越高。成形的蒲墩经过修整，就算大功告成了。

母亲说她从小就喜欢这门手艺，原因就是编蒲墩没有约束，倘若累了或是有其他事不干了，把半成品的蒲墩往旁边一撂，啥时间有空再接着编都行，不影响别的活计。母亲编蒲墩的手艺颇有名气，三里五乡的姐妹们都来向她取经学艺。她总是不厌其烦，手把手地教会每一个人。

母亲编好的蒲墩，无论是烧火做饭，还是做针线活时，家里人都可以顺手拿过来坐在上面，一眼望过去，洁白的蒲墩在身子下边，就像一朵盛开的荷花。

我家常备的蒲墩有十多个，人们来串门随便取一个蒲墩，或屋里，或门槛上，或庭院里，坐在上面。夏天坐着它松软凉爽，冬天坐着它舒适温暖，乡亲邻居聚在一起其乐融融。不用时随便放到哪个角落里，不占地，好保管，非常实用。

家里圆墩墩的蒲墩，吸收了日光的温暖，凝结了月光的精华，用上三五年，松垮了，便丢进灶膛，烧火做饭，也不会浪费。母亲每年都编，除自家用以外，大都送给了亲戚朋友和邻居。

在 20 世纪 70 年代的故乡，蒲墩是庄稼人就地取材自制的小家具，是一个家庭勤劳的写照，承载着故乡人渴望过上好日子的美好心愿。

一盏煤油灯里的快乐

在我童年的记忆里，家里那盏煤油灯，是我在同学面前最值得炫耀的东西了。我家的煤油灯是带玻璃罩的，它由灯座、灯头和灯罩三部分组成，灯座是一个玻璃器皿，由三段连接而成，下端是一个倒扣的圆锥体，放置在桌面上比较稳固；中间是一段圆柱体，便于握持移动；上端是一个圆柱形的容器。

灯头是用金黄色的铜来做的，四周有五个具有弹性的爪子，用来固定灯罩。灯罩是一个中间粗两头细的玻璃筒。灯头旁边的一个小齿轮可以控制灯芯升降，可以调节灯头的亮度。而其他同学家的煤油灯，都是自制的，就是一个小瓶子上面有个铁盖，铁盖上有个眼，棉线的灯芯从这里插进去浸到煤油里。这种自制的煤油灯不仅简陋，也不如我家的灯亮堂，两者对比起来，就像土坯房和豪华宫殿之间的差距。

小时候的农村各家各户的院墙都是土打的，房子也是土坯垒成的。那时候没有电灯，一到晚上，只有如水的月光和满天亮晶晶的星光，以及煤油灯在屋内跳动着微弱的光芒。晚上母亲总是在煤油灯下做饭，做饭的时候她会把煤油灯调得很暗。

吃完饭后，母亲得赶紧收拾碗筷，擦干净饭桌，以供我们姐弟做家庭作业。我们四个孩子围着油灯做作业的同时，母亲就会把煤油灯调得亮堂起来。这时候就开始有邻居来串门了，他们拿了马扎坐在地上，吸着烟谈论着庄稼的长势，或者村里的大事小情。那时的作业并不多，写完之后，大人们就会逗我们玩儿，给我们讲故事，问我们长大之后的理想是什么。

那时虽然物质生活极其匮乏，没有自来水，没有电，没有电视、电影，也没有电灯、电话、网络，但是在我家的煤油灯下，我看到大家的脸上每天都是喜气洋洋的。在我家也有没人串门的时候，那一定是有村民盖房砸地基，大家都去帮忙了。

来我家串门的人当中，有一个我叫文化叔的男子，他喜欢读报，每次来我家都要带上一份报纸，在煤油灯下把上边的新闻读给大家听。那时候报纸上讲得最多的就是"实现四个现代化"，记得文化叔讲过，当时国外已经实现农业现代化，就是种地不用人都用机器，大家听到这样的事情后，眼神里都充满惊诧的目光。大人们就告诉我们这些小孩子，等我们长大，农村就实现现代化了，幸福的日子就来了。

我家这盏煤油灯，用过几天之后，玻璃罩子上就会积上一层黑烟灰，就要拿下来，用报纸或者抹布擦一擦，这样子，灯光又变得更亮了。擦灯罩子，每次都是我母亲来做，她总是擦得小心翼翼，生怕把灯罩子摔在地上。

现在煤油灯早已远离了我们的生活，人们如果想看一看煤油灯的真面目，大概只能去博物馆了。如今，我们的生活发生了翻天覆地的变化，父辈们在煤油灯下憧憬的生活早已经实现，可是我却发现一个问题，现在很多人感觉自己活得并不幸福。

夜深之际我有时会陷入沉思：幸福真的和用什么样的灯、住什么样的房、穿什么样的衣有关吗？我个人的结论是，人们期盼的幸福，其实和自己那颗感知幸福的心有关。

在煤油灯下度过的童年，就是我人生中一段快乐的时光，这就是我真实的感觉！

母亲的葫芦瓢

在我童年的记忆里，葫芦是乡村中常见的植物，也是乡村的一种标志。长葫芦的地方就有村庄。你透过墙上葫芦宽大的叶片，往院子里一看，就能看到熟悉的农家小院，悠闲的鸡鸭，机灵的狗，憨厚的鹅。这些童年的场景总会走进我的梦中，醒来后我发现，其实葫芦是一种与乡愁有关的植物，与家的感觉密不可分。

小时候，每年谷雨前后，母亲都会在院子的墙根下点上几粒葫芦籽，一场春雨后，葫芦就会从地下迫不及待地探出一片叶子，张望世界，再陆续探出一片又一片叶子……葫芦们长得很开心呢，长一寸，再长一寸，半院的架子就爬满绿色的藤蔓。

盛夏时节，院子里的葫芦花开了，满架碧绿的叶片中，绿白相间，谦卑而热烈，一如清纯的童年。洁白的花朵从叶子间隙中探出头来，仰望着天。葫芦花落了之后，圆圆的小葫芦长出来了，架子上面，叶子后面，随便一处地方，都可能藏着一个葫芦。

母亲种的葫芦是那种"心"形的瓢葫芦，专门用来做葫芦瓢。白露之后，葫芦秧渐渐枯萎，那留着做瓢的葫芦也已成熟，摘下来摆在窗台上，晾晒一个来月，待到葫芦干透，用手一摇，里面的葫芦籽"哗啦哗啦"直响的时候，给葫芦开瓢的时机就到了。

这时候，很多人就会来我家挑选葫芦瓢。父亲会找来墨线盒，沿着人们挑选的葫芦顶端往下一弹，就在葫芦身上弹出一条一分为二的样线，再沿着墨线小心翼翼地用锯锯开，一剖两半，心形的葫芦就变成了"一个葫芦两个瓢"。抠掉里面的葫芦籽，大家把瓢拿回家中，放在开水锅里翻几次身煮熟煮透，捞出晒干，就可以长久使用了。我家的葫芦无偿送人，偶尔会有人在取葫芦瓢时带来一些自己院子里的枣子、葡萄之类的东西，父母从不留起来，而是当场与大家一起尝个鲜儿。

那时候的乡村，还没有铁舀子和塑料舀子等器皿。人们过日子，葫芦瓢担当起各种各样的角色。农家的角角落落，葫芦瓢无处不在，生活的经横纬直，无不靠葫芦瓢打点。葫芦瓢可以用来舀水，夏天，刚从地里干活回来的人们，嗓子眼渴得直冒烟，二话不说，操起葫芦瓢就舀，一瓢拔凉拔凉的净水，"咕咚咕咚"进肚润过肺腑，全身的汗立马止住，紧皱的眉头也舒展开来。葫芦瓢也可不沾水，终生不与水打交道。譬如，它们可以在玉米面缸里往外舀玉米面，在白面缸里舀白面，还可以用来装花生、豌豆、绿豆、芝麻等经济作物，或者盛鸡蛋。

居家过日子，邻里间互借东西是常有的事情。有时面缸没玉米面了，母亲就把瓢给我，让我去邻居家借，我就颠颠地跑去，小心翼翼地回来，因为瓢里的玉米面是尖尖的，我怕洒出来。等到自家磨了玉米面，母亲就挖一瓢面，再让我还给邻居家，瓢里也是尖尖的，不仅这样，这瓢要比借时的那个还要大一号。我说这瓢有点大，母亲却说："就应该用大的瓢，借玉米面给你救了急，你不该用大的还吗？"母亲的这句话，就像一枚烙印深深印在了我的心灵深处，让我明白了为人之道。

借一小瓢还一大瓢，这就是母亲与乡亲们之间的交往方式，也是村庄里人们最简单的交往方式，淳朴的村民用葫芦瓢借米借面，都会用大一号的葫芦瓢还回去。现在 40 年过去了，在我的记忆深处，那朴实无华的葫芦瓢里，盛满的都是岁月深处浓浓的乡情啊！

怀念老家的热炕头

我出生在北方的农村家庭，从小睡着土炕长大。家里的土炕是用土坯做成的，它的长度大约 3 米，宽约 2 米，不管怎么睡，都不必担心睡着后从炕上滚落下来。土炕平整、硬朗、接地气，尤其是冬天躺在上面睡觉，炕洞里的土坯经烟熏火燎后，还具有保温的特性，睡在土炕上既踏实又暖和，给人的感觉是身心无比放松，倍感惬意。

童年的冬天，家家户户屋里连个煤球炉子都没有，早晨起来外屋的水缸经常结冰，舀水的时候还要将冰砸开，人们抵御严寒唯一的方法就是将土炕烧得暖暖的。那时晚上睡觉我总能隔着纸糊的窗棂听见外面呼呼的风声，白天在太阳底下往往能看见屋檐下长长的冰挂。

当时家里人多，地方少，一家六口就挤在一方土炕上过冬。为了让全家人睡得暖和，每天吃完晚饭后，妈妈就会从院子里的树叶堆里背两筐头树叶进来，给灶膛重新添上一些玉米秸，当橘黄的火苗舔着锅底，她用一根小木棍将树叶填进去，再用木棍在灶膛里来回扒拉几下，然后再推进去更多的树叶将灶膛填满，最后用砖封上灶口，就不用再管了。树叶耐烧，可以燃烧到后半夜，所以土炕一宿都是热乎乎的。

对于上小学的我来说，最快乐的事情就是趴在烧得暖烘烘的炕头上写作业，偶尔父亲从灶膛里取出一块冒着热气的烤红薯，我会高兴得从炕上跳起来，和两个姐姐将红薯分开，兴致勃勃地大嚼特嚼起来。我们小孩子趴在炕上写作业，父亲倚在炕脚儿听着收音机里的广播，有时会和做着针线活的母亲聊上几句家长里短，那其乐融融的场面，一直深藏在我的记忆里。屋外北风呼啸，天寒地冻，一家人睡在烧热的土炕上，我们身子裹在宽厚松软的被窝里，浑身都是暖和的，连骨头都觉得松泛。睡在土炕上，能闻到柴火燃烧之后的气息，褥子下面的芦席被炕板烤热的气息，和着被子里的棉花受热蓬松之后散发的气息。伴着这样的气味入睡，我觉得黑夜虽然是漫长的，但日子是温暖的。

在冬天，如果偶尔感冒或肚子疼，母亲就会对我说："不舒服了，趴在热炕上捂捂。"热炕头这时候又充当着医生，如果感冒头疼，捂住被子在热炕上睡一大觉，身上出一些汗，就会很快变好。拉了痢疾，肚子疼得厉害，趴在热炕头上，慢慢也就舒服了。

20 世纪 80 年代，村里人再盘炕就开始用红砖垒了，炕面也是水泥的，垒好炕墙用瓷砖装饰，比土炕干净美观了许多。不过水泥炕还是没有土炕那么恒温，热得快凉得也快，缺少了浓浓的泥土气息。

如今我早已经住进城里多年，却经常想起老家的土炕，特别是在刮风下雪的日子，我对老家土炕的怀念之情更是炽烈。想起老家的土炕，就会不由得忆起一些儿时的往事，眼前就会浮现出母亲坐在炕头缝缝补补、纳鞋底的情景。无数次的梦境里，我躺在童年的热炕头上酣然入睡，那感觉就像一个长途跋涉、精疲力竭的游子，找到了生命的归途，在宁静的港湾里释放内心的疲惫，心里顿时充满了幸福。

我知道，有些事情，有些东西，总会随着时间的流逝而消失，土炕也是一样。也许用不了多久，随着集中供暖在农村的普及，土炕也会在我们生活里渐渐消失。但这种承载着我们这代人回忆的土炕，却会时时停留在自己的脑海中，变成挥之不去的乡愁……

水井是村庄的眼睛

从前的水井都是人工挖的，挖上五六米深就会有泉眼开始冒水，再用砖头砌好井壁，用石头修好井口，一口水井便大功告成。

我小的时候，水井就在村头。井水很清甜，夏天解暑，冬天暖心。那时候人们煮饭，洗脸，冲凉，没有一样离得开井水。由于村里的井水水质好，村里的姑娘一个个皮肤细嫩，齿白唇红，水灵灵的带了水色，外村人会说：哦，他们村的水好，出的女孩就是漂亮。

挑水是一天中的头等大事，把大水缸装满了，才能做别的。大水缸肚子圆滚滚，能装十来担水。挑水的队伍秩序井然，无论多少人，都是轮流来。那时候从水井往上打水都用一根粗粗的井绳，年轻的小伙子在井台遇上，要是比力气的话，就看谁能先把一桶水打上来，谁的速度快，自然赢得围观者一片喝彩声。年轻人担着两桶水，往往不是先回自家，而是送到村里的孤寡老人或者军烈属家里，所以水缸里最先装满水的往往是这些人家。村里的孤寡老人和军烈属，人们是自愿帮忙，不会因为天气不好而耽误，不会因为忙累了而放弃。人们在井台见面总有说不完的话，乡里乡亲总是那么和谐，那种笑容总是那么真实，人们的心里像阳光一样光明磊落。

家家都吃井水，一口井能让一庄的人吃，没有乡规民约，靠的是人们的自觉自愿。村里人都懂得脏的东西不能在井台洗，小孩子也从小就懂得，不能往井里扔东西。人们像爱护自己的眼睛一样爱护老井，因为那是生命的源泉，是村庄的命脉。

井边每天都很干净，井水清澈透明，蓝天白云，绿树红花倒映在水里。

井台上来来往往的人换了一代又一代，老井的水依然是沉默的，不慌不忙，不悲不喜。20世纪70年代后期，家家户户用上了自来水，井台就冷清了。又过了些年，老井被一块水泥板封存起来，成为村庄的历史。

担水的场景成为了历史，现在它只能留在我们这些中老年人的记忆里，像老电影一样，偶尔会出现在脑海中。

凉　棚

现在天气渐渐热起来，就是在我们北方气温也早过了30摄氏度。躲在空调屋里，我经常感觉很烦闷，晚上睡觉的时候，总莫名其妙想起小时候在村口纳凉的场景。那时候物质匮乏，但晚上人们聚在一起亲热又和谐，男人们兴高采烈地聊天，女人们纳鞋底说家常，孩子们无忧无虑地追逐打闹。

在我小时候，到了夏天人们纳凉要搭凉棚。凉棚很简易，埋下四根木桩，顶上用木棍做成四根横梁，横梁上铺些芦苇、树枝，能够挡阳光即可。可别小看这简易的凉棚，在没有电风扇没有空调的年代里，炎炎夏日的正午，儿时的我大多在凉棚里度过。

夏收农忙之前，大人们就会把凉棚搭好。凉棚选择搭在大树附近，为的是借用树荫，但又不能偷懒使用树木做桩，因为大树有树冠，刮风时容易摇晃，会让凉棚倒塌，而使用光秃秃的木桩就没有这点顾虑。凉棚简易，但绝不是想象中那样简陋破败，人们会在木桩旁种上丝瓜、扁豆，绿色的藤蔓很快爬到凉棚顶上，看上去赏心悦目，还能给人带来新鲜的果实，实在是一举两得。

三伏天最热，纳凉离不开井水。不管是桃、梨、西红柿，还是黄瓜、西瓜，都会泡在盛有井水的盆里拔凉。井水是从村前的砖井里提来的，在那个没有电冰箱的年代，人们就靠井水起到冰镇的效果。天热口渴，井水凉冰冰的，喝上一口立马让人头脑清醒，汗水尽去。村里讲究的长者不喝生水，他们喝茶水，茶壶放到盛有井水的盆里，不一会儿就凉了，喝起来也很痛快。夏天最热的是做饭的主妇们，在热气腾腾的锅灶前忙碌，不一会儿就满脸是汗，她们往往在脖子上搭一条毛巾，过一会儿到盛有井水的脸盆里淘一淘，再往脸上抹一把，又投入辛苦的工作中。如果有谁生了痱子，没有痱子粉和花露水，只能坚持用井水洗澡，不过井水的功效也不错，几天就能让患者痊愈。

纳凉离不开扇子，蒲扇、草扇、芭蕉扇都有，几乎人手一把。每年端午节前后，母亲把家中的扇子拿出来，如果有坏了边的，就用布条沿着边缘缝上，可以继续使用。我最喜欢芭蕉扇，巨大又光洁，结实又耐用。那年看了一首宋人描写扇子的诗歌，觉得非常有趣，便歪歪斜斜地写在扇面上："扇子解招风，本要热时用。秋来挂壁间，却被风吹动。"后来觉得这对扇子似乎是一种嘲弄，有不敬之意，便在扇子的另一面写上《水浒传》中白胜吟唱的那首诗："赤日炎炎似火烧，野田禾稻半枯焦。农夫心内如汤煮，公子王孙把扇摇。"这样才又心安理得。扇上有字以后，字虽不美，自己却宝贝得不得了，仿佛显得自己有文化，扇子也与其他人的不一样，用时倍加珍惜，足足用了三四年。当然，"公子王孙"所用的纸扇，在村人当中是不用的，那个虽然看上去漂亮精致，但扇几下就坏了，实在是中看不中用。

纳凉在晚上最热闹，有时全村人聚在一起。有的带着凉床，有的带着板门，有的索性只带席子铺地上即可，最不济，也会带上一条长凳，既可以坐，也可以躺，方便实用。大家聚集在一起一边乘凉一边聊天，从田间收成聊到国家大事，想说啥就说啥，恬静自由，其乐融融。当然，作为孩子的我最喜欢听大人讲故事，随着故事情节的起伏或慨叹或惊讶或钦佩或向往，早已经把夏夜的炎热忘得干干净净。那个年代的人纯朴善良，不戴任何面具。

如今虽说生活条件好了，有电风扇有空调，炎夏再不像旧时那样难熬，但在密封的空调房间里，看不到深邃的夜空，看不到相熟的乡邻，我总感觉心中有一丝淡淡的缺憾，这种缺憾我感觉与人情味越来越淡有关。

花做篱笆诗为墙

20世纪60年代，村里大部分人家住的还是土坯房，院子是用高粱、玉米、芝麻、向日葵等作物的秸秆围起来的，人们称之为"篱笆墙"。

那时，村民们把篱笆墙小院当成自家的小菜园，收获的各种蔬菜起码够全家人春、夏、秋三季吃的。多余的大蒜、辣椒还能串起来，拿到城里卖钱。

为了尽量扩大篱笆墙小院的空间，院落小的农户除了在屋前留下小小的人行道外，都将小院种得严严实实。菜园需水浇灌，那时没有自来水，人们吃水只靠村中仅有的一口砖井，大家利用收工的时间，挑起水桶到井台，用十几米长的拨杆提水，担回来浇菜。

从每年上冻前到来年立春后，家家的篱笆墙小院都有忙碌的身影，做畦、上粪、翻地、下种，小苗出土后，除草、浇水、施肥等各种农活施展开来。

进入农历四月，家家的篱笆墙小院如同一座座小花园，篱笆墙上，丝瓜、豆角、南瓜、黄瓜等绿色的秧蔓爬满了架，开满了小黄花、紫红花。篱笆墙上的蝈蝈叫声不断，蝴蝶来回串株飞舞，蜜蜂飞来飞去，不时采着花粉，为丰收的果实而忙碌。小小的畦田里，西葫芦、韭菜、小葱、辣椒等低矮作物，如同给大地铺上绿毯，开花结果，为勤劳的人们增添欢乐。小小院落绿色满园，花团锦簇，像一幅幅美丽的田园画卷。

农家小院虽然小巧，却别具风味。人们除去种各种菜蔬，还在窗前或地埂上见缝插针地种些花花草草，草茉莉、凤仙花、薄荷、牵牛花、菊花、大丽花、大麦熟等，尤其是有女儿的人家，凤仙花似乎是标配，无论大姑娘还是小媳妇，就连八九十岁的老奶奶也喜欢用凤仙花染指盖。

回首篱笆墙年代，家家户户只有篱笆墙之隔，和睦相处，简直亲如一家。

谁家做了好吃的，先盛上一碗，端上一盘，隔着篱笆墙喊："出来人哪！端过去吃。"谁家有了大事小情，邻居们都是跑前跑后，相互照应。邻里之间一边劳作，一边隔着篱笆墙聊天，乃是那个年代农村的一道风景。大家心无嫌隙，有一搭无一搭地聊着，说到尽兴处，隔着篱笆递给一把菜，或者扔过几个脆枣。

更有趣的是妙龄男女，有一道篱笆墙隔着，似乎有了爱的勇气，隔着篱笆墙说着情语或对歌，篱笆墙遮挡了羞涩，也传递着爱意。墙里墙外，春意盎然。娇俏的牵牛花、俏皮的豆角花、金灿灿的黄瓜花悄悄地爬上篱笆墙，聆听着甜蜜的话语，在风中笑啊笑。

农村的篱笆小院虽然简朴，却并不简陋。篱笆墙上有香有色、有花有果，代表着主家的热情和真诚，让人一见就生欢喜心。篱笆墙是庄户人心上的暖，那里有最深的情，最纯的爱，最坦然的心境，最安静的时光，那是红红火火的日子，那是邻里之间最恰当的距离。

第二辑 · 风物篇

春天的刺儿菜

"野火烧不尽，春风吹又生"，这句诗是古人歌颂野草生命力顽强的佳句。在我的家乡有一种野菜，也具有这样顽强的生命力，但是它的名字不太文雅，叫刺儿菜。

刺儿菜是家乡田野中再普通不过的一种野菜了，清明前后，无论是水边，还是田间地头，或者堤坡上，成片的刺儿菜破土而出。刚刚长出的刺儿菜根部嫩嫩的，叶片碧绿丰满，旁边的小刺是柔软的，放在嘴里咀嚼，并不扎嘴。

刺儿菜只有一条主根，但生命力超强，在地底下悄无声息地延伸，它的根长到哪里，哪里便会长出许多嫩嫩的刺儿菜。家乡此时正是麦苗返青的季节，你想想，假如庄稼地里长着许多刺儿菜，长得比麦苗还欢实，势必会影响麦苗的生长。

因此，家家户户都会用锄头把刺儿菜除掉。可是你明明把它从根部给铲断了，但下过雨地里潮湿，它照样长出新根活过来；而地下没铲净的那部分根还会发出许多新芽。由于刺儿菜影响庄稼生长，大家都很讨厌它。可是我对刺儿菜却不讨厌，甚至还心怀感恩之情。

20 世纪 60 年代一个春天，上小学一年级的我患了急性肺炎，那时农村缺医少药，医疗条件比较落后，家中经济条件有限，维持日常基本生活开销都勉勉强强，不可能拿出更多的钱为我买药看病。虽然村里的赤脚医生给我开了药，可是我还是连续一个礼拜发烧，白天晚上不停地咳嗽。母亲看我病情不见好转，非常担心。姥爷是一位老中医，听说了我的病情，就让母亲去地里采摘一筐刺儿菜，用清水洗上几遍，再放进蒜臼中，用木槌把刺儿菜叶子里的汁水捣出来，再倒入碗中，大概积攒了半碗，父亲捏着我的鼻子，母亲把半碗绿汁往我嘴里灌。说实话，碗里的绿汁太苦了，在父母的一再劝说下，我才喝下去。没想到不一会儿，咳嗽的症状就明显减轻了。

母亲一看有效果，天天采来刺儿菜捣出汁让我喝。我一连喝了七天刺儿菜汁，没想到烧也退了，咳嗽也好了。后来姥爷告诉我，刺儿菜虽然其貌不扬，却是一味中药材，也有一个颇为文雅的名字，叫作小蓟，具有凉血止血、解毒消痈的功效，能治好我的病也就是情理之中的事情了。

那时候刺儿菜是没有人吃的，都是用来喂猪。当夏天来临，刺儿菜的顶部长出淡紫色圆球，叶子上边的小刺会变得坚硬，这个时候的刺儿菜连家里养的猪都不爱吃。没想到近年来，刺儿菜身价大涨，成了春天人们尝鲜的一种选择，一些饭店也增加了这道菜，大多是凉拌和蘸酱吃，销路非常好。

近日女儿从野外采来一兜子刺儿菜，告诉我现在去野外采摘荠菜、曲麻菜、刺儿菜的人非常多，并炫耀说，这一兜子纯天然的刺儿菜，是她一下午的劳动成果。

说实话，面对今天人们抢着挖刺儿菜的现象，我感慨颇多。从前猪吃各种野菜，人吃粮食，现在是人挖空心思吃野菜，猪却吃粮食，这种现象的产生，也许就是我们社会发展的一个佐证，它的内涵值得我们深思。

春来荠菜最诱人

上午阳光很好，我在院子里散步，突然发现向阳的墙角处，长出十多棵绿意盎然的荠菜来。它们匍匐在地上，脆生生的光泽令我怦然心动。

望着眼前的荠菜，我猛地想起童年时与母亲挖荠菜的情景，更想起母亲做的荠菜馅玉米团子。

20世纪60年代中期，平时人们吃的是玉米、高粱面窝头，蔬菜都是生产队里分发。那时候春天属于青黄不接的季节，村里人大多要去地里采摘野菜充饥，以弥补家里粮食的不足。

记得古诗里有这样一句："春入平原荠菜花，新耕雨后落群鸦。"在我们冀中平原，荠菜和柳树一样，也是报春的使者。乍暖还寒的惊蛰节气里，人们身上的棉衣还未褪去，荠菜小小的锯齿状的身影，总是在不经意间悄然出现，星星点点，生长在松软的田间地头。

清明前后，正是地里荠菜长势喜人之时，我常常跟在母亲身后，蹦蹦跳跳一起去地里挖荠菜。母亲拎个篮子，带把小铲儿，带着我走小道越田野，寻地头村边挨个儿找去，一旦发现那夹杂在绿草中的翠生生、锯齿状、带点毛儿的细茎嫩叶的荠菜。便弯腰俯身，专心致志地动手挖，随着右手铲子的起落，左手拇指与食指的拎牵，那一团软软的、絮云状的翠生生植物便攥在掌心里。在母亲挖菜的过程中，我也不闲着，四处寻找着荠菜的身影，一旦发现荠菜的身影，就兴奋地高喊，让母亲快些过来。而那种寻找和发现的过程，也总会让我欢呼雀跃兴奋不已。

回家后，母亲择去枯叶掸去泥土，一遍遍用清水清洗荠菜，直到叶片碧青泛亮，根白耀眼，细细地切碎了，盛在瓷盆里，那馥郁的清香弥散开来，仿佛把一整个春天装进了盆里。那时候家里穷，菜馅儿里只能放些大盐粒，而家里能吃到的最好的美味就是玉米面菜团子。

我清楚地记得母亲做菜团子的过程，她的手上沾满玉米面粉，从和好的面团上揪一块放在手心里拍成薄薄的饼，放上荠菜馅子，双手合捧着慢慢抖成团，放进锅里的篦子上蒸。揭锅的那一个瞬间，热气弥散中是满屋荠菜团子的香气。母亲弓腰在热锅前，淋着水把荠菜团子一个个拾进竹笤筐里。怕烫，我不敢伸手拿，耐着性子等啊等，直到她拾起最后一个，拣不烫的一个递到我手里，我像饥饿中的小猫，双手捧着放到嘴边，就像过年的时候吃肉一样，迫不及待地吃起来。

改革开放后，人们的生活日新月异，越来越好，村里再也没人去地里挖野菜充饥了。可是近几年，去地里挖野菜的风气又悄然兴起，而且愈演愈烈。尤其是小小的荠菜因其具有明目、清凉、解热、利尿、治痢等药效，成为野菜当中的宠儿。

荠菜可炒食、凉拌，还可做菜馅、菜羹，食用方法多样，风味独特，就是在城里的大饭店里也有它的身影。妻子每年春天都会挖回一些纯野生的荠菜，总会为我包上几个玉米面菜团子让我尝鲜儿。

我觉得小时候吃荠菜是一种无奈之举，但是现在不同了，现在吃荠菜是一种时尚。人们生活好了，大鱼大肉吃得腻了，吃点野菜换换口味，不失为一种很好的调节。更何况像妻子包的荠菜团子，嚼在嘴里，不仅仅满口弥漫着清香，还有对过去那段艰苦生活的回味，让我们这代人时刻铭记幸福生活的来之不易。

五月的绿

在我的眼里，家乡的五月，绝对是一幅饱蘸生命激情的绿色画卷。无论走到何处，看到的、闻到的，甚至听到的都是绿的味道。不需要刻意寻找，绿色的波涛时刻把你包围着。村庄前、小河旁、村路间，到处都被绿色植物覆盖，目光所及之处，树木、小草、芦苇的苍翠，早已把人们的心都染绿了。

漫步在田间小路上，五月的天是那么蓝，视野是那么开阔。放眼望去，处处绿波荡漾，燕飞蝶舞。你看！路旁一排排高大的白杨树，像一道道绿色的长城，阳光下，绿光闪闪；河边的垂柳，像穿着绿色短裙的少女，在微风中舞动着柔软的腰肢。当然，最壮观的绿意就是那一望无垠的麦田，麦田像一片无边无际的海洋，碧绿碧绿的，绿得醉人。整齐的麦穗，高昂着绿色的头颅，显得那么朝气蓬勃，那么生机盎然！

五月，地里的玉米苗、大豆苗，各种瓜苗早已破土而出，晶莹翠玉般娇嫩的幼苗，像一张巨大而奇妙的绿地毯铺展在大地上。在这些绿油油的农作物间，一个个身影在晃动。有人手执锄头，小心翼翼地给农作物锄草；有人端着脸盆，专心致志地给幼苗撒肥。人们躬耕的身影，荷锄的风姿，与远处那掩映在绿树中的房舍，形成的不就是一幅优雅的水墨丹青吗？

走进村子，到处是新建成的红砖碧瓦的房屋和楼房。近年来，村里建起了崭新、整齐、雅致的新房，间或有华丽的别墅，还有美丽的小公园和文化娱乐、健身休闲场所。除此之外还有工业区和多条宽敞的柏油大道。柏油路上栽有各种风景树，有梧桐、玉兰、海棠等。

公园里种上了桃、李、枣、杏之类的果树，还引种了南方的花木，有榕树、女贞子、红叶梅、百日红等景观树。尤其是今年，在经历了疫情的困扰之后，村里人的生活方式有了天翻地覆的变化。从前，人们闲下来总是靠打牌度日，如今只要有空，无论是年轻人还是老人，大家就会自觉来公园健身，在绿树丛中享受田园生活的情趣。

家乡的五月，好像整个世界都充满了绿色。苍郁的树冠如同华盖，庄稼好像绿毯，弯弯的小河犹如碧玉带，河边的小草如茵，绿意绣满整个五月！就连人们心中也装满了绿色的希望！五月的家乡，它的绿在一年之中最生动、最壮阔。朝气蓬勃的家乡啊，染绿了我的心。

众所周知，绿水青山是中国梦的一部分，是一幅宏伟的画，家乡五月的绿，正是这幅画作上浓墨重彩的一笔啊！

读懂蚕豆花

在我们冀中平原的各种农作物当中，第一个开花的非蚕豆花莫属。

记得电影《柳堡的故事》里有一首脍炙人口的插曲，叫《九九艳阳天》，里面有这样一段歌词："九九那个艳阳天来哟，十八岁的哥哥呀坐在河边，东风呀吹得那个风车转哪，蚕豆花儿香呀麦苗儿鲜。"

家乡的蚕豆花，总是开在和煦的春风中，开在嫩蓝的天空下，开在绿油油的麦苗旁。在我的记忆里，麦田田埂上的蚕豆，长得整整齐齐，郁郁葱葱，那些绽放的蚕豆花，如无数只蝴蝶聚落在豆株丛中。淡紫色的花瓣，在明媚的春光中淡淡地舒展开来。它们中间裹着简单而朴素的黑白两色，宛如黑白的蝴蝶。在风中无拘无束地舞动着，散发着隐隐的幽香，也吸引着蜻蜓、蝴蝶和蜜蜂们的造访。

蚕豆花当然不如同时期绽放的杏花艳丽，更不如大片盛开的油菜花那样恢宏大气，绝对属于春日里各种花儿之中的"丑小鸭"。但这只"丑小鸭"淡妆素裹的模样，很像端庄健康的农村女子，有一种浓浓的乡土气息。

我认为蚕豆花是有自知之明的，它们开花的时候先从植株的下部由下而上开，即使开到上部都有椭圆形的叶片密密地遮挡着。如果你不是有意走近看它，不会注意到它已开花。蚕豆花开得很寂寞很孤独，它们不与春天的百花争妍，悄悄地来，悄悄地开，悄悄地谢，在初夏到来之际绿绿的蚕豆就会挂满顶部。蚕豆的收获期在麦收之前，收回家的蚕豆，大多会被母亲放进锅里，加入盐、花椒、大料煮熟，那又香又粉的豆粒早已让我垂涎欲滴，至今还是我美好的回忆。

小时候，我见过父亲种蚕豆的情景。在正月里土地还未解冻的时候，父亲用锄头往麦田的田埂上一刨，刨出一个 10 厘米左右深的土坑，放入一两颗蚕豆籽，再撮一把草木灰放进带着冰碴的坑里。等到家里的麦子浇过春天第一场返青水，豆苗就从田埂上冒出来，然后迅速蹿高。嫩蚕豆苗是可以掐了一些回去炒着吃的，口感很鲜嫩，掐的目的是控制它的疯长，保证蚕豆的苗壮生长。

近年来，村里基本上没人种蚕豆了，要想看到蚕豆开花也成了一种奢望。

今夜，脑海里再次闪过蚕豆开花的场景，我猛然感悟到：我们每个人生命的过程，大多注定平凡，像蚕豆花开一样寂寞。只要我们内心能保持坦然，像蚕豆一样开自己的花，结自己的果，做一个对社会有意义的人，也就无愧于此生。

人活着的意义是什么？愿我们都能读懂蚕豆花！

梦里的茄子花

我从小就喜欢吃茄子。父亲在屋后开辟了一个小菜园，有半亩地大小，园子里种植了各种蔬菜。在各种葱郁的蔬菜中间，他总会种上几棵茄子。从夏天到秋天，淡紫色的茄子花开了谢，谢了开，一茬茬绽放着，茄子们也就结个不停。

年幼的我喜欢把茄子当成水果吃，特别是刚刚生长不久的小茄子，和我的小拳头一般大小，咬一口柔嫩味美，还略带甜味。那时我才五六岁，有一次趁父母没注意，我躲在茄秧下，偷偷地摘下小茄子，吃了四五个，最后竟然在菜地里睡着了。

家里菜园的茄子有长的，有圆的，还有椭圆的，颜色有青的、白的、紫的，不像现在的茄子，都是紫色的，给人感觉色彩很单调。在各色蔬菜里，茄子属于其貌不扬的一类，但是其貌不扬的它们都很争气，长势旺盛且硕果累累。而且对肥、水的要求不高，尤其在多风多雨的夏季，有时其他的蔬菜被风刮倒，被雨水淹了，就只剩下顽强的茄子，傲然站在菜地里，一副威风凛凛的样子。

我特喜欢站在菜园边，看紫色的茄子花在阳光下绽放，盼望着鸡蛋大小的茄子赶紧长大。那时候我还不懂得人生的艰难和生命的意义，也不懂茄子的顽强可以给人带来生命的激励。上学后，读了许地山的《落花生》，我感觉花生在泥土深处默默无闻、毫无怨言地生长，不图虚名奉献自己的精神，这一点与朴实无华的茄子有异曲同工之处。

在家乡，吃茄子最常见的方式是蒸。早饭时，如果没有下饭菜，母亲就会去菜园里摘个茄子，洗净切成片，码在盘子里，放在锅里和稀饭窝头一起蒸。出锅后在茄子里加点酱油、蒜泥，用筷子一拌，再淋上几滴香油，是非常不错的下饭菜。别小看这最简单的吃法，却能吃到茄子的原始风味。我一直觉得无法形容茄子的味道，吃过的人才能体会到。

20世纪80年代，我还喜欢把茄子、青椒、黄瓜、西红柿、长豆角放在一起炒，这都是菜园里自己采摘的新鲜蔬菜，吃起来味道丰富，既好吃又过瘾。离开家乡后，经常怀念这种做法却再也没有尝试过。在乡村，酒席上没有茄子，它注定成不了宴席上的主角。到了城市以后，在饭店里经常看到蒜泥茄子、手撕茄子、油焖茄子等菜品，虽也觉得不错，却总有一丝不接地气的感觉。吃到嘴里的茄子，总有种不是茄子的错觉，不知是我的原因，还是现在的茄子变了，失去了从前的味道。

只是，那淡紫色的茄子花，偶尔还会走进我的梦里，一茬一茬地开，一茬比一茬茂密，一茬比一茬娇艳。它们在风中绽放着容颜，在雨中雀跃着舞蹈，在露珠中释放着幽香，让我意识到，童年真的走远了。

童年的蓖麻花

经过村前一个地沟旁，我看见两棵高大的植物。茎有大拇指粗，叶子像人的手掌一般大，翠绿翠绿的。上面结了很多球状的东西，还长满紫红色的刺，这些球状物下面还开着一些花骨朵，粉红色，非常好看。

我一眼就认出这是蓖麻，村民们称之为大麻子。20世纪七八十年代前后，村里各家都会找块空地种上一些。它的果实叫蓖麻籽，榨的油叫蓖麻油，用于医药可做泻药，用于工业可做润滑油。秋天果实成熟后，人们采摘下来，交到供销社，可换些钱来补贴家用，其枝干还是很好烧的燃料。

在我的记忆里，蓖麻生命力特别旺盛，只要有雨水就会疯长。我10多岁时，有一次在村边和小伙伴玩儿，大家在坡上发现了一棵非常粗壮的蓖麻，长得比大人还要高，根部有小孩的胳膊粗，上边的枝杈也非常粗，我们几个小伙伴轮番站到上面不停地晃动，枝杈都没折断。大家时常来这里玩耍，下雨时会摘几片蓖麻叶，当雨伞顶在头上跑回家。

蓖麻的果实呈黑褐色，要用手指剥开。剥蓖麻籽是一件痛并快乐的事。痛就痛在两只小手，尤其是大拇指和食指。蓖麻籽壳非常坚硬，上面的刺扎在手上很疼，有时候会出血。然而，看着自己一粒一粒剥出的蓖麻籽，黑油油、亮晶晶，表面还泛着许多白点，像布满夜空的星星，便心情愉快，感觉手也不疼了。听大人们说，这种黑褐色的蓖麻籽有毒，人吃了会导致死亡。

如今，童年的村庄渐行渐远，在乡村很难再看到蓖麻的踪迹了。蓖麻和童年一起，存在于我们这一代人的记忆中，让人难以释怀。而那粉色的蓖麻花，现在的年轻人如果想看，恐怕只能通过上网查图片了。蓖麻花就像消失的许多老物件一样，只能走进乡村历史的褶皱里。

风吹麦浪

一年一度的麦收即将拉开帷幕。

黄昏时分，我漫步在乡间小路上。此时太阳还没有落下，天空依旧湛蓝，几朵轻盈洁白的云朵，宛如柔软的柳絮，在天边惬意地飘来荡去。

风无声无息地来了，虽然不大，却让这夏天的燥热消散了许多。麦田就在眼前，当风儿荡过麦田时，麦浪此起彼伏的，发出沙沙的响声。

眼前一望无垠的金色麦浪随风舞动，在大地上写下最浓重的一笔，密密麻麻排列整齐的麦子翻滚着，汹涌着，如波浪千层涌动，金光四射，令田野生辉。

麦子挺直了腰杆，挥舞着麦芒，精神抖擞的样子，就像一群冲锋陷阵的战士；时而又弯着腰，仿佛是一个个沉思者，正在用心灵与大地对话。

麦浪滚滚，我被湮没其中，静心倾听，麦子窸窸窣窣的声音，似乎充满了丰收的期待，充满了成功的渴望，充满了成熟后的力量。

大地上生长的麦子，如饱蘸了金黄颜料的画笔，浓一笔、淡一笔，把麦田的金黄描绘得比向日葵的金黄更厚重，比油菜花的金黄更辽阔。

由于收割机的普及，现在麦子可以等到熟透再收割，收下来的麦子经过机器的烘干直接入库。

眼前这片麦田，如果是在我童年时，三四天前麦子还带着绿意的时候，人们就会手拿镰刀开始割麦子了。

那个年月，割下来的麦子需要捆成一个个的"麦个子"，麦子熟透的话，麦粒易掉落，再有麦秸干枯就容易断裂，打不成"捆"，捆不成"麦个子"。

站在路边，我随手揪一颗麦穗，放在掌心双手用力一搓，将那金黄的麦粒置于手中，仔细端详，粒粒饱满颗颗金黄，看来今年家乡的人们，又迎来一个收获的季节。

望着眼前的麦浪，我觉得麦子的一生跟人一样，充满了挫折与艰险。

白露前后，乡亲们播种了麦子，种下了希望。然后麦子就开始踏上奋战的旅程，它们被秋霜打过，冬雪压过，春雨润过，又经历了拔节的痛楚与快乐，才迎来自己华丽的转身，从一棵弱小麦苗长成一穗沉甸甸的麦子。

在布谷鸟的歌声里，农人眼眸里的希望被点燃。

眼前辽阔的麦田，就是流淌的河流，更是欢腾的海洋。麦子变得金黄，收获满仓食粮是农人的小梦想，小梦想却蕴藏着惊人的能量，它也是富国强民的大梦想。

远处漫天霞光，风吹麦浪，我深知眼前每一穗麦子都是土地的馈赠，每一粒麦子都是汗水浇灌出来的果实。

我心甘情愿做一株麦子，在家乡的麦田里结出饱满的麦穗，有锋芒有善良，能挺胸也能弯腰，经风霜雨雪烈日，虽然渺小却仍然拥有着风吹麦浪的金黄与雄壮。

麦　子

黄昏，我去村外散步，在路边竟然发现泥土里埋着一些麦穗，我弯腰拾起几株连着秸秆的麦穗，几颗麦粒在手指的触碰下蹦了出来，却已经发芽、发霉了，不经意间它们又滑出了指缝，落在了地上。

望着这些发霉的麦粒，我的脑海里浮现出太多关于麦子的记忆：我曾背着竹筐到麦田里捡麦穗，也曾带着铁铲撬开蚂蚁的窝，把储藏在里面的麦粒扫进簸箕，也曾在麦场里用弹弓驱散试图偷食麦粒的麻雀……在仲春时节，我喜欢走上田垄，去倾听麦子拔节的声音；麦收之后，我喜欢吃的是用新麦蒸出的馒头，它那浓浓的麦香令我垂涎欲滴……因而每次看到米勒的《拾穗者》，我都会驻足；每次读到海子的《麦地》，我都会落泪；每次看到麦田里站立着的麦子，心头总有一种妙不可言的快意，仿佛一阵阵从琴弦上点点滴落的雨韵，悄悄地渗入干涸的心田，使得打蔫的思绪宛如久旱的禾苗，一下子泛出几分绿意。

麦子身价暴跌，成了人们生活中最常见的食物，是近几十年的事情。在以前，远的不说，20世纪七八十年代，白面对于寻常百姓来说还是稀罕之物，能在过年时吃上顿像模像样的饺子就算"烧高香"了，更别说父辈、祖辈，兵荒马乱的时期了。我小时候经常吃的就是高粱面窝头、玉米面饼子、"金裹银"面条等。80年代土地分给各家各户后，我才能经常吃上香喷喷的馒头。

现在麦子虽然变得普通了，还不如玉米、豆子等农作物金贵，但我认为麦子虽不再高贵，也绝不平庸。它没有张扬的个性，却有积淀的深刻。平凡是它的外表，深邃是它的内心，默默生长在民间，虽没有理想主义的花朵，却有现实主义的麦穗。麦子知道自己的最终归宿是葬于人腹却无怨无悔，因为它们真诚地活过，无愧于生养它们的厚土。因为它们知道自己走进人的肌体，人就成了活着的麦子；人魂归泥土，麦子是活着的人。

在我曾经遥望的视线里，麦子就是麦田里的诗人，他们走过的路是艰辛的，从秋日入土那一刻起，开始是芽，接着是苗，然后是漫漫冬日里冰刀雪剑的磨炼。麦子在冬日里波澜不惊地活着，默默无闻地把自己活成了一种精神，才有了春日里的一丛丛绿色。当五月来临，麦子的浆汁渐渐饱满之时，沉寂了一年的镰刀从锈迹斑斑的痛苦和失落中走出，麦子就齐刷刷地倒在农人的怀里。

一粒麦子会生成数十粒麦子，数十粒麦子又会生成数百粒麦子。麦子们周而复始，生生不息，养活着这片土地上的生命。然而谦虚的麦子从不张扬也不自傲，始终如一，默默奉献着自己的生命。它们的品格，就是家乡人们的品格。

家乡的"麦黄杏"

又到了麦收时节，莫名地想起老家院子里的老杏树，院子墙角的这棵杏树枝繁叶茂，枝枝杈杈遮挡了半个院子，树上的杏儿随着小麦的泛黄而成熟，因此家乡人称之为"麦黄杏"。

每年麦收前夕，炎热的夏风一吹，缀满枝头的青杏就开始泛黄。每天清晨推门而出，首先冲入我鼻孔的就是麦黄杏特有的香气。挂在树上的一颗颗正在泛黄的杏儿，就像一道道金黄色的瀑布倾泻而下，在阳光的照射下，透过薄薄的杏皮，仿佛可以看见里面饱满的果肉，引得我垂涎欲滴。

七八岁时的我最盼望的事情，就是夜里刮风，而且越大越好，那样的话早上树底下就会落下熟透的黄杏，少则两三个，多则七八个。我家的麦黄杏比乒乓球小点儿，落在地上的杏带着麻麻点点的灰斑，我用拇指和食指稍用力一捏，肉与核就轻而易举地分开了。杏肉黄里透红，如同少女的皮肤吹弹可破，用嘴吸食汁丰甘甜的果肉，好似伏在心爱女孩的耳边和她喃喃细语，那种感觉和滋味无法用语言来表达，只能亲身体会才能感觉到那份美好。

麦黄杏的成熟期也就十天左右，在杏儿成熟的日子里，小伙伴们都喜欢来我家院子里玩。大家抬头看着高高的树上那诱人的杏儿，久久不肯离开。母亲就会说：想吃，自己爬树上摘吧。母亲话音没落，小伙伴已经爬到树上，连吃带摘，直到吃饱了才满意而归。

麦收时节，也就到了杏子的收获期，母亲取出长竹竿，拎着筐子，让我爬到树上。双脚稳稳地站在树杈的中间，双手分别抓住两个结杏儿比较多的树枝，奋力摇晃，杏儿就像下冰雹一样噼里啪啦往下掉，连蹦带跳落到地面上。对于那些半遮半掩躲在树叶后面摇不下来的杏儿，母亲就用竹竿敲，我爬到树上猛地摇晃枝条。

母亲把那些微黄捏着较硬的青杏儿装到葫芦瓢里，放在存放麦子的水泥柜里捂。把摔烂的、有孔的、带虫眼的杏儿留下来自家人吃，把熟透的好杏装进篮子，上面放了一个葫芦瓢，让我挎着篮子一瓢瓢送给左邻右舍品尝。从上小学开始，一直到上中学，这项工作我整整干了十年。

小时候每次把好杏儿送给别人的时候，母亲怕我不理解，就对我说："送给别人吃是扬名，留着自家吃是添坑，人活一辈子，一定要落下个好名声，这才是最重要的！"

"人活一辈子，一定要落下个好名声"，母亲这句话就像一枚种子，深深地根植在了我幼小的心灵，并且悄悄地发了芽，而且随着年龄的增长，愈加繁茂起来。

记得有位作家说过这样一句话："人取自一棵杏树的，其实是一棵杏树的慷慨和恩赐。"的确，在我的家乡，一棵棵杏树就这样一代代地繁衍下来，影响着我们的日常生活，为我们的生活带来美好的滋味与回忆。

我曾无数次做过一个相同的梦，梦里自己长了一双透明的翅膀，在家乡的星空中飞翔，凝视着家乡的土地，凝视着老院子里挂满果实的杏树。我看见杏树下一个男孩目光清澈、明亮，他望向远方的眼眸，犹如树尖上的月光充满了爱意！

家乡的大白菜

我对家乡的大白菜有一种割舍不掉的情愫，这种情愫始终流淌在记忆的长河中，如影随形。

在我记忆中，家乡的大白菜叶青如翡翠，茎白似玉脂，切开后，水灵鲜嫩，呈半透明的白绿色，气味清雅；品之，汁白如乳，味道鲜美，营养丰富，可谓老少皆宜的清淡美食。

小时候一到冬天，除了白菜和萝卜，家里再没有其他菜蔬可食，大白菜成了家里的主打菜，我们一日三餐都要吃。在整个冬天，我们最常吃的就是大铁锅熬白菜。粗粗壮壮的大白菜，被母亲清洗干净，竖着一分为二，翠绿肥厚的叶片紧紧地拥抱在一起，嫩黄嫩黄的菜心藏在中间，特别赏心悦目。母亲再把白菜切成2厘米左右的小段，和粉条一起炖，铁锅的四周再贴上一圈玉米饼子。灶膛里火苗欢快地跳跃着，不大工夫，热气从锅里冒出来，随之溢出来的就是菜汤特有的香味。

出锅前，母亲会淋上一勺提前炸过葱花的豆油。寒冷的天气里，一大家子围坐在一起，嘴里咀嚼着香喷喷的玉米饼子，喝着碗里热腾腾的菜汤，一个个吃得额头冒汗，每个毛孔酣畅淋漓。

家乡的大白菜是最有平民情怀的蔬菜，它们如同庄稼人的言谈举止一般实在和宽厚。白菜的宽厚大度，让母亲在冬日有了施展厨艺的机会。巧手的她总能用这单一的食材，为大家料理出不同口味的菜肴。金黄柔嫩的菜心，撒上盐，滴些醋和香油，就是一道爽口的凉菜。切下来的白菜疙瘩，经过油盐醋一腌，脆生利口，堪称美味。年三十儿晚上，凉拌白菜心放上一勺白糖，就成为大人们下酒的最佳菜肴。猪肉白菜馅水饺，闻起来是那么诱人，吃起来是那么香！这预示一年的日子香香甜甜、和和美美。

古人云"布衣暖，菜根香"，的确如此，家乡的大白菜能变换出多种花样，做成一日三餐。蒸、熘、炒、煮，各有其独到滋味。在我童年的生活里，无论白菜做成何种菜肴，都令我口舌生津，唇齿留香。那年月，大白菜支撑起家里一穷二白的生活，陪伴我度过一个又一个寒冬。每到冬日，谁家如有一大堆大白菜，家里的"煮妇"心里便踏实了许多。

改革开放以后，一年四季，菜市场里的蔬菜品种齐全，辣椒、茄子、豆角、芹菜，还有以前闻所未闻的蔬菜，如空心菜、紫菜头等，加上闯进家乡菜市场的各种南方蔬菜、国外蔬菜，在琳琅满目的蔬菜中，可以任意选择自己中意的蔬菜。而大白菜在如今这个食物极大丰富的时代，失去以前那种无可取代的超然地位似乎是一种必然。

作家汪曾祺说过，蔬菜的命运也和世间一切事物一样，有其兴盛和衰微。不过值得欣慰的是，家乡的大白菜因为个小、叶细嫩、紧实、口感佳等优点，依然受到人们的追捧。为了增强竞争力，政府帮助菜农申请注册了"东杨庄大白菜"和"霸州绍菜"的商标，并通过河北省绿色食品办公室认证，获得绿色食品标识，在市场上供不应求。大白菜不仅走进了京津的各大超市，还远销海外，成为家乡人们发家致富的一个重要途径。

家乡的大白菜以天然、淡雅、清醇的品质，被广大百姓所喜爱。对我个人而言，它又宽又厚的叶片层层包裹，里面包裹的更多的是浓浓的乡情与眷恋。

品尝家乡的大白菜，是咀嚼那来自灵魂深处的乡土气息，在喧嚣繁杂的世间让自己的灵魂回归淳朴……

开花的香椿树

在我的印象里，一直认为香椿树是不开花的，它最重要的功能就是生长出香椿芽，成为我们舌尖上的美味。

今年 6 月的一天，我回乡下的老家，漫步在村中一条窄窄的胡同里，突然一股淡淡的清香冲进鼻孔。顺着香气寻去，我的眼睛越过一段破旧的土墙，发现在一处老宅子的院子里，矗立着一棵两层楼房高的香椿树，翠绿的叶丛间，竟然绽开了一簇簇白色的花穗。我颇为惊讶，因为我活了 30 多年，虽然见过很多香椿树，但是从来没有见它开过花。

来到院门前，破旧的木门是打开的，院子里有一个年迈的男子正在打扫院子。这位老人我有印象，小时候在村里当过我们的代课老师，按照乡亲辈分，我要叫他"大伯"，他今年有 70 多岁，这栋老宅子应该是他家的祖宅。

我信步走进院子，和老人打过招呼后，指着树上白色的花穗说："大伯，这棵香椿树真奇怪，居然还能开花，而且花朵还这么香。"

大伯笑着说："这有什么好奇怪的，香椿树是分雌雄的，雌香椿就像槐树一样应该开花，我们村里的很多香椿树都是雌树。"

望着我疑惑的目光，老人解释说："之所以人们看不到香椿树开花，原因其实很简单。大家都知道香椿芽美味可食，春天还不等它们的叶芽长大，就把嫩芽采摘去了，拿回家中做成香椿炒鸡蛋下肚。这就造成树干里的那些养分都用来拼命地生芽长叶，所以就没有多余的养分用来开花了。"

据老人说，自己这棵树树龄大概有 60 年了，由于树木高大，春天摘香椿芽要用梯子，非常不方便。现在人们种植的香椿树，只有一人多高，伸手就可以采摘。所以近十来年，这棵香椿树到了发芽的时候，基本没人采摘，自己偶尔采摘一些送人，也不影响香椿树开花。

听了老人的话，我终于明白了这棵老香椿树开花的原因。

那一刻，望着眼前高大的香椿树，闻着院子里飘荡的清香，我脑海里忽然冒出这样一种想法：其实，我们每一个人的一生，不就是一棵期待开花的香椿树吗？在红尘之中，就让我们收敛一下欲念，给自己的生命留下开花的机会，让它肆意地怒放一次，这才是人生的一种正确选择呀！

莲 花

晨露未晞时莲花大多尚未睡醒，有的还紧紧地闭合着花蕾，就像还没长成的小姑娘；有的只微微张开花瓣，犹如一位睡眼惺忪的慵懒美人，格外惹人怜爱。荷叶上滚动着点点晨露，更使娇羞的莲花显出了几分灵动，多了几分娇媚。

当朝阳终于从东方那鱼鳞状的云层里露出半边脸来，放射出万道光芒，给万物注入了勃勃生机时，莲叶上的露珠反射着太阳光，显得晶莹剔透。莲花仿佛瞬间被阳光唤醒了一般，一扫慵懒之态，纷纷张开花瓣，争先恐后地盛开起来，把自己最美的姿容展现出来。

当阳光渐渐变得刺眼，莲花就开得更盛了，层层叠叠粉红色的花瓣簇拥着黄色的花蕊，洁净而淡雅。素雅的莲花让人情不自禁在心中时升起一种莫名的神圣感，灵魂悄然之间变得如同它一般纤尘不染。

太阳一点点升上中天，莲花在烈日下展现出一种令人心动的美，成片的莲叶将水面填得满满当当。明亮的阳光洒在花朵上，就像亲吻着少女红润的脸颊，让人心荡神驰。就连水中的鱼儿也对这身穿碧裙的莲花仙子动了情，流连于片片莲叶之间，久久不愿离去。

晚风袭来，莲叶随风起舞，翻起层层碧绿的波浪。间或从这浓绿中露出莲花娇羞的粉面，待你刚要细看时，她却又消失在一片绿色之中了。莲花如同一位舞姿曼妙的绝世美人，在迅疾的舞步中偶尔摘下面纱，却不待人们仔细端详其眉目五官便又旋即将面纱掩住。然而仅这惊鸿一瞥便足以让我们心醉神驰，久久不能忘怀了。

我深知莲花不但拥有绝世的姿容，还有与生俱来的坚韧性格。通常情况下，自然界中各类花朵无论开得多么繁盛绚烂，只要经历过一场暴雨的洗礼后都难免花容憔悴，黯然凋零。唯独莲花无惧风雨，在雨中依然开得惬意自在，并且比任何时候都娇美。

我爱莲花，爱它洁身自好、出淤泥而不染的高尚品德，读莲让我的灵魂得到净化。我觉得，一个人只有直面生活的酸甜苦辣，才可以真正收获生命存在与成长的价值。当然，如果一个人还渴望高贵地、有尊严地活着，那么就应该像莲花一样，做到出淤泥而不染。因为，只有保持灵魂的洁净，人才能够快乐地生活在现实的池塘里，洁身自爱才能厚积生命磅礴的原动力，去面对人生的疾风暴雨，让自己的人生像莲花一样充满坚韧与活力。

莲的灵魂

我想莲与尘世间所有的生命一样，它的内心也渴望着这样一片净土，渴望着能够沐浴在明媚的阳光下，能够摇曳在尘世的温暖中。可是，它知道，要在这红尘世间寻找一片真正的净土是根本不可能的，除非彻底脱离尘世。然而，真正脱离了尘世，普天之下也就没有了它可以扎根的土壤。莲知道，那些污泥虽然在低处，汇集了尘世间的污秽与鄙视，但这依然是一片可以生长高洁、盛放高贵的土地，因为，它知道这世间根本没有所谓的净土，红尘就是天堂，污泥即是净土。尘世间也不可能有真正的桃花源，文人笔下的桃花源，只能存在于我们美好的想象之中。

当然，莲也不愿把自己的一生寄托在那些虚幻的神话以及传说中的上界，或者所谓的天堂里。那里虽然没有尘世间的烦忧和不幸，但也无法享受到尘世间的欢乐和幸福。一个生命如果不能生活在尘世之中，不能感受尘世的悲欢离合与喜怒哀乐，那么，这个生命纵然高贵，纵然长生不老，又有什么意义？莲，让自己安心在尘世的污泥中生长，让自己立足于尘世的最低处，但它却把自己的灵魂放在了高处，因为它知道只要灵魂在高处，无论什么环境都可以绽放出自己的高洁与芬芳。

莲，就是要让自己处在尘世的最低处，去亲历尘世间污浊的泥土，呼吸尘世间污浊的空气，再去绽放自己生命中的芬芳，显现灵魂的高贵。莲，就是这样让自己置身于这个真与假、善与恶、美与丑、光明与黑暗并存的尘世之间，让自己在这个充满了遗憾、充满了不完美的尘世中立足与生长，然后，再绽放出生命中的那份高洁。这一切都是因为莲的灵魂在高处，莲的灵魂在尘世的浮云之上。莲的灵魂在高处主宰着它一生的走向。莲，处在尘世的污泥之中，灵魂却向往着高洁，向往着对浮世的超越。

一个人要在这高洁与卑污并存的尘世间生存，要想寻找一片没有黑暗、没有丑陋、没有邪恶，能够自由生活的净土也是不可能的。一个人要在这个人世间立足，就应该把自己放到低处，让自己扎根在现实的生活中，直面生活的酸甜苦辣，才可以真正获得生命存在与成长的价值。当然，如果一个人还渴望着高贵地、有尊严地活着，那么就应该像莲一样把自己的灵魂放到高处。因为，只有把灵魂放到高处，人才能快乐地生活在现实里，人才能自由地生活在自己的生命中。

秋有菊花可入诗

我认为秋天第一花，当属菊花。在百花肃杀的晚秋时节，菊花却顶风傲霜，依然叶绿花浓，让这原本有点儿凄凉的季节多了几分浪漫和温情。

在公园或马路边的花坛里，菊花开得正欢，她们红得似火，粉得如霞，黄得赛金，白得像雪。在太阳的照耀下，傲然挺立，五彩缤纷。秋风一吹，她们像一群小姑娘在翩翩起舞，真是美极了！

菊花没有牡丹的富贵，没有梅花的坚强，没有荷花的出淤泥而不染，更没有玫瑰花的热烈与奔放，但她有自己独特的气质——素洁高雅、性静情逸，被人们称为花中的"君子"。古往今来，菊是与诗词最有缘分的花朵之一。

东晋诗人陶渊明堪称写菊花的鼻祖，他的"采菊东篱下，悠然见南山"以其悠然自得的恬淡心境而被隐逸者视为知音，也因此赢得了清高志士的推崇。陶渊明的隐逸生活，须借诗酒养疏慵。东篱下，采一束秋天的菊，温一壶月光下酒，日子的逍遥，心境的悠然，便在那长着翅膀的菊花香气中氤氲。我想陶翁手里的那一束菊花，一定是那种金灿灿的菊。

秋雨潇潇，才女李清照独对一园秋菊，庭院深深，深不可及，踮起脚尖，也无法触摸到幸福。挥一挥衣袖，想把思念赶跑，却装满一袖子的销魂幽香，以排山倒海之势袭来的，仍是那个挥之不去的身影，只能缴械投降，人比黄花瘦。黄菊不枯，李清照的思念就不会凋谢。它穿过无数个春秋，依然历久弥香。

飒飒西风，清冽的香气追着人跑。唐末农民起义领袖，冲天大将军黄巢借《不第后赋菊》抒发了自己壮志凌云的博大胸怀："待到秋来九月八，我花开后百花杀。冲天香阵透长安，满城尽带黄金甲。"

南宋才女朱淑贞笔下的秋菊："宁可抱香枝上老，不随黄叶舞秋风。"这是君子的品行，不慕荣华、安于清贫、坚贞执着、铁骨铮铮。

在诗词里我懂得了菊花是清净、高洁的花朵，它们采天地之灵气，汲日月之精华，清隽芬芳、凌霜盛开，以其傲然挺立的高尚情怀，香飘于天地之间。

我喜欢在秋阳里看菊花静静绽放，望着宁静儒雅，幽香孤洁的菊花，我内心便涌出几分爱意，感觉它们就是自己生活中的知音，是可以坐下来用心交谈的故友。

芦花当令开

家乡那片芦苇丛，说大不大，说小不小，在村北河湾浅浅的湿地里。当秋风中草木渐渐衰败，芦花便不声不响地开始绽放。

清晨的芦花被露水浸湿，勾着的头如沉甸甸的谷穗，低头深情地俯视着土地和流水；午后的芦花在秋风中摇曳，瘦瘦的筋骨把生命的诗意一缕缕挑亮；傍晚的芦花沐浴在夕阳的余晖里，将经历的清苦和宁静浓缩成沉默。家乡的芦花，在我的眼里美得纯净素洁，美得飘逸高雅，美得如诗如画。

芦花通常在二十四节气里的寒露前后开花，经过漫长的霜降、冬至、小寒、大寒等 13 个节气，到第二年清明才凋谢，其花期长达半年之久。在秋冬季节的霜刀雪剑下，在冬日零下 20 多摄氏度的严寒里，芦花仍然一枝连着一枝，一丛挨着一丛，一片接着一片守卫在河滩上。在我的内心深处，敢于同大自然抗争，不畏强暴，百折不挠，这些就是对芦花品格的赞美和肯定了。

"蒹葭苍苍，白露为霜。所谓伊人，在水一方。"蒹葭苍苍说的就是芦花，用芦花来表现古代青年男女的爱情，我个人觉得实在不够浪漫，青年男女的爱情，不应是花前和月下吗？即使心上的"伊人"在水一方，也适合在"莲叶何田田"时，去追寻掩映在荷花深处的美丽容颜。

而家乡的芦花，我认为适合感怀人生。爱情是浅的淡的，人生是深的浓的。帕斯卡说，"人是一棵会思想的芦苇"，这比喻使我感到亲切。以芦苇比人，那么芦花无疑就是其生命开出的花朵，芦花素颜的美，比秋天傲霜的菊花，冬日傲雪的梅花，我认为更有风骨。

这世上的花朵，多半是为了争艳和显摆自己而存在，芦花却拒绝姹紫嫣红，不张扬，不妖艳，一无所求。它们从泥土中来，又回到泥土里去，年复一年，孕育着生命，周而复始的轮回，像极了我们普通人的人生。

家乡的芦花，在我心中不仅是一种生命力顽强的花朵，更是一种精神的图腾。无论土地多么贫瘠，芦花把根须深植于泥土，顽强地繁衍生息，就像生活在这块土地上的人们，日复一日用自己的辛勤付出，让家乡的面貌日新月异。

在我们的生活中，我觉得每一个像芦花一样认真活着的人，虽然他们很普通，但都值得尊重和仰视！

芦花如雪醉深秋

霜降以后，经过秋霜的侵蚀，岸边的芦苇已开始枯黄。在瑟瑟秋风中，芦苇的头顶开出白色的花絮，摇摇摆摆的样子就像暮年的老人，安静地等待着生命的终结。我始终认为芦苇的一生是无私的，它给我们清新的空气、美的享受和物质财富，让我们在这水草丰腴的环境里成长，让人们更加热爱故乡。

午后的阳光里，我站在堤坡上远远望去，大清河茂密的芦苇丛像一片波涛起伏的海洋，苇絮飘飘，白雾茫茫。偶尔有一行大雁飞过，在高远的天空中，划出一道痕迹，让芦苇和大雁成了秋天里最美丽的守望。

金色的阳光落在水面，落在芦苇塘上，天地就有了光晕。芦花随着霞光的色彩变化，涌动出一片绚烂的绸缎。芦花淡淡的白不加任何修饰，在人世间盛开。素雅与清简，朦胧与诗意，独立和自由，都深藏在它们小小的身躯里。

望着眼前的芦花，那些不曾远去的记忆，就像老电影里的黑白画面，浮现在脑海里。小时候，深秋时节，和小伙伴来河边玩，大家总是爱折断几支芦花，用小嘴吹着上面的芦絮，让花絮四处飞舞，然后撒欢儿地追逐着。还有就是父母在昏黄的灯光下，跪在冷冰冰的地上，编织苇席的身影。

当然我记忆最深刻的就是村里人收割芦苇的大场面，那时候还有生产队，等到所有庄稼都颗粒归仓，地净场光的时候，河水已经结冰了，收割芦苇就成了村庄里的重头戏。岸边男人手持一人高的大镰刀，就像古代的武士一样，威风凛凛地挥舞着自己手里的武器，砍瓜切菜一样将芦苇一片片砍倒。女人们头上戴着五颜六色的头巾，蝴蝶一样穿梭在倒地的芦苇间，弯腰将芦苇捆成捆儿。收割完毕，芦苇分到家家户户。河滩，一片场光。收割后的芦苇成捆成排，高高矗立在家家户户的院落里。到了冬天，外面天寒地冻，人们在屋子里编织苇席、苇子帘，在棉花布料缺少时候，妇女们还用芦花编织保暖的草鞋——毛窝子，轻便、柔软、保暖、又省钱。开春化冻了，人们盖新房子，用芦苇扎成把子趄，在屋顶顺瓦顺草，既结实干净又防潮，还带着一股清新之气。

芦花如雪醉深秋，眼前这些朴实无华的芦苇，它们看似瘦弱，却有着内在的风骨和品性。它们的生存不择土壤，不惧风雨，只要有水的地方，它就能够存活。独守一方瘠土，苍翠而来，萧条而去，细弱纤瘦的身躯傲然挺立，洁白轻盈的芦花自由飘荡。在远离世俗的淡泊中，芦苇以其纤瘦的身躯，把生命的诗意一缕缕地挑亮，而密密的芦花则如一片片灿烂的微笑，将野地的清苦和宁静浓缩成永恒的沉默，独自守候着那份平凡中不屈不挠的高贵。

月光下的向日葵

夜色如水，晚风轻吹，我独自走在田野的小路上，迎面吹来的风是清凉的，全然没有了白日里的暑气。

月色朦胧，远处的村庄，灯光也忽明忽暗。近处地里的玉米和大豆已经接近成熟期。此时，那些玉米和大豆的故事，悬垂着挂在枝干上，似乎也沐浴在月光下，享受着这秋夜唯美的良辰美景。

突然，一片向日葵映入我的眼帘。这片向日葵的面积还不小，大约有五六亩。月光下，无数金灿灿的葵花随风摇曳。近年来，向日葵在乡下也不多见了，由于它的产量低，经济效益不高的缘故，人们更多地选择了那些诸如棉花、大豆等经济效益高的农作物。像眼前这么大面积地种植向日葵，这种壮观的场面已经多年没有见过了。

在所有的作物中，我认为向日葵最迷恋大地。它的生长期最长，从清明点籽，直到秋末，籽粒饱满，沉沉匐匐，终于收获。它的根盘很大，根须繁复，它以最大的欲望触摸土地的心跳，吸收土地的养分。在儿时的记忆里，村里人种完麦子、玉米、稻谷这些喂养生命的粮食，家家户户都要选出最饱满的葵花子，撒种在自家菜地的周围，让种子在绿色的菜地上发芽，一天天长高，开出灿烂耀眼的金黄花朵，那便是过日子的标志，是农人的本分。

我走近向日葵，闻到葵花身上阳光的味道，感觉月光下的它们，少了阳光下的热烈，而是多了一丝少女般的柔美。让人心里又温暖，又安静。葵花的香气很清新，是菊科植物特有的微甜香气。我望着向日葵金色的花海独自凝思，那是我喜欢的生命风景。这朵朵金色之花，让我对生活充满了无限的憧憬和遐想……

我觉得向日葵无论是白天还是夜晚都是美的，因为它们每时每刻都有一种淡定的、坦然的心境，从来不因骄阳的暴晒而狂躁，也不因黑夜将至而沮丧。它们总是让每一天、每一刻都活出自我的风采。

沐浴在静朗的月光下，欣赏向日葵的美，我的内心突然也会单纯如水。说实话，我们每个人在这个自然界中，其实同这些向日葵一样，都在努力绽放着自己的生命，在有限的生命里，歌唱着生命和爱的美好。

夫妻树

春日踏青。村外不远的农田里，两棵黑白分明、生长在一起的大树吸引了我。这是两棵同属杨柳科的成年杨树，虽同科同属，却是两个不同的品种。一棵是小叶杨，一棵是毛白杨。小叶杨树皮粗糙，呈暗灰色，树干不是很高，树冠却枝杈茂密，要在夏天那便是翁翁郁郁一大片了。我约略量了一下，它的树围一米有余。那棵毛白杨挺拔俊朗，树身也光洁鲜亮，白中透着暗绿。它虽比小叶杨纤细许多，树干却高出小叶杨一大截。

细细观看，它们在地面上暴露出的根已有相互缠绕之势，可想地下那些根的虬须，早已纠结厮缠在一起了。它们树身靠得很近，似合似离，树丫互联互依，整个看起来，两棵树有拥抱之势。小叶杨那七杈八杈的树枝，把亭亭玉立的毛白杨紧紧地围裹着，像是怕它跑掉。微风吹过，簌簌有声，真有点像恋人在握着手喁喁私语，又像耳鬓厮磨的一对夫妻，促膝而坐亲亲昵昵地聊着家长里短。

一个名字在我心中油然而生——夫妻树。它们靠得这么近、这么亲，比喻为夫妻树再恰当不过。它们为什么长在一个坑内？此情此景令我浮想联翩。

也许，几十年前，改革开放的春风吹暖了小村，村里一对新婚小夫妻来到刚分给自家的承包地里，他们挑选了黑白分明的两个树种，一个代表男，一个代表女，并执意栽到一个树坑里。这首先象征小两口从此有了自己的土地，自己的爱情；其次昭示着二人会像这两棵树一样永远在一起，恩恩爱爱，白头到老；最后种两棵树也宣示二人要同心协力，把土地经管好，让生活像树一样茂盛，芝麻开花节节高。

　　站在树下，我好像看到了一对夫妻在田间劳作，孩子在树下玩耍，饭来了，一家男女围坐在树荫下，享用香喷喷的农家饭菜的画面。这是令多少城市人追寻和倾慕的田园生活啊！

国槐花开

下午在小区散步，一抬头才发现路边的国槐开花了。对于眼前的国槐花，我是再熟悉不过的。国槐在我的家乡被人们称之为"笨槐"，原因是为了区别于从国外引进的洋槐，它开的花当然就叫笨槐花了。

此刻站在树下，我仔细地观察，眼前这棵国槐开的花呈现淡淡的黄色，而且较洋槐花小，花序硕大并不下垂。它们形如蝴蝶，密密匝匝地聚在粗壮的树枝上，给人一种雪涛卷枝之感。看到今年的国槐花开得如此繁盛，我的心里很是欢喜。我的这种好心情，与童年时奶奶告诉我的一句话密不可分。

小时候，老家的院子里也有一棵国槐，长了30多年，树冠巨大。每到开花的季节，奶奶就会站在树下，看花朵开得茂密与否。奶奶说："树上的槐花开得多，来年麦子的收成就一定好。如果开得稀少，麦子就会减产。"每年的夏天，如果看到家里老槐树花开得热烈，奶奶就会喜笑颜开，如果有一年看到花朵开得少，她就一脸的忧伤。槐花开得多少与麦子来年的收成，到底有何内在的联系，时至今日我也没有闹明白。不过奶奶的这种预测方法，却是出奇地准。记得1963年的夏天，家里的槐树零零散散地开了极少的花，奶奶忧郁地说："明年，麦子怕是要绝产。"果不其然，第二年大旱，麦收时一亩地的产量都不足百斤，村里人一下子陷入了粮荒，只能靠挖野菜度日。

由于从小就感觉国槐花与麦子的丰收有关，我就对它们心生敬意，每年都期盼它们开得繁盛，地里的麦子能够丰收，村里家家户户都能吃上饱饭。长大后自己成为一名医生，了解到国槐花虽不像洋槐花那样可以食用，却是能解除病痛的中药，所以对它更加刮目相看。

现在是初夏，在我们身边有好多花正在盛开，它们有的大红大紫引人注目；有的亭亭玉立，出淤泥而不染。这些花朵花香四溢，花间蜂蝶成群，人们争相拍照，好不热闹。再看眼前的国槐花，没有顾盼生姿的形态，没有芬芳浓郁的花香，更没有艳丽缤纷的色彩，倒显得有些寂寥。

不过我倒觉得，国槐花素面朝天了无装饰，更加凸显了它们内在的美。我要告诉大家，国槐的花蕾可以入药，称为槐米，有凉血止血、清肝泻火的作用，对于便血、痔血、血痢、崩漏、吐血、衄血、肝热目赤、头痛眩晕疗效奇佳。可以说，国槐花用自己的身体，为无数病人解除了病痛的困扰。这些平凡的花朵却从不张扬，不矫揉造作，在四季的轮回当中，默默无闻地完成自己的使命。

望着这一树平凡的国槐花，我眼前突然闪现出同事们忙碌的身影，大家从早到晚，日复一日默默地接待着每一位患者，会诊、下医嘱、做手术，查房。送走了一批又一批痊愈的病人，迎来了一批又一批新的患者。他们就像国槐花一样，少说多做，少言多行，在默然无语之中展现着医生的大爱，在默默无言之中，把一生过得绚烂。

我欣赏国槐花，觉得这些朴素的花，需要我们每一个人仰视，来发现它们内在之美，并把它们的美融入我们的心灵深处。

柳色青青

在我的家乡华北平原，树木中第一个报春的使者便是柳树。料峭春寒之时，其他的树木还在梦中沉睡，柳树已开始抽绿吐芽。

家乡有句老话："七九八九，沿河看柳"，此时春风还带着寒意，而田野里的柳树已开始泛起绿韵。当惊蛰来临，柳树萌起嫩芽，似惺忪的眼睛。一阵春风吹过，柳树便春波盈盈，给世间罩上一层朦胧的绿纱。

春分一到，柳树的枝条由鹅黄变为嫩绿，氤氲了一片淡绿的薄雾轻烟。枝条上已经开满密密麻麻的花儿，那浅黄的萼片努力向四周伸展着，被包裹着的棒状花蕾便突兀出来。花蕾的表面上还附着一层细细的茸毛，井然有序地排列在细长的枝条上，像一个个倒垂着的小喇叭。无风时，安详静谧；春风吹来，摇曳多姿。那鹅黄、嫩绿的柳芽让人心醉。柳条依依、丝丝垂下，随风飘舞，妙曼多姿。

微风扶细柳，柳无风不媚，风无柳不柔。风摆杨柳，含烟吐翠，起舞弄清影，妙趣横生！没有风，就显不出柳的妩媚与韵味，没有柳，就失去了春风的轻柔与飘逸，有风即情，风情万种。和煦的春风吹拂，新鲜嫩绿的柳条随风摇摆，像报春的使者，给翘首以盼的人们捎来春天的消息，带来无限的希望和憧憬。

春寒料峭的时节，最雅的事就是水边赏柳。我居住的小区东边是霸州牤牛河历史文化公园，公园北起牤牛河与虹江河交汇处，南至牤牛河与中亭河交汇处，全长 15.3 公里，总面积约 208 公顷。去年霸州市投资对牤牛河河道进行扩建和清淤工作，引来南水北调工程的碧水注入河道。公园内园路、景观亭、廊架、景观桥等众多景观，绿色植被和各种树木更是矗立岸边，绿影婆娑、波光粼粼，充分体现出霸州"水乡古韵"的特色，成为霸州人休闲的最佳去处。

疫情期间，牤牛河公园曾一度关闭，2020 年 3 月 3 日，又重新对外开放。一天上午，我按照游园规定拿上身份证戴上口罩，在春光下漫步岸边。岸边的柳树早已满树新绿，一只只俏丽的小鸟，欢快地在枝条间跳跃欢唱。站在岸边放眼望去，河水中的树影清晰可见。水面掀起一片涟漪，里面的柳影也随之摆动，恰似青春活力的少女，百般的柔媚、千般的袅娜、万般的姿彩，令人赏心悦目。

公园内游客已然不少，虽然大家都戴着口罩，但丝毫不影响游玩的兴致，以及对柳树的钟爱。看！一位摄影爱好者，把镜头一次又一次地对准了舞动的枝条和饱满的柳芽，捕捉着早春的最佳意境；看！一群青年人，被垂柳显露出的勃勃生机所感动，纷纷在青青的枝条下留影；看！一对老夫妻也驻足在这柳树下，抚摸着鹅黄的柳芽简直爱不释手呢。柳色年年新，但是今年风景大不同。牤牛河公园经过升级改造，给人唯美大气、焕然一新的感觉，而岸边蔓延开来的垂柳，作为春天的使者，给人耳目一新的感觉。

站在春光里，望着眼前迷人的柳色，我陶醉其中久久不愿醒来。其实我知道，在春天，家乡美好的东西还有很多，比如乡村美艳的桃花之海，美丽的城市公园绿地，甚至是夜晚林立高楼里的璀璨灯光，抑或我期待中的中亭河湿地公园……日新月异的生活带给人们的是自信满足的张张笑脸。

家乡变得越来越美，她的美比春天的柳色更加富有诗意，更加充满生机，她的美已远远超出了我的想象……

垂柳情思

我对垂柳怀有敬畏之情,垂柳在植物界虽然是平常得不能再平常的树木,但在我看来它的奇特之处就体现在一个"早"字和一个"迟"字。说它"早",是指在刚刚进入初春的季节里,其他植物还都在土壤里"蓄势待发",而温柔的柳枝却早早地染上了淡淡的绿意,一根根的柳枝上悄然无声地吐出了嫩嫩的幼芽,看上去很迷人,很有生机。

说它"迟",是指冬天来临的时候,其他树木的叶子大都落光,而柳叶却偏偏苍郁,用自己的绿给冬日的苍凉带来最后的生机。在我眼里,垂柳就是一个有风骨的人,它不随波逐流,它不人云亦云,在生活中做到了别具一格,做到了独具匠心。

在家乡,垂柳就是田野里最美的风景。早春柳枝发青,嫩芽初绽,垂柳是第一个感知春天信息的树木。清风拂柳,婆娑讴吟。不几天叶子就变得繁茂葱郁起来。那一根根纤细柔软的柳条像头发一样耷拉在岁月的肩头上,细长的、带金丝的叶子毛茸茸的,就像充满青春朝气的少女,用婀娜的身姿点缀着田野。垂柳美丽的身姿总是要与河水联系在一起,家乡村前有一片垂柳,散落在河岸两旁。当夏天来临,小荷挺秀,垂柳像见了水的孩子,以相同的姿势倒向河水。柳条耷拉在水面,蝴蝶穿梭在柳叶间寻觅,蜻蜓站立在荷叶上。轻柔的枝条在清风中轻摇着,满载着大树的叮咛、孩子们的欢乐和春光的希冀,透过河水,穿过阳光,像一幅水墨画层次分明、剔透、柔和。

20世纪80年代,那时我的爷爷还健在,春日里在田间劳作后,坐在地头的垂柳下休息,爷爷曾告诉我,解放前,他的童年时光里,春天青黄不接的时候,村里大多数人家的粮食不够吃,为了填饱肚子,人们只能去撸垂柳的叶芽，拿回家里和玉米面掺在一起蒸着吃。不过想用柳叶充饥要用清水煮一煮，去掉一些苦涩，不然有毒。一个玉米饼子有三分之二是柳叶，只有三分之一的面粉，吃在嘴里又苦又涩，难以下咽。1949 年后，在共产党和毛主席的带领下，广大农村走上合作社的阳光大道，村里人才逐步解决了温饱问题。

那时我刚上小学，出于好奇，就偷偷摘了一片柳叶放进嘴里，咀嚼之后确实非常苦涩。后来上了中学，读了茅盾先生的《白杨礼赞》，白杨树伟岸、正直、质朴，它们坚强不屈与挺拔的形象，堪称树中的伟丈夫。力求上进的白杨树，在茅盾先生的笔下象征了抗战时期在华北平原转战青纱帐的革命者，用生命和鲜血写出新中国历史的那种坚贞不屈的革命精神，还有那些支援革命的劳动人民。

说实话，我很敬佩白杨树的精神，但是在树木之中，我更爱家乡的垂柳。我觉得家乡的垂柳朴实无华，乐于奉献，它们的精神就是家乡人精神的写照。新中国成立初期，家乡人通过自力更生、艰苦创业、团结协作、无私奉献，用勤劳的汗水摘掉了"穷"帽子，一举解决了全村人的温饱问题。改革开放后，村里人"八仙过海各显神通"，工业农业齐发展，家家户户走上了富裕之路，汽车、楼房雨后春笋一样出现在村里。今天，在实现"中国梦"的伟大征程中，大家更是干劲十足，为我们民族的伟大复兴添砖加瓦。这种奉献精神是不是与垂柳的品格如出一辙呢？这种精神是不是谱写当代伟大复兴的历史进程不可缺少的动力呢？

我觉得家乡的垂柳是可以与茅盾先生《白杨礼赞》里的白杨树相提并论的，白杨树和垂柳都是树中的伟丈夫，都代表了我们中华民族奋发向上、永不退缩、坚忍不拔、力求上进的民族精神。

有垂柳的地方是家乡，闲暇之余我喜欢在家乡的田野里走一走，从一条小路走到另一条小路，从一棵垂柳走到另一棵垂柳，在青青的柳丝下眺望家乡日新月异的变化。

春满牤牛河

霸州城东有一条牤牛河。这条南北走向的大河，它的嘴巴伸进城南的中亭河，两只眼睛盯着南边的大清河，河尾连接着永定河，好像一头大牛卧在大地之上，由此得名牤牛河。

牤牛河的春天，由潺潺的河水和两岸五彩缤纷的花草树木组成，由飞翔的水鸟和燕子的身影组成，由水中嬉戏的鱼儿和岸边的垂柳组成，由游人的笑声和浩荡的春风组成……

暮春时节，走进牤牛河历史文化公园，游人并不少，有老人、青年，还有父母骑着自行车带着小孩儿来游玩。人们有的坐在长椅上静心读书，有的在垂柳下拍摄美景，有的在河堤上奔跑着放风筝，有的在岸边挥舞佩剑、起舞翩跹……不过有一点，大家都戴着口罩。看来人们的防护意识都很强，作为一名抗击过疫情的医生，我感到很欣慰。

站在长堤上向远处眺望，只见水面上波光潋滟，两岸绿色的植被，把生机勃勃、绵延不断的"绿"伸向远方。近处，樱花烂漫，桃花嫣然，姹紫嫣红；绿柳依依，迎风摇曳，空气里弥漫的花香，沁人心脾。不远处有一条小船，船上一人驾船，另一人在清理河面。看他们悠然从容的样子，不禁想起遥远的童年。

家乡岔河集村南有条大河，名叫中亭河。幼时，中亭河水清如镜，夏天和小伙伴们跃入水中，游至岸边钻出，再匍匐着去瓜地偷几个甜瓜，在河水里洗一洗，一拳下去，待瓜开裂后掰开，就欣欣然大嚼起来。然后，又在水中嬉戏一番，上岸折些柳枝编成柳帽，快乐地回家。当然，我们是有经验的，都会在阳光下暴晒许久让下水的痕迹隐去。站在岸边遥想童年趣事，不禁莞尔。

牤牛河就像霸州这座古城的眼睛。记得十多年前，这对眼睛也曾失去生机。那些年的春天，牤牛河的河槽总是干涸着，长满了各种杂草。不算宽阔的河床到处是垃圾。即便是偶尔有水，常在河边散步的人们也会发现，河面上总会漂着一些死鱼，难闻的气味令人作呕。这一现象引起了政府部门的重视，环境治理刻不容缓。

以牤牛河作主题文章，以霸州千年的文化底蕴为基石，2012年，牤牛河历史文化公园开始修建。公园由古益津八景之北楼山色、霸台朝阳、老堤晚渡等景观和宋朝古战道、景观桥、亲水平台等组成，再现了霸州厚重的历史文化积淀。2019年，又将南水北调的优质水源注入河道，让城市的这双眼睛再一次变得晶莹剔透，含情脉脉。

牤牛河的春天是迷人的，它的美是集河水的清澈之美，河滩的绿色之美，鸟儿的歌声之美，以及益津八景的文化之美于一体。而今的牤牛河充分体现出人与自然和谐共处的时代感，处处呈现出一派勃勃生机。沐浴在春光里的这条牤牛河，虽然没有名山的险峻，没有湖海的浩荡，没有峡谷的幽深，但它藏着一份平实、一份平和、一份平安，让霸州人流连忘返，陶醉其中。

霸州人热爱牤牛河，欣赏牤牛河，努力建设更美的牤牛河。一条林木茂盛、水澄天蓝的牤牛河会受到更多人的喜爱，成为每一位霸州人心中承载幸福的河流。

故乡的池塘

家乡的平原上，每个村子都有一个或多个池塘（当地人俗称"大坑"）。

池塘的面积大小不等，形成的过程也不尽相同。有的是历史遗留下来的，有的是因为村民们盖房取土垫地基，在一个地方挖得久了，逐渐形成了池塘。池塘周围布满高耸的民房，高耸的民房同低凹的池塘形成了极大的落差。

早年的池塘里蓄着深浅不等的水，它承载着全村男女老幼的喜怒哀乐，见证着一年四季春夏秋冬的交替。池塘，在那段难忘的岁月里有着不可替代的作用。

池塘的作用之一便是蓄水。小时候雨水极丰，每到降雨时节，村子里四面八方的雨水皆汇集到池塘里，使村子免遭雨浸水淹之灾。

池塘还是周边村庄村民和家畜的水源地。那时，村里的吃水砖井都建在池塘岸边，砖井与池塘的水在地下相互交融，息息相通。砖井的水面和池塘的水面总是在同一水平线上，像一对患难夫妻，荣辱与共。池塘还能种荷花，收获莲藕。

最有轰动效应的当数"翻坑"了。那时大部分的池塘里都曾养过鱼，由于池塘的水经久不干，鱼儿便在这里快乐地繁衍生息。夏季，每当雨水降临之前，沉闷的低气压使得鱼儿们喘不过气来，它们便纷纷将头探出水面，缓解一下颅内的高压。村民们便把这种情景称为"翻坑"。一听到"翻坑"的消息，村子里就像炸开了锅，人们纷纷拿着各种渔具到池塘里"抢"鱼。水里、岸上，男人、女人手里忙忙碌碌，嘴一刻未曾停止下来，他们大呼小叫，声嘶力竭。那场面，比世界杯赛场有过之无不及。

池塘还是村民们的天然浴场。每到夏季，男人们便赤膊下水，全身心地与清澈透亮的水拥抱，尽情地享受水的清凉和温情。无论白天黑夜，他们可以肆无忌惮地大笑着打水仗，或者让儿子骑跨于颈上，在水中扭一段大秧歌。兴之所至，他们甚至能从塘的这头一口气游到另一头。女人们则没有这么好的兴致，她们只能穿着短裤短褂，暗夜里躲在池塘一隅，清洗身上的浮尘。她们一边洗一边窃窃私语，偶尔传来一两声清脆的欢笑，却像极了夜里作案的小偷儿，东张西望，提心吊胆。整个夏季里，池塘的主人是那些十几岁的男孩子。他们在池塘里玩着各种游戏。当然玩得最多的当属洗澡和打水仗。说是洗澡，不如说是戏耍更为贴切：一个菜瓜，一个皮球，甚至一根木棍儿都能成为孩子们玩耍的好玩具。皮球在水里抛来抛去，你争我抢互不相让。菜瓜在水里泡得越发饱满、肿胀，如同天上的月亮坠落到水里，散发着诱人的光亮。几乎每个夏季的晴天都在水塘里演绎着这样无忧无虑的闹剧。

家长们不允许自家的孩子经常到水塘里戏耍。虽然那时的孩子们中即使最愚笨的也能扑腾几下狗刨，但淹死人的事每年都有发生。为了阻止孩子们偷偷到池塘里戏耍，家长们用尽了各种办法：将孩子关在屋里睡觉并锁上房门；给孩子安排许多琐碎的事做以拖延时间；甚至有的家长中午不休息，轮流值班看管孩子。但这些都无济于事，孩子们还是想了各种对策躲过父母的看管，依然回到自己的"天堂"里重复着快乐的游戏。后来，父母们无计可施，便进一步加强了监管，并增加了"安检"项目：每当孩子们离家或回家时，父母便用手指在他们的胳膊上轻轻一划，若出现一道细细的白痕，大人们就断定他违背了父母的叮咛，违规下了水，轻者受到严厉地斥责，重者免不了一顿皮肉之苦。然而，毕竟水塘的诱惑力太大了，孩子们往往屡教不改，搞得父子、母子关系异常紧张。后来，不知哪个聪明的孩子想出了高招，每每在水里戏耍完毕，回到岸上，纷纷到有沙土的地方，如驴打滚般用沙土将整个身体擦拭一遍，"安全检查"便能顺利通过，省去了许多麻烦。

近些年，天气越来越暖，雨水越来越少，记忆中从未干涸过的池塘，不知从哪年起只剩下了塘底一片一片的水洼。凹凸不平的塘底裸露着沉积了多年的黑泥，村民们纷纷把黑泥运回自己家的院子里，让黑泥在猪圈里"打个滚儿"，沾染许多猪圈里的污浊臭气，再将它们扔出来，发配到地里充当肥料侍弄庄稼去了。

池塘里仅存的一点儿水不仅越来越混浊，而且日渐干涸。水中散发出来的恶臭，随着热空气升腾，笼罩在村子的上空。这时的塘水，不仅再不能承载村民们的欢乐，而且成了人们唯恐避之不及的地方。最后，池塘的水蒸发殆尽，只有龟裂的塘底张着大嘴，冲着暴晒的太阳苟延残喘，像是在对天哭诉着如今的悲惨和昔日的辉煌……

霸台朝阳

在中国的历史上，霸州曾经有着非常重要的战略地位，尤其在北宋初期是益津关的所在地，益津关更是闻名中外的三关之一，相传大名鼎鼎的杨六郎曾驻守于此。在霸州周边的很多村名，都与杨家将的传说有关，比如披甲营、武将台、挂甲庄，等等。要说霸州从古至今最有名的，就是城内的古霸台。

据史书记载，霸台始建于宋朝初年，位于古霸州州衙北部，即现在霸州实验中学院内。当年这里是宋军的演兵场，霸台就是点将台和观察军情的瞭望台，是古霸州城内最高的建筑。早晨登台远眺，在这里可以最早看到漫天朝霞、东方旭日，故名此景为"霸台朝阳"。古霸台在明朝时已成为一个不高的土台，明朝万历四年（1576年），陕西同州举人乔密任霸州知州，在霸州州衙东部，现在城五街和城内西大街交汇十字街之西口建钟鼓楼。楼高两层，高一丈八尺，下有东西方向穿街拱门，宛如城门洞，上有环绕四周的抱厦游廊，登楼可东迎朝阳，一览全城。除钟鼓之公用外，文人学士经常雅聚于此，赋诗吟歌。后经霸州官绅议定，把这座钟鼓楼命名为"霸台"。

我曾无数次在脑海里想象这霸州第一美景的样子，但是由于它早已湮没在历史的长河里，只能在自己的想象里勾勒它的壮丽和辽阔。据说我们的古霸台曾经与邯郸的丛台齐名，丛台建于战国，是赵国阅兵的场所，现在已经成为名闻中外的古迹，经过两千多年的历史风霜，现在依然傲立在时光深处，默默地向后人诉说着自己的沧桑。

在我的想象中，霸台耸立的古城的早晨是安谧的，安谧得犹如婴孩沉睡在母亲的怀抱里。

那时候，天空还未吐出晨光，星星犹如点点金色的花瓣浮在夜幕上，轻捷而快活地眨着眼睛。一钩弯月，静静地挂在空中宛若恬静少女的蛾眉。

那些古代登霸台的人，内心深处肯定都有诗人的浪漫情结。此时的空气无比清新，山泉一样甘甜，凉风拂面，当人们站在高高的霸台上，仿佛置身于山顶之上。此时，大地还是一片沉寂，然而当大家凝神静听，还是会听到草叶舒展弹颤的琴音，露珠坠落圆润的歌喉，树枝招展婆娑的私语，小虫低婉缠绵的吟唱。

夜色像水浸沙滩一样，无声无息地退去。东方遥远的天际，露出一抹浅灰的白线，就像一幅巨大的帷布被撕开一条口子，它越来越大，光线也越来越强，天渐渐地亮了。而远处的树林还是隐约一片，起伏犹如模糊的山峦。一层薄雾绸纱一样萦绕在广漠的阡陌上，朦朦胧胧恰似海市蜃楼。

星星和月亮不知什么时候已湮没在天光里，没有了踪迹。东方的天空露出一线红光，就像谁不经意把胭脂倒进了河里，摇曳着扩散。然而它的光线还是那么柔弱无力，所以还带着淡淡的青紫，但它越来越鲜艳，终由一抹成为一片，周围的云朵也染成了瑰丽的红色。

天空开始露出湛蓝，它蓝得那么宁静，那么祥和，只要朝它望一会儿，人们便觉得身上已长出两翼来，扶摇直朝它飞去。

此刻站在霸台看日出的人们，将目睹一场奇观的发生。太阳在地平线上冉冉升起，先是一小块，恰似一瓣切开的熟透了的西瓜。片刻后，她露出半张脸，恰如"犹抱琵琶半遮面"的少女。忽然，她像被一根巨大的琴弦弹了一下，怦然跳跃而出，稳稳当当地挂在东方的天空上。人们望着远处绿树成荫，碧波环绕，田野间鸡犬相闻，整个天地之间就像奏着一首雄浑的交响曲，令人心驰神往，感觉仿佛置身于世外桃源一般。

明朝霸州才子王乐善曾赋诗赞曰："高台阿阁郁辉煌，建鼓钟鸣控大荒。碣石烟霏天漠漠，扶桑日上气苍苍。霞标山色盱衡人，树杪河流绕槛长。举废贤侯成胜事，颍川应有凤来翔。"从这首诗里我们可以看出，古人对"霸台朝阳"这幅如诗如画的美景无比推崇，人们把它排在"益津八景"之首，就是最好的证明。

其实我也知道"霸台朝阳",它既没有泰山日出雄浑壮丽的奇观,也没有黄山日出千岛耸立的庄静,但我觉得它逍遥飘逸,绝不故弄玄虚。朴实的霸州人就像霸台朝阳,在历史的洪流里,总能顺势而上,用自己的勤劳和智慧,独守一份云卷云舒的从容。

这座霸台到解放初期还有,一直是霸州节庆社火活动的集散地,但已残破失修,在1956年被拆除。2010年霸州市政府高瞻远瞩,修建牤牛河历史公园,并在迎恩村东牤牛河畔依照历史风貌,修了一座新的霸台。新的霸台更加高大华丽,在绿柳的掩映下,楼台高耸,层檐欲飞,俯观丽水,东迎朝阳,让人们重新目睹霸州这一千年胜景。在当今和谐社会的大环境里,巍峨耸立的霸台,正如春日里怒放的迎春花,满脸灿烂,每天笑迎四方游客,向世人默默展示着霸州历史的厚重与独特魅力。

老堤晚渡

夕阳西下，红霞满天，湛蓝的长空漂浮着淡淡的白云，淼淼河水清澈见底，岸边细沙融融，爬满丰茂的水草、蒲苇，间或有水鸟掠过河面，又箭一样冲向高空。

风自远处吹来，带着稻秸的气息，以及隐约的犬吠。两岸翠带如林，灿灿落日将林子染红，大小不同的船只在河面上穿梭，那长篙和船桨击打着水面，使平静的河面荡出了许多生机和惬意。河岸上延绵不绝的是忙碌奔波的人。每当货船归来，只见船家撑杆在空中画一个美丽的弧线，撑杆抵达岸边，撑杆拢拢船身，停稳后撑杆插入船洞。人们络绎不绝地上岸，卸货的卸货，搬运的搬运，一派繁忙的丰收景象，这幅生活气息浓重的画卷就是霸州历史上著名的景观"老堤晚渡"。

"老堤晚渡"的具体位置在今天老堤村南，到营上村北5华里新河、中亭河地段，据《霸州志》记载，老堤原名"老堤头"，位于霸州城南5.5公里处，是中亭河大堤和六郎堤的交汇点，堤南就是白洋淀和东淀的分界。每当夏秋水大，东淀和白洋淀就连成一片，霸州去淀南就要用船摆渡，老堤头就成了重要的渡口，霸州益津关的"津"就是指的这个渡口。

据霸州文史专家樊文稷老师说，从北宋开始，霸州逐渐发展成重要的商埠，人来车往，日渐繁华。而老堤渡口，是南来北往的商旅行人必经之处。明人记曰："残霞明水，凉雁团沙，鸡鹭凫鸥，嗳喋吟叫于遗禾野草之中。而人之篙者，桨者，进者，返者，呼者，应者，升者，降者，担而趋者，骑而牵着，立而俟者，踞而谈且笑者，影杂声错。回视柴门茅舍，相向背于荒野。返照孤洲浅水，又恍如鲛人居。"这篇如一幅水墨画的古文，鲜活地反映了当年霸州商贸繁荣的昌盛景象。晚渡的美景如美女般俏丽、隽秀，碧绿的河水宛若一副淡雅的丹青画卷；两岸翠绿的垂柳飘扬，枝头百鸟展喉歌唱，水波粼粼闪动，给人一种静美、端庄的温情。

岁月流逝，沧桑巨变，时光的流沙淹没了曾经的繁华。而今在曾经的渡口，两座大桥高高耸立，一座是106国道上的新河大桥，一座是京九铁路的高架桥，两座桥就像两条长龙横跨在古渡口之上，成为这两条国内重要的交通大动脉上的重要枢纽。更让人欣喜的是，这里毗连雄安新区，在京津冀协同发展深入推进和雄安新区加快建设的大背景下，霸州市政府把造林绿化工作作为"服务支持雄安新区规划建设大文章"的破题之策，按照"转型升级是基础，生态修复是关键，文化再造是归宿"的总体工作思路，将造林绿化与环境保护、生态修复同步推进。这座千年古渡口附近，随处可见新栽植的樱花、海棠、银杏、元宝枫等成方连片的高端树种。"千年秀林""千亩海棠""千亩樱花海"，一处处景观带，令游人仿佛走进一幅美丽的画卷。

如果你想感受一下"老堤晚渡"昔日的美景，霸州人也不会令你失望。而今它又重现于新建的牤牛河公园之中。高大的石坊临河矗立，庄严凝重，是仿古码头的标志。傍晚，站在码头上凭栏眺望，在感受古人落日归舟情怀的同时，激起对未来的畅想。想象着古人渡船来往的繁荣景象，顿时觉得那种画面很美好。

月牙弯弯，皎光盈盈。漫步在牤牛河公园，站在古老的码头上，拥抱梦里的渡口和渔船，感受今天生活的富足和幸福。家乡日新月异的变化，让我们每个人都感到骄傲。

北楼山色

我的家乡霸州地处平原，是没有山的，但是在历史上，霸州的一处美景，却与山有关。"北楼山色"是霸州古八景之一，是古八景中唯一一个与山相关的传说，不，曾经它不是传说，而是真实存在的，当一切在时光中湮没，对于现在的我们来讲，就成为了传说。

众所周知，在古代霸州被称为益津关，为北宋时期著名的"三关"之一。作为重要的边防关隘，它的城墙修筑得牢固又高大，以便用来防御北方辽国的入侵。到了明清时期，虽然霸州已经不再是边关，但依然是兵家必争之地，由于离京城只有百里之遥，霸州北城墙修了瓮城。正城门刻有"瞻极"二字，取北望皇城之意。瓮城门上书有"迎恩"匾额，取敬迎皇帝恩泽之意。

每逢夏秋之际，天清气爽的黄昏，霸州人喜欢结伴而行，来到北城墙上的瓮城城楼上登高远眺，望向西北方。落日的余晖里一条蜿蜒不绝的山脉，就像一条巨龙挂在遥远的天际。此刻夕阳射出无数的金光，照耀在这起伏不定的山峰上。宛如一幅美轮美奂的画卷，令人流连忘返。这梦幻的山峦与人们眼底苍翠的庄稼，蜿蜒的河流交相辉映，非常壮美，这就是霸州古代著名的美景"北楼山色"了。

北楼即霸州城之北城楼，山色即霸州西北方之远山黛色。当时霸州近邻京都，离着北京的大房山仅七八十公里。当年天清气爽，大房山也就是霸州人俗称的"西北山"。由于封建王朝经济主要以农耕为主，大自然没有被污染，所以那时人们无论是早晨、中午、黄昏，只要是晴天，站在城门楼上，就能一睹西北山伟岸的身姿。特别是黄昏和雨后有彩虹之时，西北天际山峦连绵，高低错落，逶迤葱茏，起伏的山脉呈现黛蓝色，仿佛近在眼前。

解放后，霸州的城墙在历次运动中被挖断以至拆除得荡然无存，人们再想登上城楼观看西北山的美景，只能是一种奢望。不过，我小时候和小伙伴在中亭河边玩儿经常见到这样的景观。那山我们叫西北山，其实就是燕山山脉的大房山，离咱们霸州二百来里地。记得有一次雨后，天空瓦蓝瓦蓝的，我和小伙伴们站在中亭河边，只见一道彩虹挂在西天，那山的轮廓相当清晰，在彩虹的衬托下就像一幅浓墨重彩的山水画，太美了。可遗憾的是，随着后来工厂越来越多，生活条件是好了，可是天空混浊了，几乎再也看不到曾经的西北山了。

近年来，霸州市政府在牤牛河岸边重修了益津关，更可喜的是，国家加大了环保的治理力度，霸州空气质量持续提高。由于能见度的提升，人们站在高楼或者益津关的城门之上，在天气好的时候，经常能看到西北山的轮廓。更让霸州人高兴的是，在这个能欣赏"北楼山色"的城门楼，今年又增加了一处动感十足的景观，而且有一个更为霸气的名字——4D水秀！益津关的北城楼直接变成大屏幕，利用投影演绎出各种场景。

华灯初上之时，当人们来到这里，广场上音乐时而慷慨激昂，时而浑厚悠长，配合着绚丽的光影效果，加上先进投影技术的应用，把益津关变成了一个"大秀场"，整座城楼好像活了起来。绚丽的颜色不停交织，活灵活现的场景不停变换，演绎出了一场让人叹为观止的视觉盛宴。您看那旌旗招展的益津关，鼓声雷动，好似千军万马整装待发，杨六郎的故事再次展现在大家面前，不禁让每个霸州人为家乡厚重的历史感到无比自豪！

益津关城门楼上旌旗招展，广场上的喷泉也不甘示弱，水柱随着灯光不停摇摆，火焰随着节奏喷射而出。伴随着音乐节奏的起伏，喷泉的水柱也忽高忽低，晶莹剔透的水珠在绚丽灯光的照耀下，美不胜收，当水珠从最高处落下时，犹如天女散花一般光彩夺目。谁说水火不相容？在璀璨的夜空之下，一场水与火的激情碰撞、声与光完美融合的视觉盛宴，冲击着每个游人视觉神经，让你仿佛进入一个童话的世界，感受着生活的五彩缤纷与丰富多彩！

　　虽然古代的"北楼山色"已不复存在，但是牤牛河畔这如梦似画的美景，无疑是霸州的另一种山色。这种山色属于每个霸州人，它和昔日的"北楼山色"有着异曲同工之妙，都给我们的生活带来一种美的享受。

水映益津关

在有"三关锁钥、冀中机枢"之称的益津关，一条大河穿境而过，它北接固安，向南流经市区汇入中亭河，这便是牤牛河。

牤牛河千年流淌，承载了太多太多的记忆。它映照出后周世宗柴荣建立霸州城的史实，也映照出宋朝名将杨六郎在牤牛河畔大摆"牤牛阵"击退辽兵、威震三关的千古传说。

牤牛河，水流呜咽，目睹了古老霸州的贫瘠与艰辛，记载了历次旱涝灾害给一代代霸州人带来的悲苦与辛酸。

牤牛河，水流潺潺，见证了政治风云变幻对地方经济发展和人民群众生活的影响；见证了改革开放以来，全市经济日新月异的发展，居民物质生活的富足，文化生活质量的整体提升；见证了党的十八大以来，全市人民紧密团结在以习近平同志为核心的党中央周围，齐心协力决胜全面建成小康社会奋斗目标，从站起来、富起来到强起来，朝着中国梦一步步迈进。

五年前，地方政府在市区东部的牤牛河畔，投资建成以牤牛河为主体的历史文化公园，再现了益津关、古霸台、古战道一个个昔日景观。今年，霸州搭乘上国家雄安新区建设的快车，带状公园得到进一步开发，使得牤牛河历史文化公园建设得到新的延伸。由牤牛河带状公园和牤牛湖两部分组成的牤牛河历史文化公园北起金各庄，南达太平桥北河段，古"益津八景"之北楼山色、霸台朝阳、老堤晚渡和宋朝古战道、景观桥、亲水平台一一呈现出来。

再现明清建筑风格的北楼山色和益津关，成了市民娱乐、休闲、健身的理想场所。

处于带状公园中心区的霸台朝阳和点将台，复建了双层式楼阁。清晨立于阁台，喷薄灿烂的晨辉美景尽收眼底。

老堤晚渡，依河傍水，游人和市民由此乘船游园，欣赏堤上那古色古香的商埠，堤内码头，垂柳依依，别有一番意趣。

古战道结构独特、蜿蜒曲折，连接了益津关和点将台的重要节点，成了霸州边关文化的缩影。战道内，藏兵洞锦绣乾坤，迷魂洞千回百转，翻板、翻眼、掩体等暗道机关令人猝不及防。战道通体运用"声光电"现代科技立体展示了霸州古代军事文化的厚重与久远，堪称军事史上的"地下长城"。

六郎桥，是位于牤牛河带状公园南侧的又一处"景观桥"。桥两侧，碧草茂，百花香，河水潺潺，游艇穿梭，岸柳成行，更有两岸楼宇共云天倒映水中，如诗如画，美不胜收。

位于带状公园东侧的牤牛湖，由"益津八景"之苑口秋涛、盐河春鸟、环城烟柳、堂淀风荷、东庙波光等景组成，与带状公园相映生辉，呈现出霸州水文化、边关文化和古榷场文化底蕴。曙光初照的晨曦，晚霞火红的傍晚，人们云集于此，漫步休闲，怎能不由衷地感慨新中国成立 70 多年以来古益津关的沧桑巨变，讴歌改革开放 40 多年所结出的丰硕成果！

倒映在河流里的家乡

在我的潜意识里，倒映在河流里的家乡最迷人。

我感觉一个村庄没有河流环绕，就像一位正值芳龄的姑娘，本该水灵灵的，但缺了水，看起来灰头土脸，失去了蓬勃朝气。

我是幸运的，家乡有一条河，虽然水面并不宽阔，但两岸绿树成荫，夏秋之际荷花盛开，村庄的剪影倒映在水面，与蓝天、白云、垂柳、荷花交织在一起，组成一幅美丽的田园景象。

从我记事开始，这条河流滋润着村庄，也滋润村庄里的每一个人。

小时候下大雨时，雨水便在大街小巷流，七拐八拐最终流入这里。由于有这条河流的存在，村里的街道从来没出现过积水。

据传我们村是明朝燕王扫北时在这里兴建的，我觉得先人们肯定是从远方跋涉而来，疲惫不堪，口干舌燥，突然就看到这一条蜿蜒的河流，河岸边有大片没有开垦的土地，于是大喜过望，饱喝一顿后，决定在这里落户。建房、栽树，繁衍生息，村庄就是这样形成的。

在我童年的时候，这条河就是村庄的一面镜子。清晨，村里的大姑娘小媳妇都来河边洗衣服，她们大多扎着麻花辫子，蹲在河边低头浣洗手里的衣服，水中倒映着一张张白里透红的脸，比旁边的荷花都要美上好几倍，她们是会劳作的秀荷。偶尔会有村里的嘎小子路过这里，看到有新结婚的小媳妇在洗衣服，就故意扔一个石头子儿下去，飞起的水花溅到新媳妇的脸上，她往往只是把辫子扯过来，含在嘴里，害羞地笑，而嘎小子却笑着跑开了，引来旁观者一阵笑骂声。

河里有鱼，都是野生的，其中繁殖最多的就是鲫鱼，大都一拃长，味道极其鲜美。那时，在夏日午后，村里的大人和孩子经常拿着自制的钓竿，先去河边的菜地挖蚯蚓当鱼饵，然后，坐在大柳树下钓鱼。树荫下的河水是安静的，它收纳了村庄上空的蓝天、白云，还有偶尔飞过的鸟影。村庄也是安静的，街上的狗不再叫，它们正卧在自己的门洞里，酣睡午觉呢。

夕阳西下，水面开始活跃起来。一些不安分的大鲤鱼会跳出水面，带着水花，来个漂亮的空中转体，然后重新扎进水里，激起一圈圈涟漪。蜻蜓也喜欢凑热闹，以优雅的姿态，轻轻地掠过水面。累了，它们就收拢翅膀，立在荷花上，当花仙子。夕阳的余晖，温柔地洒在水面，河流被染得更加金黄。

村里的人们吃过晚饭后，三三两两地来了。坐在河边，闻着荷香，说说庄稼，拉拉闲呱儿。月亮升起来，水中一个月亮，天上一个月亮。哪个更圆，哪个更亮？水里的青蛙呱呱呱地，你一言我一语地辩论，直到大半夜也没辩出个结果来。

转眼 40 年过去，现在因为这条河开满荷花的缘故，村里每年都有荷花节，很多城里人都会开车来这里游玩。更让村民们高兴的是，在水边建起了广场，还安装了音乐喷泉。夜幕来临之际，喷泉随着音乐的节拍喷着，有时像波浪，此起彼伏；有时像一只大花篮，里面装满了各式各样的花朵；有时像一根擎天柱直冲云霄，一阵风吹过来，吹倒了擎天柱，变成一片烟雾，慢慢地向远处飘去。喷泉在不同颜色的灯光照射下，变幻出千奇百怪的效果。音乐时快时慢，水雾时缓时急，变换着造型，与水中的光影交相辉映。

夜已深，人们散去了，广场上静了下来。村庄睡了，人们也睡了，可这条河没睡，它小心地守护着家乡的甜梦。

一条河流的夏天

我童年的夏天从一条河开始，我和小伙伴们一个个脱得赤条条，像下锅的饺子一样，争先恐后扑通扑通跃进中亭河里。

这条河的上游是白洋淀，曾被著名作家孙犁写进作品里，闻名遐迩。下游经天津的海河，最后汇入大海。我们在河里游泳，大多是人们说的"狗刨"，动作远没有大家在泳池里看到的蝶泳、蛙泳、自由泳那么舒展潇洒。不过当时我们虽然才10岁上下，体力还是相当不错，在水面一口气游出一二里远，都不会气喘吁吁。

扎猛子是我们最喜欢做的事情，我和小伙伴们经常在一起比赛扎猛子，看谁在水底下憋得时间长，游出去的距离远。有时候我们也会猛吸一口气，一头扎进水底，摸水底淤泥里的河蚌。那时水底下的河蚌非常多，不一会儿工夫就会摸一洗脸盆。不过那时候的人们不吃这东西，拿到家里只能喂鸭子。

离河边不远就是当时生产队里的菜园子，菜园子种满了各色蔬菜，比如黄瓜、西红柿等。最令我们垂涎欲滴的是里面种着的甜瓜。菜园子里有一间小屋，里面住着看园子的社员，大多是上了年纪的老人。在水里玩累了的时候，我们会光着小屁股，头上戴着柳叶帽，偷偷地匍匐着摸到菜地里，每人拧下一个甜瓜，然后再偷偷地爬回到河边，感觉非常刺激。偶尔也会被看守园子的人发现，他大声吆喝一声，等到赶过来后，我们和十多个手榴弹一样的甜瓜，早已漂在河水里。我们踩着水，只露出头来，都望着看守园子的人，嘻嘻笑。

看园子的通常骂上两句，就会转身离开。等他走后，我们会聚拢到岸边，用拳头砸开甜瓜，大家兴高采烈地吃起来。在我的记忆里，那时村里种出的甜瓜又脆又甜，比现在超市里的甜瓜好吃多了，吃剩的瓜皮，我们扔在水上，小鱼接着吃。

村里的大人们也会来河里洗澡，只不过大多是在晚上。女人们在上游，男人们在下游。中间隔着大片的芦苇。女人们那边热闹，咯咯地笑，河边树上的鸟儿都会惊飞。男人们大都是沉默的，只有烟头，在河面上明明灭灭，像一只只萤火虫。

河边的堤坡是乘凉最好的地方。明月高悬，树木婆娑，流水潺潺，绿草青青。草地干净柔软，人们坐着，卧着，都行。贴着水面的风，会将凉意一阵阵送过来，在凉快的风里谈天说地，品古论今，对于村民来说绝对是消暑避夏的最佳方式。

这都是上个世纪70年代的事了。如今村庄里的人，无论是孩子还是大人，夏天里没人再去河里游泳，晚上也没人来河边乘凉了。人们大都在自家房子里，用热水器洗澡，在自家风扇或空调下乘凉。至于原因，大家认为河水不卫生，还有如今的孩子金贵，担心在水里出现危险。现在的大人孩子想游泳，就会开车去城里的游泳馆消费。

我一直认为河流是家乡的魂，在夏天，毫无保留地敞开心胸，允许人们与她有肌肤之亲，允许人们进入她的怀抱，洗去一身的泥垢，将酷暑隔离在外面，享受从身体至内心的清凉。

可随着时代的发展，中亭河渐渐被人们疏远，它无疑是寂寞的。而疏远河流的人们如果能扪心自问，失去了在大自然里与水亲密接触的原动力，是否也有一丝淡淡的遗憾呢？

渴望蛙鸣

从小在农村长大，夏夜里乡村的蛙鸣、萤舞、虫飞……是我童年记忆里永远抹不掉的场景，而我最喜欢听的就是青蛙的大合唱。

夜幕降临的时候，蛙声便从河边、田间、菜园、草丛里传来。你侧耳细听，四周的田野里蛙声此起彼伏，遥相呼应，声声入耳，似乎在比试着谁叫得更好听、叫得更响亮。家乡的村后有一条河，叫中亭河，上游紧连着白洋淀，下游是天津的海河。我们村的这一段河流两岸长满茂密的树木，是夏夜乘凉的好去处。儿时常和小伙伴们去树林子里玩耍，头枕着细软的青草，眼望着皎洁的月亮，耳听着美妙的蛙鸣，这时的蛙鸣听起来是那么清晰，"咕咕、咕咕咕、呱呱呱、呱呱……"的蛙鸣声，时而高昂，时而低吟。蛙声跌宕起伏，婉转沉雄，合奏出一曲乡村的交响乐。

沉醉在蛙鸣声里，我似乎忘记了夏天的热，忘记了夜的黑。在不知不觉中，就度过快乐难忘的童年时光。

大概从上个世纪 90 年代起，有那么一些脑瓜精明的人，居然从青蛙身上捕捉到了商机。成年的青蛙开始被人以 5 角钱一只的价格大量收购，收购后送给饭店用来做"田鸡肉"，据说口感甜嫩味道好，非常有嚼头，很受食客青睐。于是乎，夏天的夜里在水池河流旁，出现了大量拿着手电和口袋的捕蛙人。在中亭河两岸的许多村庄，渐渐形成捕捉、收购、线上交易和线下配送一条完整的产业链。听说我们村一个小伙子，有一天夜里在中亭河边捕获过 300 多只青蛙，卖给收购者收入近 200 元。想到青蛙被血淋淋屠宰的情景，我有些不寒而栗。

从上学开始，我就知道青蛙是"益虫"，它在夏天可以捕食蚊子和田间的害虫，对人类有百利而无一害。可是随着人们的大肆捕杀，家乡的青蛙数量大量减少，21世纪初期，走在夏夜的中亭河畔，只能零零散散地听见青蛙的叫声。后来在农村，由于化肥、农药、杀虫剂、除草剂的过度使用，破坏了原始的自然生态，造成严重的水土污染和生态危机，也给青蛙和田野里的野生动物带来灭顶之灾。乡村的野兔、刺猬等常见的生物几乎到了灭绝的地步，即使是最常见的青蛙，我曾在中亭河边徘徊过一个晚上，也没有寻觅到一只青蛙的足迹。

所幸的是，近年来生态保护理念开始深入人心，政府下大力气对中亭河流域进行了治理，河的水质和环境得到了大幅提升，由于水质的清洁，近年来连天鹅这样的珍贵鸟类也经常现身在中亭河里。附近的村民还在离河水很近的地里，开始大面积种植水稻、荷花等，诗词里"稻花香里说丰年，听取蛙声一片"的美景，重新回到了我们的生活里。漫步在夜色里的中亭河畔，听着阵阵蛙鸣，有时候我真想自己就变成一只青蛙，自在游弋，迎风而歌，那该是多么令人神往的田园生活啊！

2019年5月，一个振奋人心的消息传来，令中亭河两岸的老百姓欢欣鼓舞，香港某旅游投资有限公司与霸州市人民政府合作，将投资50亿元对霸州市岔河集乡至王庄子镇段31.44公里中亭河两岸（含河道）区域进行生态修复和旅游开发。家乡的中亭河流域将成为旅游区，我期待着那一天的早日来临。

在我的想象中，那时的中亭河碧波荡漾，荷叶飘香。当夜幕降临，伴随着阵阵蛙鸣，清爽的夜风挟裹着荷花的清香直撞我们的心扉。月亮把轻柔如水的月光洒在水面，那些如盖的墨绿色的莲叶上滚动着一颗颗硕大的水珠，在月光的映照下晶莹剔透、熠熠闪光。一只只可爱的青蛙，匍匐在硕大的荷叶上，引吭高歌，歌唱大自然的多姿多彩，歌唱人与自然和谐共处的美好。

猴鱼的传说

曾经的大清河与中亭河流域，有一种鱼，堪称水中的霸王，它们力气非常大，头部非常坚硬，就像一块硬邦邦的石头，只有发大水的时候才会出现，比如20世纪70年代的多次水灾，还有1996年的洪灾中都曾出现过。

这种鱼非常凶猛彪悍，发起怒来，能把水中的渔船撞翻。由于它的脸像猴子的脸，人们都称这种鱼为"猴鱼"。50年前，我们村曾有人徒手捕获过一只1.8米长，体重180多斤的猴鱼，他的经历就像景阳冈打虎的武松，颇具传奇色彩：

在20世纪50年代初期，因为我们村地处分洪道水域，经常发生水灾。村里有一个小伙子叫二牛，身体很魁伟，水性极好，据说他一个猛子就能扎出一里多地。这一年又发洪水了，水势极大，竟然将村北的中亭堤冲开个大豁口，水一下淹了村北20多个村子。三天后的一个夜里，突然刮起西南风，风势很大，得有六七级。站在中亭堤上，人们看见堤北的洪水就像海水退潮一样，迅速向南退去，中亭堤南边的洪水也落下了不少。

午后，二牛看着村北的水退了不少，就想去抓点鱼儿。他背着个筐子就下去了，因为退潮地里高低不平的缘故，出现了许多大大小小的水洼。这些水洼里留下很多的鱼儿，密密麻麻的，可以直接用筐捞。二牛眨眼的工夫就装满一筐鱼，他背着鱼正往回走的时候，突然发现，前边有个水坑，此时泥浆飞溅，像开了锅一样。二牛凭经验马上意识到，这个坑里藏着一条大鱼。于是他扔下筐，蹚着淤泥走了过去。走到水洼近前，他吃惊地看见里面有一条大鱼，浑身沾满泥浆，在浅浅的水里不停地跃起来，然后又落入泥水之中。

二牛发现这条鱼脸长得像猴子的脸，他知道这就是人们所说的猴鱼，这种鱼他曾经见过，也知道它们脾气非常暴躁，一般都有五六十斤重，在水里与人遇上，能一头把人撞伤甚至致死。村里逮鱼的人见到猴鱼，总是躲得远远的。像眼前这条一米多长的大家伙，他还是第一次见。

二牛沉思片刻，他知道，捕捉这种凶猛的鱼只能智取。于是他根据猴鱼脾气暴躁的特点，每当猴鱼在泥洼里折腾累了刚要休息的时候，他就从身边抓起泥团往它身上砸，猴鱼暴怒后又会重新跳起来，如此反反复复大概过了一个半小时。二牛看见猴鱼似乎没了力气，再扔泥团砸它也不动弹了，就从附近的柳树上折了一大把柳条，然后走到猴鱼附近，用柳条抽打猴鱼的身体，大鱼用力打了两个挺，之后任由二牛抽打，只是嘴里呼呼地冒着白泡，已经奄奄一息。二牛走上前将柳条穿进鱼鳃里，然后背在肩上，拖着这条猴鱼就往村里走。这条猴鱼实在太长了，少半截身子和尾巴都耷拉在泥水里。

到了家二牛已累得筋疲力尽，村里人看见他逮了这么一条大鱼都过来看稀罕。有人拿来尺子和大杆秤，人们用尺子量了一下，这猴鱼有 1.8 米长，又把它绑起来称了一下分量，好家伙竟然有 180 多斤重。这条鱼最后被剁成段放进锅里，熬了整整两大锅。那个年月虽然只是简单地放了些酱油醋和咸盐之类的调味品，但是熬鱼的香味整个村子都闻到了，二牛一家子将鱼分给村子里很多人家，吃过的人都是赞不绝口，说这是自己平生吃过的最香的河鱼。

现在二牛早已不在人世，但是这个事儿，不少村里的老人还时常谈起，都夸奖二牛很机智。我们村边的河里曾捕到过这样大的猴鱼，可知当时的生态环境非常好。有怪鱼来，不亦乐乎。许多年没有见过猴鱼了，真有些期待有一天河中再现大猴鱼。

小城的肺

霸州这座小城的肺，不是别处，就是城北的生态公园。

在我的眼里，霸州生态公园的兴建，不仅美化了小城环境，更净化了小城的空气，在这个生态环境被格外重视的年代，叫它天然氧吧、小城之肺，应是当之无愧。

去公园最好是秋天，那感觉可不是一般的养眼，简直可以用心旷神怡来形容。首先映入眼帘的是十几棵高大粗壮的银杏树。每棵银杏树下面都围着一圈木头座椅，方便游人休息。每两棵树之间的距离几乎一样，它们就像十几个高大威猛的战士，整齐地守卫在这里。继续往前走，宽阔的石板路中央，有一个巨大的、红色的中国结，寓意团结和谐，象征着祖国的繁荣昌盛。

沿着宽阔的石板路继续往前走，就会看到一个弯弯的半月形的长廊，长廊大约有100多米长，它由灰褐色的木头镂空搭建而成，沿着长廊一面，栽种着许多紫藤花，紫藤花顺着长廊爬上去，浓绿的枝叶上，点缀着串串紫色的风铃一样的花朵。紫藤花就好像给长廊搭上了一个美丽的凉棚，可以让游客在这里休息。站在长廊上眺望，前方有个人工湖，湖不宽，水也不多，但清澈见底，岸边的水草茂盛，垂柳在风中摇曳着，曲曲折折的木桥，从湖中穿过，满满的一湖荷莲，几乎快把岸边撑破。虽然过了立秋，荷莲依旧开得袅袅婷婷，红的白的点缀其间，煞是好看。荷叶如伞盖高擎，莲叶静静地铺在水中，水中的鱼儿，绕着莲叶儿游戏，忽东忽西，不由让我想起了一首古诗："江南可采莲，莲叶何田田，鱼戏莲叶间……"这虽不是江南，但莲的美丽，鱼的快乐应该是一样的吧。

沿湖向西，就是一座小山，说是山，因其比其他地方高出几步，其实名叫岩石园。园的四周，大多是叫不上名字的花草树木。大大小小的石头，随心所欲地放置着，石缝间长着草，开着花，植着树，虽是人工种植的，倒显得那么自然。园里有一块空地，中间有造型，好似一本打开的书，这造型寓意是什么，我猜想，是不是告诉人们，这地方风景如画，最适合看书？不过，这周围的石头很大，既可当桌，又可当凳，也真是看书的好地方。

这里的树不高，长到一米左右就分杈，大多都分三四个，像个椅子似的，稍一抬脚就能坐上去。树冠很大，像一把把巨伞张在空中，树与树的边缘，枝叶还能交错。走在这里，太阳再烈，也有一种清凉的感觉。树下，大片的空地上，茵茵的绿草像个巨大的地毯，铺在上面，毛茸茸，软绵绵，绿油油，亮晶晶，把眼养得好舒服。真想躺在上面打几个滚，或者静静地仰面看天。

此时，这个绿色地毯，已成为鸟儿的乐园，小鸟们张开剪刀似的翅膀，上下翻飞，一会儿跃上树枝，一会儿落到地面，一会儿又围着这片草坪做圆周运动，它们离地面特近，几乎是贴着草地飞行。一群鸽子不知是羡慕还是妒忌，扑扇着翅膀，呼啦啦落在草地上，开始悠闲地漫步。如果你觉得在远处看不过瘾，想到草坪里面，近距离观看鸟儿的表演，也不用担心踩到小草，建设者早就预料到了，窄小的长方形水泥板，隔半步铺一块，与草间隔着，形成一条小道，你可以踩着它们，把自己融入这绿色世界，与鸟儿共欢。

不远处，一位爱花的小姑娘蹲下身子，将脸庞置于路边一朵盛开的菊花之上，闭了眼深深地吸了口气，那娇红、陶醉的样子，让我满心欢喜——良好的家庭教育，爱人所爱，美好共享——让我看到了我所居住的这座小城灿烂美好的明天。

漫步在公园内，我觉得每一个游客都是这美丽画卷不可缺少的一笔。他们给这公园内的每一处美景注入了灵魂，给家乡插上了腾飞的翅膀，增添了恒久的魅力。

我们要像鸟儿一样快乐

只要读过美国环保主义作家李奥帕德《沙郡岁月：李奥帕德的自然沉思》，你就不会忘记这样的文字：当天气渐暖，可以在屋外闲坐时，我们总爱倾听沼泽地里雁群进行的聚会，有很长一段时间，雁静寂无声，只听到鹬的鼓翼和远处一只猫头鹰的咕咕啼叫，或风流的瓣蹼鹬带鼻音的咯咯叫声。然后一个刺耳的鸣叫突然响彻云霄，顷刻我们便听到一阵喧嚣的回响。雁的翼尖击打着水面，桨一般剧烈振动着翅膀，推进着船头一般的雁头，而发生激烈争执的旁观者则大声叫嚣，最后一只叫声深沉的雁发出决定性的呼喊，吵闹声于是平息下来，变成雁之间几乎无时不在进行的轻声闲谈。此时我再次希望自己是一只巨稻鼠。

我发自内心地羡慕那些自由自在的雁，还有那个坐在雁对面的幸运的李奥帕德，那一刻他目光沉静地向雁传递着心声，而雁则在他面前自由舞蹈和鼓翼。雁的栖息地里没有任何入侵者，在自然的怀抱里，它们完全可以酣然入梦，多么幸福的一群雁啊。生活在那里的人，也无疑是幸福的。

我感觉自己和村里的乡亲们也是幸福的，这幸福感就来自村里的公园。我们村有一个农民公园，公园已经建成三年了，公园里有广场、湖面、绿地、文化墙、健身器材等基础设施，一点不比城市公园差。清新的空气和鸟语花香的景色，村民们在这里晨练，心旷神怡的感觉令人流连忘返。傍晚，村民们像城里人那样到公园里转一转、逛一逛，消除疲劳，健体强身。我们的生活啊，就像栖息在树林里的鸟儿，每天都唱着快乐的歌谣。

在我小的时候，由于农村经济发展水平较低，健身娱乐设施基本没有，村民除了打牌、搓麻将就是看电视，再也没有其他地方可去，年轻人工作之余也没有活动的地方，久而久之，人们都会感到业余生活的枯燥和无聊。

改革开放以来，村里发生了翻天覆地的变化，楼房多了，道路宽了，生活条件与城市相差无几，但公共休闲锻炼场地、设施与城市相比却比较落后。村里为了丰富村民的业余生活，多方筹集资金，终于建起了这个环境优雅的农民公园。公园建成后，附近十里八村的人都很羡慕，经常有人开车来这里游玩。

公园的南面有片方圆十余亩地的林子，是我的最爱。林子很美，茵茵的草，紫红的花，婆娑的树，清爽的风，洁白的云，瓦蓝的天，都像诗词曲赋般令人陶醉，并能从中咀嚼出不同凡响的滋味来。身处林中，最动人的就是鸟鸣了。

春夏两季多晴天，我喜欢一个人走进茂密的林地，在软绵绵的草地和沁香的花丛中席地而坐，微眯双目，屏气凝神，谛听那密密绿海中飘出的悦耳音符，清新婉转的旋律如流淌的山泉，飘飘洒洒，幽幽入耳，洗心涤尘。

鸟在林中，有时只闻其声不见其形，愈加增添了神秘感。尽管如此，树下的我还是听得津津有味，如醉如痴。有时，我想这些歌声是鸟儿们唱给自己的，它们并没有考虑人类听懂与否，更没有考虑到人类的好恶。可是，伴随那样悦耳的声音，我的思绪也仿佛轻盈起来，仿佛能够腾跃栖息到树梢，到云端。也许，听鸟与闻鸣，领悟与懵懂，全凭个人的感悟。

公园的建成不但可以改善农村的生态环境，还可以丰富农村居民的文化生活，提升其生活质量。更重要的是，能够改变农村人只和农具打交道、面对黄土背朝天的老习惯，过上早晚锻炼、跑步的时尚日子，让世世代代在这里生活的村民们情感上和心理上的认同感、归属感以及自豪感油然而生。

身处林间，闭上眼睛，很多常常被忽略的感官反而灵敏起来，草木香轻轻碰撞你的呼吸，弥漫于林间的清爽气息冲击着你的每个毛孔，那空灵的鸟鸣声仿佛能直达心灵深处。那一刻，我的全部欲望仅仅是想做一只鸟，让自己的灵魂栖息在绿叶之间，开出一朵芬芳的花朵来。

在这片郁郁葱葱的林子里，我想每一只鸟儿都是快乐幸福的，它们都是开在树上的花朵。

置身于这片树林，我觉得自己也是快乐的小鸟。阳光的斑驳洒满草地，置身树下的我，望着远处公园里游人如织，和传来的阵阵开心的笑声，不知怎的，在那一刻，心底溢满一种幸福、逸情和诗意的充足，以及犹如走进梦幻中的陶醉和自豪感。

飘满枣香的村庄

去年国庆假期，应朋友之邀，我去了一趟霸州市南孟镇的任水村，专门去采摘金丝小枣。

在我的意识深处，秋天是枣树最美丽的季节。当我们开车来到任水村，首先映入眼中的是村庄周围田野里那片枣树林，树上挂满了红彤彤的枣子，枣子像珍珠，像玛瑙，像夜晚的繁星，像过年时悬挂的小灯笼；红的果，绿的叶，红红绿绿，把枣树打扮得像个穿着花衣服的小姑娘，笑嘻嘻地站在我们面前。

下车后在朋友的带领下，我们走进一家果园。走在林间小路上，我感觉果园的空气是湿而甜的，是甜丝丝的湿，是湿漉漉的甜。浓浓的枣香让我感觉像吃醉了酒，身子有种飘飘欲仙的清爽。在阳光的照射下，树上的金丝小枣红得发紫，每棵枣树都一头的红，枣林更是一片红云。我感觉枣树的热烈，就像最美时的夕阳将光亮发挥得淋漓尽致。

迎接我们的果园主人是一位 60 多岁的老人，身体很硬朗，也很健谈。他一边走一边和我们聊天。老人说自己 10 多岁就开始在果园里干活，后来生产队解体后，就承包了果园。自己的枣树是正宗的金丝小枣，采下来之后拿回家里，晒干后，掰开能拉出缕缕晶莹的糖丝。

其实我从小就经常吃咱霸州的金丝小枣，我的老家岔河集也是金丝小枣的产地。我深知咱霸州的金丝小枣皮薄、肉厚、核小、质细、味甜，含有蛋白质、脂肪、淀粉、钙、磷、铁以及多种维生素，具有疏肝健脾、清心润肺、补血养颜、调中益气等功效，是老幼皆宜的滋补佳品。

在我们兴高采烈地采摘时，老人又开始侃侃而谈。据老人说，任水村始建于宋朝初期。当时霸州叫益津关，宋辽两国在霸州城北设置了榷场，也就是从事边关贸易的场所。而任水村这里有一大水塘，池水清澈见底，芦草环绕水簇生，鸥鹭浮碧波群游。景观清雅别致。水塘周边坡度极缓，是野生动物饮水的好去处，宋朝军马多到此饮水，当时人们称这里为"饮马坑"。

后来辽国商人赶着马匹来霸州交换商品，也来这里饮水，故霸州人又称此处为"饮水"。

当时的"饮水"，风景秀丽，水草相依，鹰兔追逐，气爽天高，既含南国水乡之韵，又蕴北国草原之情。后来又有几户人家迁来此处定居，同时，宋、辽商人也视这里为闲暇散心的好去处，所以纷至沓来，或钓鱼捕鸟，或踏青赏景。当地人投其所好，遍插杨柳，广植梨桃，不出十数冬夏，绿树成荫，果实累累，众多人家便相继迁来，当地居民根据"饮水"的谐音，再易村名，得"任水"一称。

改革开放后，村里很长一段时间以枣树种植为主要产业，虽然能解决村民的温饱，但是要想致富却很困难。后来在村干部和乡里技术人员的帮助鼓励下，村里开始种植花卉与其他的水果，有早春上市的樱桃，有麦收时节成熟的黄杏，更有人家伺机办起可以采摘的大棚草莓，总而言之任水村是一年四季都有水果供人们采摘。

最后，老人自豪地说，如今我们村已是远近闻名的林果村。望着老人脸上自豪的笑容，突然有人提问，大伯，你们村还有困难户吗？有。那他们又是怎样生活的，村里怎么扶持他们呢？

老人说，我们村的困难户，大多是一些智障人群，村里除了给予他们物质的帮助，还给他们修缮房屋，改善居住环境，尽力扶持他们去做力所能及的事情，毕竟"授人以鱼不如授人以渔"，在打赢脱贫攻坚战的进程中，力求一个都不少。

在这个秋高气爽的日子里，听着老人的侃侃而谈，我咀嚼着金丝小枣的甘甜，抚今追昔，我们的生活无疑发生了天翻地覆的变化，老百姓的生活变得越来越富裕美好。

在这举国欢腾的国庆节里，我回味着金丝小枣的甜蜜，感觉这甜蜜飘到空气里，仿佛向家乡的每个角落咕咕流淌，流淌……

牪牛河的秋天

如果你问我哪里的秋天最美，我要告诉你，在我心中家乡牪牛河的秋天最美！

牪牛河公园是我经常光顾的地方，有时是早晨，有时在黄昏，毫不夸张地说，牪牛河公园秋天的美令我深深陶醉。

当我站在景观桥上眺望，秋天的牪牛河是安静的，阳光从蓝色的天空倾泻下来，洒在清澈的水面，棉絮一样的白云倒映在水中，孩子一般悠闲地散着步。头顶的阳光仿佛流动起来，水波似的透过树影在地上荡漾。河水不再像夏天那么热烈，恰似一位娴静的少女，优雅地望着澄碧的蓝天、南归的大雁发呆。长堤两边的柳树依然苍翠，水边的芦苇开出诗词般的花，远远看去就像是起伏着的雪浪一样美，引来黑色的天鹅在水边嬉戏，偶尔会有金色的鲤鱼跃出水面，让这里的风光多了一抹野趣。游船在碧波中轻荡，悠扬的水声里，飘着千军万马般奔涌而来的思绪，铁马金戈的历史中，杨六郎白马金枪的传说再一次生动起来。

顺着堤坡的林荫路向下走，两边的树枝像手臂伸出来，正好为青石路遮风挡雨和避日；而密密的细叶像一张网，轻轻盖在青石和护栏上，形成一道清幽的林荫河岸路。

因为秋风的缘故，金黄的落叶开始时不时地掉落，薄薄地铺了一地，像撒落一地的金箔。忽然一眼能望见一两片红叶从树上掉落，就像一只只蝴蝶慢慢地飘落在青石路上，那将是秋天里最鲜艳的颜色。

绿草坪的风景更亮丽了。有一种不知名的树，已经结出红红的果实，挨挨挤挤簇拥在一起惹人喜爱。在阳光的照射下，一颗颗果实像玛瑙般晶莹剔透。五颜六色的花朵，一片又一片，那艳丽的色彩从半空流淌到地面。果实与花朵泾渭分明，却又共同生存在这片天地。在秋天开得最茂盛的无疑就是菊花，黄色、绿色、紫色、粉色、白色等各色菊花，以及岸边白色的芦花，不时引来蝴蝶驻足其间。公园里的其他花卉也很多，月季、格桑花等，五颜六色点缀在树木和草坪中间，给牤牛河的秋天注入了勃勃生机。最让我骄傲的是，前几天在牤牛河边遇上一群北京来的游客，他们一边走一边对牤牛河的各种景观连连称赞，让我这个土生土长的霸州人心里充满了自豪感。

如今的牤牛河就是霸州这座小城的画龙点睛之笔。多年前，这双眼睛也曾失去光彩，变得暗淡无光。那些河槽总是干涸着，长满了各种杂草。不算宽阔的河床上到处是垃圾。即便偶尔有水，常在河边散步的人们也会发现，河面上总会漂着一些死鱼，难闻的气味令人作呕。后来，这一现象引起了政府部门的重视，环境治理刻不容缓。

我们欣喜地看到，霸州市政府以牤牛河作主题，以霸州千年的文化底蕴为基石，2012 年，牤牛河历史文化公园开始修建。公园由古益津八景之北楼山色、霸台朝阳、老堤晚渡等景观和宋朝古战道、景观桥、亲水平台等组成，再现了霸州厚重的文化积淀。2019 年，又将南水北调的优质水源注入河道，让霸州这座小城的双眼再一次变得晶莹剔透、含情脉脉。如今无论是曙光初照的晨曦，还是晚霞火红的傍晚，人们云集于此，漫步休闲……幸福地徜徉在这城市盛景中，感叹家乡的沧桑巨变，歌颂美丽的牤牛河，歌唱美丽的家乡——霸州！

第三辑 · 情感篇

爱情寄语

如果问人世间最美的花是哪一种，我认为一定是爱情之花。

爱情之花像天上的白云，是高洁的，爱情之花像夜空的月光，是迷人的，爱情之花像六月的骄阳，是无比炙热的。在我们人世间，如果能拥有一份甜蜜的爱情，这两个人一定是最幸福、最快乐的夫妻。

今日接到老战友的电话，告知他的儿子王煦将于 11 月 6 日结婚。老战友和我是同乡，我们年轻时一起入伍，参加过对越自卫反击战，转业后他在四川绵阳工作，我回了家乡，多年来一直保持着兄弟般的情谊。由于疫情原因，我不能前往四川绵阳参加婚礼，感到非常遗憾。

战友的儿子王煦，是一位非常优秀的青年，这孩子 1988 年出生，从小刻苦好学，学习成绩一直非常优异，中学毕业后考入成都电子科技大学光电工程与材料专业，攻读下博士学位，成为高级研究员，博士后。毕业后王煦在武汉光谷、广东大湾区光电行业从事研发工作，现在成都天府新区一光电行业继续从事研发工作。

儿媳何滢，今年 30 岁，属马，毕业于西班牙萨拉曼卡大学，传媒专业，硕士研究生。该大学有 800 多年的历史，学术声望可与牛津大学和巴黎大学媲美，悠久的历史和深厚的文化积淀是萨拉曼卡大学最大特色。儿媳目前从事外贸行业，正处在创业阶段。

两个人结识于校园，就算远隔重洋也没有斩断过彼此那份浓浓的相思之情。前年王煦身处疫情重灾区武汉，是女友的鼓励和牵挂让他勇气倍增。中国有句古诗"心有灵犀一点通"，他们两个就是一对心心相印的人生伴侣。当爱情的花朵芬芳成熟的时候，当两个人走进婚姻的殿堂，我要对两位新人说：一旦牵起了彼此的手，就拥有了一份终身相守的美好承诺。爱情需要不断地去浇灌才会盛开出鲜艳的花朵，婚姻则需要经历尘世风雨的磨砺才会飘荡出醇香的情感。

"也许牵了手的手，前程不一定好走。也许有了伴的路，今生还要更忙碌，所以牵了手的手，来生还要一起走。"我想借助苏芮的歌曲《牵手》的歌词，献上我对这对年轻人的深深祝福，祝福他们一生彼此相扶相守，在事业上彼此互相帮助，为国家做出更大的贡献，在生活上互相关心，在今后的岁月中相濡以沫，牵手一生。

心灵的颜色

午后，天空飘着小雪花，从小城高铁站出来，我急忙跳上了路边一辆去市内的公交车。上车后，我才发现由于坐了一天一夜的车，手机没电了，所以没有办法扫码支付 2 元钱车费。女司机说，你自己解决吧。

车厢内人不多，大人孩子全算上大概有 10 多个人。我口袋里正好有一张 5 元的纸币，就试着问旁边座位上的一位中年妇女："大姐，有没有零钱可以换？"

她打开手包摸了摸，犹豫了一下说，"我只有 3 块钱，要不……"她的话音未落，就在我说准备说"没关系"的时候，后排座位上突然发出很多声音："我有。""我给你。""拿我的吧。"我一看，至少有近十只手伸向我，手里拿着硬币或者纸币。

面对此情此景，我的眼睛竟然湿润起来，这哪里是区区 2 元钱，这分明是一颗颗纯朴的心，虽然眼前的一群人都戴着口罩，我看不清他们的面容，但是那一双双燃烧着太阳光芒的眼睛却温暖了我。

这样的场景，久违了。最后，有一个 20 多岁的小伙子，直接走上前拿出公交卡在机器上刷了一下，对我笑了笑说"这样省事"，说完走回了自己的座位。

我连声对大家说着"谢谢"，然后坐在了一个挨窗户的座位上。

车窗外雪越下越大，那一刻，如果你问我希望用什么颜色来形容冬天的美好，我会毫不犹豫地选择雪花的颜色。因为在这个冬天里，在一座叫"霸州"的小城，我碰到了一群有雪花般心灵的好人。

爱情的童话

虽然现在有的女孩越来越现实，谈婚论嫁的时候往往和金钱挂钩，但我一直相信在我们的生活当中一定有爱情存在。这种观念，和我去年的一次遭遇有关。

那是去年的夏天，我独自走在城市的街头。

"先生，擦皮鞋吗？"路边一个穿着朴素的女孩问我。

我边走边答："不擦。"女孩竟跟了上来，柔声细语地说："先生，你的鞋都脏了，就让我擦一次吧，只收一块钱。"她那两只水汪汪的大眼睛可怜巴巴地望着我。

我皮鞋上确实布满了尘土，加上女孩那可怜的神态打动了我，于是就停了下来，坐在了女孩搁在地上的小板凳上。

我问女孩是哪里人，为什么小小年纪就干这活，女孩笑了笑说："没办法，人总得吃饭呀，其实干这行也不错，给现钱，不像打工，一个月才开工资。"过了一会，当女孩抬头擦汗时，她的眼神掠过一丝惊慌，猛地站了起来，拿着正擦的一只皮鞋跑进了身边的胡同。我一怔，一下醒悟过来，大叫一声："抓贼呀！"几个学生模样的小伙子围了过来，和我一起冲进了小胡同。

胡同是没有出口的，女孩被我们堵在了墙角，正当我要痛斥她时，一个小伙子却吃惊地喊道："小凤，怎么是你？"看样子这小伙子和女孩是认识的。女孩的脸涨得红红的，目光怯怯地望着我说："大哥，我只是想在这里躲一下，我不会偷你的鞋。"

"小凤，你不是在服装厂上班吗？"我身旁的小伙子问。"三个月前，服装厂就倒闭了。"女孩低下了头，小伙子走上前，轻轻抱住女孩的肩膀，然后转过身来对我说:"哥们儿,真对不起,她是我女朋友,我用人格保证,她绝对不是小偷,她是不愿让我看见她,才这样做的。"

"她是你女朋友?"我困惑地望着小伙子。小伙子也许看透了我的心思,解释说:"我俩都是东北人,住在山区,家境都不好,去年我考上了大学,为了帮助我解决上学的费用,她就和我一起进了城,用打工挣的钱供我上学,没想到今天……"小伙子无奈地笑了笑。

于是我们一行人又回到了鞋摊前,在女孩继续为我擦鞋的时候,小伙子掏出了一块手绢,爱惜地为她擦去额上的汗水。

这件事让我坚信:今天依然有爱情的童话存在。

牵　手

表妹在朋友圈里分享了几段小视频，是她女儿蹒跚学步的情景。视频里她和妹夫分别站在孩子的两侧，弯下腰半蹲着牵着孩子肉乎乎的小手，在客厅里绕圈圈。孩子开心极了，大大的眼睛笑成了弯弯的月牙形，粉红的小嘴边都是笑出来的口水，夫妻俩脸上都是细密的汗珠，可对着女儿，他们却笑得满脸幸福。

我给她留言说："这会儿是最辛苦的一个阶段，孩子现在对走路充满了新奇和热爱，你们一定要好好陪着她，握住她的手，盯紧她，千万别磕到碰到，有一个月就能走稳了，那会儿就能放开点儿手了。"表妹秒回了我，说："放心吧！这是她生命中至关重要的一步，再苦再累我们也愿意牵着她的手，陪她一起走。"

表妹的话让我忽然想起了住在一楼的那对父女，每天晚饭后，女儿都会挽着父亲的手在小区里走走。偶尔在楼下遇到，他们都会热情地和我聊上几句，看着他们有说有笑的样子，我的心里总觉得暖暖的。

聊天的次数多了，渐渐知道了他们的故事。老人是家中独子，年轻时离异，只有这一个女儿。女儿大学毕业后为了谋求更大的发展，留在了北京，她也曾想过把父亲接到身边照顾，但老人不愿意离开生活了一辈子的小城，于是父女俩只能每天通过视频聊天。

去年老人得了胃癌，治疗几个月后，病情得到了有效的控制。老人不想拖累女儿，执意要回家来，女儿拗不过他，又不放心他一个人，就背着老人，辞去了北京的高薪工作，陪他回来了。

邻居们都夸女孩孝顺，女孩总是腼腆地笑笑，说："比起我爸对我的付出，我做这些真的算不了什么。我爸这一辈子活得不容易，陪他走过生命中最后这一程，对我来说是一种莫大的幸福。"

其实无论是父母牵着孩子的手蹒跚学步，还是儿女牵着父母的手漫步黄昏，他们牵手的动作里，溢出的都是人性的光辉，是我们内心深处流淌的爱。人生像一本书，在生活中，每个人都在用感情做笔，将空白写满，让我们原本单调的生活变得五彩缤纷。

小凤理发

2020年春天，小凤在古镇开了一间理发店，招牌就四个字：小凤理发。

我们这个小镇是全国有名的家具生产基地，外来打工的有好几万人，小凤就是其中之一。

小凤理发店所在的这条街是条老街，很窄，两旁摆满了卖菜卖饭的小摊，出租车穿过都比较困难。她就夹杂在这些南腔北调的生意人中闯起了江湖。

小凤个儿小，身高也就1.45米，剪发时往往踮着脚尖，说话带有浓浓的东北乡音，很朴实。

小凤给我理发已经三年了，我们彼此都很熟悉。通过理发时东一句西一句的闲聊，我知道她家在离此几千里之外，她16岁就出来打工，先在美容美发厅学会了刮脸洗面，后来又学会了理发，攒了几千块钱之后，就租了这间门面当起了小老板。

她说，由于疫情原因，开店第一年刚够应付吃喝和房租，没有赚钱。去年，我搬了家，离小凤的理发店远了，就在附近的高级一点的店里理发，每次花40元，可是半年下来效果总是令我不满意。于是有一天我打了一辆出租车再去找小凤，那天因为人多，等了一个小时。之后每次去几乎都要排队。前几天，办事路过那里，顺便理发，看看表已经是晚上8点多了，心想不用再等。谁知进去一看，沙发上坐个焗油的，椅子上躺个刮脸的，旁边站个等着的。小凤说，没办法，再熟也得讲先来后到。我说我先去附近吃饭，给我排个号。小凤答应着拿出两块钱说，帮忙捎个烧饼夹鸡蛋，早就饿了，连吃饭的空闲都没有。

随着物价的飞涨，小凤理发的价格也翻了一番，5元变成了10元，可生意却越来越好。从她的话中听出，现在每月净赚 10000 元左右。看着她神采奕奕的样子，我也很是替她高兴，毕竟在受疫情影响的今天，能有一份稳定的收入还是非常让人羡慕的事情。

小凤有很多固定的顾客，可不管生人熟人，她都一视同仁，每次理好后总要转圈反复细看，哪怕有一根头发剪得不整齐，也不轻易放过。尽管有时顾客自己说好了好了，她还是要再检查一遍。

小凤剪出来的发型，很时尚也很潮流。我曾介绍两位生意上的朋友去她那里，开始他们不屑一顾，但理过之后全都服了，说小凤是镇里最好的理发师之一。从此，他们每当理发时就开着"丰田"和"奔驰"，驶向小凤那寒酸的小店。

我曾跟小凤说，你这手艺在这小店可惜了，咋不开个高档美发厅？她说了一句很经典的话：华尔街的银行大，不是也倒闭了？

一位顾客对小凤说，这里明年就要拆迁了，你知道吗？对动荡和坎坷的生活早就习以为常的小凤，没有一点儿吃惊和抱怨，而是说了一句更经典的话：只要世上的人长头发，我就有饭吃！

我曾问小凤这辈子最大的愿望是什么，她笑着回答道："找个好老公，快快乐乐地劳动，平平安安过一生就够了……"

小凤的话语很朴实，但我却觉得充满了积极向上的人生观。

五月鲜

五月的一个周末，我开车带着妻子和 12 岁的女儿去离城 30 里外的中亭河垂钓。

上午的阳光很好，车子行驶在中亭堤上，我路过一个村口，发现堤下水面辽阔，岸边树木繁茂，正是垂钓的好地方。顺着堤坡把车开了下去，停在了一片树林里。下车后，我看到树林里有两个卖桃的，一个是小女孩儿，一个是老头儿。他们卖的桃子，是家乡的"五月鲜"，这种桃子又脆又甜，味道很好，我打算买一些，垂钓的时候和家人一起吃。

我看小女孩儿的桃子只剩半筐，肯定是人们挑剩下的，就径直向老人的摊位走去。没想到老人连连向我摆手，不停地伸手向小孩儿那边指指。我明白他的意思，是想让我买小女孩儿的。

"大伯，小女孩儿的桃子都是挑剩下的，我还是买你的吧。"没想到老人冷冷地回了我一句："不卖。"说完，就倚在树上闭上了眼睛，似乎睡着了。

我无奈地向小女孩儿走去。这小女孩儿年龄和我女儿差不多，穿着很朴素，一双乌黑的眼睛，明亮而清澈。我问好价，拿起塑料袋挑了一些个头大的，装了一袋子。

女孩儿接过袋子，熟练地放在电子秤上，称完后，又麻利地从筐里摸了两个桃子，塞进袋子，说："十块，只多不少。"我提起袋子，斜视着老人，心想：离了你，我还买不到"五月鲜"了？

小女孩儿似乎看出了我的心思，忙解释道："爷爷总是等我卖完了，他才肯卖自己的桃子。我们家的桃树也是爷爷帮助打理。我父母都不在了，我和奶奶生活在一起，卖桃子的钱我用来买书本，我的桃子也是爷爷开车帮我运来的。"

原来这是个不幸的女孩儿，可是我从女孩儿眼里没有看到幽怨，而是满脸的幸福。我敬佩地看了一眼闭目养神的老人，提着袋子去了河边。

垂钓的时候，我把自己买桃子的过程讲给了妻子和女儿听。她们嘴里吃着"五月鲜"，眼睛却望向了远处的女孩儿。

黄昏时候，我们准备回家，望着水桶里10多条半斤左右的鲫鱼，我兴高采烈地说："回家熬鱼吃喽。"

到了车旁，女儿突然说："你们等着我，我去买桃子。"我说："袋子里还有三四个，下次再买吧。"女儿说："我就喜欢吃这儿的桃子，我自己花钱买。"说完就朝着200米外的树林跑去。妻子喊："慢点，你拿钱了吗？"

女儿回身把手一挥喊道："有，我攒的零花钱多着呢。"转眼间她就跑远了。妻子说："这孩子平时不太爱吃水果，今天这是怎么了？"

我笑了笑："她大概想帮一帮女孩儿或者老人。"

五分钟左右，女儿气喘吁吁地跑了回来，上车后她说："我从老爷爷的摊子上买了20元的桃子。我这周只攒了20块钱，下次来，我一定多攒些钱，再多买些他们的桃子。"那一刻，我发现孩子的眼里闪着亮晶晶的光芒，仿佛浑身散发着"五月鲜"那甜甜的味道。

绣着 28 朵菊花的婚纱

去年，我和女友小娟在城里开了间婚纱店，由于经营得还算得体，生意颇为不错。

一天上午，来了一个农村模样的姑娘。这个姑娘长得很好看。我问她想要什么样式的，她说想找一件绣有菊花图案的。我说，人家选服装都选漂亮玫瑰，或者牡丹之类的图案，菊花图案的我们这里一件都没有。她一副很失落的样子。

她好不容易选中一件婚纱，问每天租价时，我趁机把价钱从每天 80 元抬到 100 元。她问，就不能少一些吗？有的才 50 元呢？我说，好的和差的成本不一样，租价也不同。她犹豫了一下，不说话了，最后她留下 500 元押金拿走了。小娟对我说，农村人的钱说好赚也好赚。我问为什么。她说，见识少呗！

两天后，那个姑娘拿衣服来还，我习惯性地把婚纱抖了抖，准备收起来。这一抖可把我吓了一跳，婚纱的前胸部分绣满了金黄的菊花，我数了一下，刚好 28 朵。我问怎么会这样，她道歉说是她自己绣上去的。我说，你看，这件婚纱已经被你糟蹋成这样，我只能卖给你了！

她呆呆地站了一会儿，然后说：是我不好！多少钱啊。我说，你的 500 元押金够了，她说，能不能少算点。

我坚决地摇了摇头，她就不再出声了，默默地望着天花板发呆。

旁边的小娟问她为什么要在婚纱上绣上菊花，大喜的日子穿绣菊花的婚纱多不吉利啊，菊花是代表追思亡者的。

"其实——"她缓缓地说，"我丈夫是一名联合国维和士兵。我俩三年前就领了结婚证，只是由于他工作方面的原因，婚期一拖再拖。半个月前，他在执行任务时不幸被恐怖分子的黑枪击中牺牲了。他的骨灰是昨天运回来的，昨天恰好是他 28 岁的生日，也是我俩举行婚礼的日子，我绣上 28 朵菊花给他看，就是想让他看到我对他的思念一生不变啊！"

"哦——"我愣在那里一动不动，不知怎的心里酸酸的。

小娟在姑娘离开时，硬是把收来的 500 元钱塞回到她的手里，小娟对她说："姐姐，你多保重啊！"这时，我瞥见小娟的眼睛里滚出两颗泪珠，我的眼泪随即也淌了出来。

五块月饼当彩礼

这是发生在我们村里的一件真人真事。

在 20 世纪 60 年代那个困难时期，村里几乎家家吃不饱饭，尤其到了青黄不接的春天，很多人家都无米下锅，只能靠去地里挖野菜充饥。

要说当时我们村最困难的就是刘凤香家了，凤香比我大八岁，我喊她姐。她家姊妹三个，她是老大。她的父母身体都不好，因为经常有病，在生产队也挣不了几个工分，所以一家穷得吃不上穿不上。

这一年又到了青黄不接的春天，凤香姐和两个妹妹天天在地里挖野菜。有一天，姐妹三个正在路边挖野菜，也许真的饿极了，三个人一边挖野菜，一边掐野菜的叶子吃。

此时，我们村的单身汉老扁正巧下班路过，口袋里装着两个玉米面窝窝头。老扁在公社的食堂当大师傅，天天和柴米油盐打交道，方便时常常蹭点东西回家。别看这点东西不起眼，在那年月还真能解决生存问题。

老扁看见面黄肌瘦的凤香姐仨在路边掐野菜叶子吃，出于同情便从口袋里摸出一个窝头递给了她。凤香饿急了，接过窝头，连声谢谢都没来得及说，把窝头掰成三块，快速地把其他两块窝头递到两个妹妹手里，自己的一块急忙放进嘴里，嚼完咽了，目光还可怜巴巴地望着老扁。

老扁叹了口气，拿出口袋里的另一个窝头，递到她手里，然后转身走了。

第二天老扁又经过那里，看到凤香姐仨还在那里坐着等他，眼睛里流露着乞求的目光。他摸出口袋里的两个窝头递给她，急忙转身离开了。如此一连十多天，凤香姐妹仨人每天都能吃到老扁的窝头，肚子见了粮食，脸色也终于比以往好看多了。后来有一天，老扁对凤香说："你们不要在这儿等我了，让

197

村里人看见难免会有闲言碎语……"

看着凤香惊慌失措的目光，老扁接着说："别担心，每天晚上 7 点，我会把食堂里的剩菜剩饭拿一些，放在你家墙头上，这样你家五口人就饿不着了。"凤香听后，扑通一下跪在地上，拉着老扁的衣角恳求说："老扁哥，谢谢你。"

一直到麦收来临，由于有老扁的剩菜剩饭接济，凤香一家人总算渡过了难关。村里收下麦子后，虽然她家粮食还是不够吃，但是加上老扁每天送的剩饭剩菜，勉强可以吃饱饭。

转眼就是中秋节，一天老扁下班后，看见凤香在路上等他。凤香说："老扁哥，求你个事，你能给我家弄五块月饼吗？我想让一家人过个快乐的中秋节。"

望着凤香乞求的目光，老扁点点头。

"只要你弄来月饼，我就嫁给你当媳妇，这月饼就算彩礼了！"

"凤香你说的啥呀！我比你大十多岁，按年纪我是你长辈啊。"

凤香说："我不嫌你年纪大，我爹娘也不会反对的，他们正为让我们活命发愁呢。你八月十五一定要把月饼送我家里去，不然我就死给你看！"说完凤香转身跑了。

老扁虽光棍一条，却是个厚道人，他知道凤香家日子实在困难，就在中秋节晚上送去三十斤玉米面和五块月饼，然后转身就走了。凤香的爸妈拉住他说："老扁啊，就让凤香做你媳妇吧。"老扁说："我比凤香妹子大得多，这不害了她吗？你们过了这难关，给她找个年纪相当的吧。"

凤香爸妈说："你是个好人，把她嫁给你，我们放心，年纪大小有啥关系，俗话说得好，不怕儿孙来得晚，只怕人生寿命短。"

就这样，凤香姐嫁给了老扁哥。那年她十八岁，老扁已经三十二。后来经济好转，老扁和凤香开了一家饭店，生意很火爆，日子渐渐富裕起来。虽然生活好了，在生活上两个人依旧非常节俭，绝对不浪费一粒粮食。

如今他们已经儿孙满堂，每到中秋节全家团圆之时，凤香总不忘告诫孩子："我那阵和你爷爷结婚，就是五块月饼做的彩礼。说实话，那个年代粮食对大家太重要了，你们现在的年轻人真应该体验一下挨饿的滋味啊！这样就知道珍惜粮食了！"

以一朵雪花的姿态绽放

前几天，家乡终于迎来立冬后的第一场雪，雪花不大，飘飘洒洒地在空中飞舞，轻盈、妩媚，像一朵朵纯净的花，无声无息地装点着这个世界。

早晨，我开车走在回老家探亲的路上，这是一条乡间公路，由于下雪的原因，路面一下子变得湿滑起来。我的车是从北向南开，开得并不快。在离村子大概还有 2 里路的时候，透过车窗，我看见前方大约 100 米处，公路中央有树枝晃动。仔细一瞅，看见有一辆车停在路上，一对中年夫妇正在用两根一米半长的树枝，捆了一个简单的架子，戳在了公路上。

这条小公路我已经半年没开车走过了，这两个人支起来的架子正好挡住了我前进的方向。我不免心生疑团，这冰天雪地的野外，周围也没有车辆和行人，自己如果碰上碰瓷儿的人，那可就麻烦了，我急忙减慢了速度。这时候，那一男一女也上了车，迎着我开了过来。

他们开着一辆紫色小轿车，在我们两车擦肩而过时，开车的女士摇下车窗，对我说："前边有个坑，当心点。"

当时我离着树架子大概 20 来米的距离，我发现戳着树架子的地方，公路上有一个深坑，直径 1 米左右，由于雪落在路面就化了的原因，看得很真切。如果开车到这里不减速的话，像我这样的小轿车，车的底盘肯定会托底，极有可能造成车辆损坏。我当时一下子就明白了，原来这两个好心人支起简易的架子，是想提醒大家伙儿开车要注意路况。我也赶紧摇下车窗，伸出一个大拇哥，然后发自内心地感叹："好人一生平安！"

这一男一女大概 50 岁上下，我也不认识他们。我的车子从树架子旁边绕过继续前行。车窗外飞舞的雪花，正以一朵花的姿态飞翔、盘旋，或直直地快速坠落，扑向大地，不为吸引别人的目光，也不为了博取别人的赞美，像梅花一般，以"遥知不是雪，为有暗香来"的姿态，静静地绽放，把爱的芳香留给大地。

在我的脑海里，那一对竖起树架子以警示路人的陌生男女，就是一朵绽放的充满善意的雪花啊！

爱情是一朵寂寞的花

英国作家毛姆说过，确定是否爱上一个人，就是看你愿不愿意用她的牙刷刷牙。

爱情这个主题从人类有历史就说不尽道不完，说不清道不明。

人的感情是有限的，但是人的感情却容易泛滥，我们到底能爱多少，能爱多久？

千年的等候，与一见钟情到底哪个更贵重？

据说百分之九十的男人都想偷腥，但百分之九十的男人都是有贼心没贼胆，这点很难证实，因为你找不到一百个诚实的男人，或许这根本不用证实，我们的爱情其实是这么不可靠，但是我们确实爱着，并且深爱着。

有人会纠结会忐忑，有人却拿得起放得下，这就是人生。爱情和战争要不择手段，这是电影《三傻大闹宝莱坞》里的话，我却不认同。

多想和她一辈子到老，到死，想到死，我会害怕，害怕和她分开。

不敢去爱是因为爱得太深，会累，会痛。也许某天我会和某人结婚，但是想到我该怎样爱上这个我不认识的人，我就会害怕。

读过一篇文章，画家吴冠中找不到老妻时竟然急哭了，那时我也哭了。

其实爱情就像花开的过程，总会有凋谢的时候。而多数时候我们不是因为守候一份爱情才寂寞，恰恰是因为期盼的太多，才会寂寞。

当"宁可躲在宝马车里哭泣，也不坐在单车上微笑"成为一种爱情观，对于我们当代人来说，爱情在生活里注定会成为一朵寂寞的花。

村里有个姑娘叫小芳

我们村里有个姑娘叫小芳，人长得很平常，也没有10多年前那首流行歌曲里小芳的又粗又长的大辫子，她的穿衣打扮也很朴素。

小芳的父母常年有病，家里就她一个女儿。由于父母看病落下一屁股债，前年，小芳高中没毕业就去村里一个家具厂上班了。小芳干活很踏实，按点工作，按点下班。俗话说"是金子总要发光的"，去年夏天发生了一件事情，让小芳成了村里的"名人"。

一天晚上刚下班的时候，小芳看到厂里管电脑的刘大姐在大院里像只热锅上的蚂蚁踱来踱去，她就过去问了一声："刘大姐，您怎么了？"刘大姐看到她叹了口气说："咱厂里的电脑中毒了，那里面存的新样品的图片打不开了，如果今天夜里出不来样品，明天咱们的样品送不过去就算违约，得赔对方10万元的损失。我是个电脑盲，现在正不知如何是好呢。"小芳说："赶快去找修电脑的师傅修啊。"

刘大姐苦笑道，她打电话从城里请来好几个师傅，可他们忙活了一天都修不了，说这种病毒恐怕只有去大学里的研究机构才能修好。小芳望着刘大姐轻声问了一句，那让我看看呗。刘大姐想了想，让她去看看也无妨，权当"死马当活马医"了。小芳到电脑前打开了主机，然后从挎着的挎包里拿出一个U盘插在电脑上，又在键盘上灵巧地按动了几下，脸上绽开了笑容说："没事儿，刘大姐，小毛病，重启一下就好了。"

果然，电脑很快恢复了正常。刘大姐看着小芳像看个外星人。

不知何时，工厂的老板站在了她们身后，老板说："呀！小芳，你还懂电脑啊？"小芳扭过头红着脸说："我没事的时候自学的。""那好，明天你就来这里上班吧。"由于小芳的及时出现,工人们加班加点一夜之间加工出合格的样品,避免了 10 万元的损失。小芳的故事像长了翅膀一样迅速扩散开来,被人们传得神乎其神。后来厂里的电脑在小芳的操作下再也没出过问题。

一年后,董事长问她:"我想让你去进修一下,好担更重的担子,你愿意吗?"小芳粲然一笑:"我一直在自学。"说完拿出了一本专业性极强的计算机杂志,递给董事长,那上边有她发表的一篇论文。看过之后,董事长意味深长地望了她一眼,他读过这篇论文,这篇论文曾在国家权威杂志上获过大奖。

没多久,小芳被提拔成了销售部的主管,在小芳的带领下,年底公司的营业额翻了一倍,老板奖给她 50 万元奖金。

今年夏天,小芳家将四间老房子翻盖成二层小楼,并把一楼的客厅建成计算机培训室,每天晚上免费为村里的人们讲课。在小芳的帮助下,村里很多年轻人都自主创业,在家里建了自己的网站或者网店,在网上销售各种农产品和本地特产。现在在我们村,人们茶余饭后不再是聊闲篇、打麻将,而是都喜欢到小芳的培训室听听课,长点知识,尊师重教的风气正在家乡蔚然成风。

前几天,市里的电视台采访她时,请她谈一谈自己的人生观与价值观。她说:"消极者看到的太阳,每天都是旧的,积极者看到的太阳,每天都是新的,我个人感觉在家乡这块土地上,每天升起的太阳都是崭新的,是充满朝气的,生长在这块土地上,只要你肯付出,不断努力学习,就一定能收获成功和幸福。"

金 锁

他叫金锁，当时年纪并不大，也就 30 多岁，身高一米五左右。他瘦小身子，细长胳膊腿，细长脸，看起来像个小孩儿，不过在村里的辈分极高，我们村里很多人管他叫爷。

金锁是单身，没事的时候经常在院子里给我们讲故事，什么东北的猴子偷女人衣服，狗熊庄稼地掰棒子，等等。他的故事很多，我们这群孩子几乎天天晚上都去听。再后来金锁买了一台电视机，12 英寸黑白的，夏天放在院子里，晚上人们就会来看。这所院子成了村里笑声最多的地方，没事的时候大家都喜欢来这里坐坐。

金锁出了一趟门，大概有三个月，当时我们天天盼他回来，因为没了他就意味着没了电视看。他终于回来了，还领回一个胖嘟嘟的女人。不美，但也不丑。大胸大屁股，一米七五的身高，金锁站在她身边，就像个小孩儿。女人是带着一个小孩儿进的院子。小孩儿比我们小，年龄大概七八岁。

那是个晚上，女人瞅着这个四合院，眼里充满了羡慕的光芒。其实这个院子在我们小时候就已经有些破烂了，虽然四四方方，灰砖黑瓦，大骨架依然有几分气势，但已经是一副衰败气象。

进院子第二天，女人就把平日总是敞开的院门锁了，三个人坐在院子里看电视，村里大人们来了之后摇摇头叹口气就走了，我们这些孩子当然很生气，气得头顶突突冒火，便站在院外扯起喉咙骂。

金锁走到门口，很为难似的对我们说："过几天再来吧，你们的新奶奶喜欢清静。"说完拿出一把糖，隔着门扔给我们。我们捡着地上的糖，嘴里嚷着，"这房子可是村里的，不是你家的。"金锁着急，对我们挤眉弄眼，又扔来一把糖。

女人进院后，金锁过上了一段喜气洋洋的日子。比如那个胖女人进院后，我们就经常看到他到街上去买肉，走在大街上很神气，好多人碰见了，立在路边问："叔儿，又去买肉了？"他也停下来，立住，扬起手里的肉，不好意思地笑了，似乎是故意的。金锁经常带着女人和孩子去县城。每次回来那娃儿身上就多了一身衣服，手里还有一件玩具。

这个大院子不是金锁的这个秘密，最终还是被胖女人知道了。夏天的一个中午，几乎全村人都目睹了胖女人对金锁的控诉。胖女人躺在院子地上，翻来覆去地打滚，像一个肉轱辘满院子转。

后来我们这群小孩儿被大人们挤在了人群之外，只能听到胖女人继续哭闹，又听到大人们去劝她，唯独没有金锁的声音。

最后村干部出面做和事佬，这事自然很快解决了。没人告诉我们到底怎么解决的，但总能从不同的地方听来一些消息。据说女人向金锁要了3000块钱赔偿费，在那个年代3000块钱对于一般的人家来说可不是个小数目。女人走后，我们又可以到院子里看电视，听金锁讲故事了。有时候大人们在看电视的时候会和他开玩笑，3000块钱可以盖上四间大瓦房，你吃大亏了。直到20世纪80年代末，这个大院子一直是村里人谈天说地的好去处。

现在30多年过去了，家乡发生了翻天覆地的变化，无儿无女的老人可以免费住进政府的养老院。金锁也老了，住进了城里的养老院，有时候他回村里瞧瞧，衣服穿得很体面，听他说，养老院的饭菜很不错，还有各种娱乐设施。

青岩古镇

青岩古镇位于贵州省贵阳市花溪区，是贵阳市首个国家 5A 级旅游景区，至今已有 600 多年的历史，人文历史底蕴深厚，地域特色颇具魅力。青岩古镇始建于明洪武十一年（公元 1378 年），因明朝屯兵而建镇，因青色的岩石而得名，是一座由军事城防演化而来的山地兵城，素有贵阳"南大门"之称。

我去这座古镇的时候正是初秋时节。湛蓝的天空中，飘浮着一些淡淡的云朵。贵阳清爽的空气里，透着粮食成熟的味道，大地已呈现出季节深处最丰美的姿态。一脚踏入青岩古镇，刚才还鲜嫩着的阳光，一下子变得斑驳与沧桑。整个古镇，像线装书上翻到的一组老照片，静静地舒展在我的视野中。

石砌的城墙与城门之上，一些小草的叶子已经枯黄，在渐渐凉下去的风里，叶子像一朵朵摇曳着的阳光，散发着丝丝暖意，让人看着心头一暖。城门与城墙，被岁月的风雨一点点地啃噬着，有些漏了风，也有些已化作尘土。

放眼望去四周都是石头房子、石头院子、石头围墙、石头柜台、石头磨、石头碾……在石头堆砌成的"居家"生活里，青岩人家，一代又一代守着冰冷或者温暖的石头，年复一年。风吹过，雨打过，石头的房子依旧，而我脚下的青石板，如同石板缝中的苔藓，说不清自己的年龄。日子流逝着，在很多时候是无声的。天空飘过的炊烟是安静的，在我行走的时候，风中有时会飘过来一阵清香，那是阳光被煮熟的味道。

据导游介绍，明朝洪武年间，当时的明军在这片土地上建了个"堡"，此后经过一代又一代人的修修补补，便有了今天的青岩古镇。虽说只是一片弹丸之地，一枚"螺蛳壳"，却做成了一个很大的"道场"。古镇有寺九处，包括九泉、慈云、观音、朝阳、迎祥、寿福、圆通、凤凰、莲花；有庙八处，包括

207

药王、黑神、川主、雷祖、财神、火神、孙膑、东岳；有阁五处，包括奎光、文昌、云龙、三宫、玉皇；有祠两处，班麟贵土司祠和赵国澍祠，以及青岩书院、万寿宫、水星楼、牌坊、教堂等，多为明清建筑。当然这里还有基督教教堂，也有天主教教堂。导游说，这是青岩古镇的最大"特色"，多教并存。佛家的诵经声与教堂的歌声，在小镇不大的空间里，缭绕在一起，各行各的，各信各的，让我们这些游客感觉到小镇人有博大的包容心。

站在街头，我深深感觉到这里文化的包容，无论哪种风，都可以在青岩这一小片土地上吹拂。东方文明的风，吹拂着；西方文化的风，吹拂着；历史的风，吹拂着；现代的风，吹拂着；所有的风，都自由自在地吹拂着这弹丸之地。在青岩，各种思想互相包容，又互不相扰。从这个角度来说，青岩虽小，但它思想文化的疆域，比别处要辽阔得多。

赵彩章百岁坊、赵理伦百岁坊、周王氏媳妇刘氏节孝坊早已苍老，却依然矗立着，仿佛还在默默地向人们诉说着什么。只是当地已没有人留意了，只有导游还会向我们这些来自各地的游客介绍这些牌坊的来龙去脉。从前的人，从前的故事，在如今已被称作"风景"。

状元府要热闹一些，贵州第一个文状元赵以炯的故居，也是古镇曾经拥有的骄傲吧？建筑是以木质结构为主，气派而不张扬，宁静恬淡，一派书香风范。听说，每年高考前，会有一些住在附近的考生家长来状元府叩拜，希望自己的孩子，也能够高中状元。多少年了，"朝为田舍郎，暮登天子堂"依然是多少人家对孩子寄予的梦想。这样想着，仿佛有朗朗的读书声，从时空的深处传来。

但一转身，我们便跌入了人流拥挤的街道，读书声已被商业的光芒遮掩，取而代之的是此起彼伏的叫卖声。街道两旁，店铺林立，各色商品，琳琅满目。苗族的刺绣、银饰，布依族的蜡染……各色的小吃，状元蹄、鸡辣角、豆腐果、波波糖……我要了一些玫瑰糖，带一点，吃一点，芬芳甘甜，回味了很久。随着人群挤来挤去，便想着，当年，"茶马古道"途经这里时，也有这般喧闹吗？或者更热闹。

　　但在古镇的边角，依然有安静的人家。石头的房子外面，长着我叫不上名字的花和草。秋天的青岩人家，院子边依然开着许多的花朵。秋天的花朵，在风中轻轻摇晃出一小片春天。一位老人，是石头房子的主人吧，安静地坐在家门口，坐在秋天的阳光里，许久了，才发出一点细微的声响。

　　时光是那么缓慢，好半天，一棵树才稍稍地移动一下影子。

　　此刻，一个身材窈窕的女孩儿，撑一把小小的阳光伞走在小巷里，像一个江南的女子，或者就是个江南的女子，把古镇的一段青石板，走成了古典江南的一幅画。

　　风带着一点湿意，却滴不湿衣裳，小巷走不出江南的那一份忧愁，却走出了青岩深秋的那一份意境。依山而建的小小古镇，浓缩成了祖国西南地区古镇的精华，像一本西南古镇的百科全书，被缓缓地在阳光中打开。

漫品黄鹤楼

昔人驾鹤去云游，

旧址非斯黄鹤楼。

一骑仙风消形影，

九重鸣鹤唱晚秋。

繁花比比红江畔，

芳草离离翠洲头。

旧忆依稀浮历历，

烟波浩渺忆悠悠。

仰望黄鹤楼，临风举步，拾级而上，不禁触景生情，眼前浮现出1700余年前位于长江江畔的黄鹤楼。

斯楼立于武汉之武昌黄鹄山上，此山因其形似伏蛇，所以得名蛇山。

黄鹤楼位居江南"三大名楼"之首，享有"天下绝景"之美誉。

一座始建于三国吴黄武二年（223年）的千年古楼，由于岁月的沧桑、国度的兴衰与战乱，于清同治十年（1871年）被毁。而后，此楼屡毁屡建，直到新中国改革开放才迁址重现于江城。

抚今思昔，此楼源于一个古老的"卖酒遇仙"的传说。一天，江畔酒肆的辛姓掌柜，见店里走进一位衣衫褴褛的道人，遂以饭菜招待，日复一日，以至年余。此道人乃一仙人，云游前，为酒肆画了一幅黄鹤留念。此后，酒肆门庭若市，生意兴隆。若干年后，仙人复归，从怀中取出一个笛子，横笛一曲，画中黄鹤闻声而下，仙人乘鹤而去。店主心念道人，于江畔盖得一楼，以为感恩。

在鹤鸟一族中，本无黄鹤，恰恰一个江畔酒肆，成全了一个以酒为业的酒保；一个乐善好施的商家，成全了一个知恩图报的仙人；一幅神仙道人的绘鹤之作，成就了一个"卖酒遇仙"的传说；一个流传千古的传说，成全了黄鹤名楼，其盛誉可比肩长城、故宫、兵马俑。胜境如斯，自然闻名遐迩；地灵之所，引来一代代文人墨客驻足，吟诗作赋，名篇传世，墨宝流香，让黄鹤楼声名鹊起，中外皆知。黄鹤楼也成就了李白、崔颢，崔、李皆于此处吟诗作赋。

原始的黄鹤楼由于年代久远被毁，已无从考证其当年盛况，眼前新楼立于蛇山西坡，主楼前后，有配亭、轩廊、牌坊映衬；方正的五层外形，每层12 个共计 60 个翘角，层层凌空而向，宛若鹤翅飞翔；四面来风吹拂着各角风铃，铃声浑厚、叮当作响。

楼内的《白云黄鹤图》述说着那个"卖酒遇仙"的传说；巨幅红木黄鹤雕屏，栩栩如生，古色古香；两幅巨型壁画，再现了孙权筑城建楼和周瑜设宴、刘备被困楼上索荆州的史实；唐代阎伯理的《黄鹤楼记》及唐宋元明清乃至现代的黄鹤楼模型于此处锦上添花；"人文荟萃"的三幅长卷绣像画，展示了唐宋著名诗人群貌；陈列于李白"长江万里情"厅匾下方的清代黄鹤楼实景巨幅挂毡，和当代书画名家浏览黄鹤楼的即兴之作，令游人流连忘返。

五楼观景处，龟蛇锁大江。《江天浩瀚》组画记述了远古长江的演替发展，谛听到急流东去的涛声，再现了黄鹤楼建成和兴废的全过程，更有长江源流、上游瀑布、三峡风光、庐山奇景、太湖风光、江流入海的沧海横流……

在这江山入画的"三楚一楼"，"胜像宝塔"西伺伫立；宝鼎威仪，东唤"云楼"；为世纪钟平添一景。微风拂过，半空响起檐铃声伴随着深沉、悠长的钟声，仿佛述说着黄鹤楼沧桑的岁月；抑或解读着大武汉今非昔比的惊人变迁，昭示着位于荆楚大地的"天下绝景"的悲伤与惊喜，传送着这方历史文化名城的亘古神韵。

在这暮秋春景之中，掩映着一方碑林胜境。黄鹤楼东，池清泉涌，一代代文人墨客寄情抒怀，墨宝溢香，印证着这里丰厚的文化底蕴：但见行草遒劲，篆隶纷呈；笔走龙蛇，宛若诸家书圣，惊现挥毫神姿。件件墨韵，千古流芳。

在这方宁静之所，松伴危楼，楼耸入云；祥和盛世，游人安逸；蛇山秋树，芭蕉滴翠；树映云楼，藤萝冶艳；紫藤秋韵，松柳竞春……

品读黄鹤楼，宛若轻呷一樽琼浆玉液，绵甜悠远，韵味深长。

品读黄鹤楼，又似弹奏一曲天籁之音，空灵静谧，余音绕梁。

品读黄鹤楼，更如雅赏一首雄浑歌曲，意蕴铿锵，久久难忘……

大石窝见闻

初秋时节，因为我在老家岔河集乡所建的庆云老人乐园楼前还缺少一个石雕盆景，就想到几年前曾去过的北京市房山区大石窝镇，那里可是一个满是石雕产业的名副其实的"大石窝"，于是很快成行前往。

出了北京市区直奔西南方向驱车而往，约一个多小时后终于到达此地。原来，大石窝是一个镇，镇区环境优美，举目远望，北部山峦叠翠，泉流潺潺；近处则是沃野平畴、土壤丰腴。镇域的地理位置非常优越，交通便利，四通八达。

从当地人的回答中得知，该镇辖 24 个行政村，40000 来人。不仅此地所产的稻米是清代宫廷贡米，还储有极为丰富的石材资源，且其品质优良，品种甚多。

史载，这里石材的开发最早可追溯至战国燕时，距今已有 2000 多年的历史。其石多为汉白玉，色泽洁润、易于雕琢，为建筑石材中的瑰宝，北京故宫等宫廷建筑及圆明园、颐和园等皇家园林所用的石料多采自这里。

据称，此地原为长沟人民公社，成立于 1958 年，后改为南尚乐人民公社，1983 年农村实行体制改革，改公社为乡。大石窝原属房山县，1987 年房山县与燕山区合并为房山区后，便隶属房山区管辖，2000 年前夕，这里撤乡建镇，称作大石窝镇至今。全镇有企业 2130 家，2003 年全镇工业总产值 20554.5 万元，农业总产值 14954.4 万元。

因为要定购石雕盆景，我们在路旁一家石雕厂停车。这是一家石雕路边店，前店后厂，店前的石雕产品多为墓碑、墓地石栏、人物雕像等。店老板比较健谈，他告诉我们说，这里（的居民）原来很穷，靠天吃饭，温饱都解决不了。改革开放后，我们这里靠党的好政策发展起传统的汉白玉雕刻和石材加工产业，主要生产用于建筑行业的石雕产品，很快打开了销路，不仅远销全国各地，而且走出国门销往世界许多国家和地区。店老板还告诉我们，大石窝受石刻文化的滋养，博得"石雕艺术之乡""书画之乡""中国民间艺术之乡"等美称。

有关资料显示：2004 年 8 月，国家发改委将此地列为"国家石雕产业特色小城镇"。在以石雕产业为主导产业迅速发展的今天，全镇经济社会各项事业呈现出全面发展的良好态势，实现了镇域环境与时俱进、石雕产业走向辉煌、特色农业强镇富民、"三个文明"建设成效显著。

我们的主要目的是来订购石雕盆景，但这一家的石雕盆景由于体积高大且价格偏高，不太适合，没有成交。我们只好又沿途来到另外一家，因为在路旁的石雕门店厂家比比皆是，多看看也在情理之中，货比三家嘛！车子开得很慢，边走边观察。早听说大石窝一带的北部山区蕴藏丰富的汉白玉、大理石、白云石和石英砂岩矿物资源。在离这里不远的高庄就有汉代开采汉白玉的塘坑遗址。此地盛产 10 多个品种的汉白玉、大理石，村民的石雕技艺尤负盛名。封建社会皇家宫殿、园林、陵寝等所用汉白玉石材多取于此，当代人民英雄纪念碑、毛主席纪念堂等建筑中的汉白玉也多出自这里。现在产品远销欧、美、日本、澳大利亚等地。

我在这家石雕厂订了货，欣喜之余，获悉大石窝的石材已走出国门远渡重洋，在异国他乡大放异彩，日本北海道的天华园、新加坡御华园、加拿大枫华园等工程均有出自大石窝的石材。我为他们感到骄傲！是 2000 多年的风雨沧桑，积淀了大石窝深厚的历史文化，也塑造了这个石文化的故乡。

张北草原的阳光

夏天，我们一行三人驱车到达张北草原的时候刚好是早晨，一阵凉风袭来，我仰头一望，哇！好蓝的天，好白的云，这真是名副其实的蓝天白云啊！看，朵朵白云镶嵌在蓝天中，犹如给蓝天戴上一颗颗钻戒，衬得蓝天更美。一眼望去，好大的一片草原啊！到处都是绿草和小野花。头顶的阳光高高照着，铺天盖地一般，极具穿透力，仿佛无处不在。

大草原缓缓地绵延开去，连成一片空阔无边的绿色海洋，置身在这无边无际的翠色中，仿佛自己也化作了一抹纯净的绿。绿草野花中的缕缕湿气，在我们四周蔓延开来，将浸透了阳光和泥土的清香洒遍了我们全身，渗进了每寸肌肤。

此等情致，让我们无法自抑，所有人都忘情地在软绵绵的绿草野花之中翻滚一番。然后，伸直了双手拥抱蓝得诱人的天空，竭力将草原的阳光通通地揽过来，不停地往肺里吸、往袋里装，恨不得将这里的阳光一点点收拢起来带回家。在张北大草原，阳光真的被我们稳稳地逮住了。

漫步在草原上，我感觉自己没有了生活的压力，远离了功利，当原始本能被充分调动激发后，心灵与草原仿佛融为一体。远远望去，在金色的阳光下，绿草间的野花争相怒放，如火如荼、灿若蒸霞、艳胜桃李；近观点地梅，它们花瓣不大，有的白里透粉，有的粉里透红，小野菊还间杂着淡蓝色调。俯首嗅之，香气袭人，令人如醉如痴，直叫人"沉醉不知归路"。

站至高处，我们尽情观赏脚下的大草原，青草连绵起伏，碧浪翻滚着拍向天空彼岸，大地展示出一份气势磅礴的从容，足以摄人心魄。风吹过，鼻息中满是浓浓的花草混合的香味。陶醉中，人不由地展开了同青草的对话，听它们诉说扎根的不易，以及抵御严酷风雪的一番番苦战，用最昂扬的生机回报大地母亲的殷殷衷肠……

徐徐行走于溢香吐翠的张北草原，我仿佛踏进了巨大的绿色旋涡，大自然的纯净直逼心胸，令人情不自禁地舒展双臂，张开嘴巴尽情地呼吸，一种由表及里深入骨髓的清爽感弥漫开来，身心爽朗得无以复加。细细品味，似乎还能嗅到来自远古的气息，一种贴近大自然母亲的感觉陡然而生，凡尘喧嚣渐释，纯净的心灵得以从容打开。

我们发现草原的阳光会醉人。我迎着温暖的阳光，试探着张开口吸进一缕阳光，清润的阳光夹杂着一丝淡淡的甜味。张北草原的阳光清纯亮丽，我与阳光肌肤相亲，真切地感受到阳光的温暖。

来到张北大草原，即使你一身的疲惫，满心的烦忧，也会即刻烟消云散。来到这里，你会流连忘返，乐不思蜀。只有亲自走进这绿色世界，感受蓝天白云的辽阔，触摸阳光的绚丽多彩，你才会为眼前呈现的一切而惊叹，才能真正体会到张北草原的壮美，切身体会到大自然的神秘与伟大。

奇美的格萨拉绿石林

今年春天，受攀枝花的战友邀请，赴格萨拉盘桓三日。从华北平原来到高原地带，一时恍若隔世。从来没有见过这样澄澈的天空，湛蓝如洗；从来没见过这样白的云朵，一卷卷仿佛凝固了；从来没见过轮廓这样清晰的远山，每一个起伏都充满诗意的呼唤。空气更是清新无比，转瞬间，一种由表及里深入骨髓的清爽感弥漫开来，在这里连呼吸都成了一种美的享受。而最让我一见倾心的，就是格萨拉的绿石林，它的奇美绝伦，恐怕世上少有。

那日，我们来到绿石林，如同走进了一座令人惊叹的艺术宝库。险峻的石峰、突兀的石柱、千姿百态的石笋……大自然的鬼斧神工，真的令人赞叹不已。这些矗立千万年的石头，布满绿苔化为"绿石"，或叠、或依，抑或并立、斜倚，没有任何人工雕琢的痕迹，但所摹事物却惟妙惟肖，岂止千姿百态，每块石头都用最骄傲的方式展示出它们的奇美。间或有裸露的岩石，呈现古朴的灰褐色，上生罅隙，罅隙内有树倾倒欹侧，宛如画家干笔皴擦而出的丹青。这一块块耸立的绿石，有的像玲珑的宝塔，有的像巍峨的宫殿，有的如堆叠的书籍，有的似怒吼的雄狮，或立、或卧、或俯、或仰，或作扬眉之状、或为鞠躬之态，构筑成一个气象万千的神奇世界，让人陶醉，令人称绝。

我不得不承认，自己的想象力在大自然的鬼斧神工面前显得颇为苍白。正苦恼于想象力不够丰富时，同行的当地战友提醒我，观赏这绿石林，有个诀窍，叫作"用心看，用心想"，只有这样，才能"越看越像，越想越像"。经友人一提醒，再看眼前那些绿石，有的似诗人昂首观天；或像老翁拄杖沉思岁月；有如美女水边弯腰揽月，身影婀娜；有的像骏马奔腾，动感十足；又有似仙人欲乘风而去……这些绿石，仿佛是从岁月的另一端走来，聚天地之灵气，集日月之精华，它们分明也有血有肉、有笑有泪，承载着一部生命旅程的厚厚秘籍，千般姿态，万般顾盼，随你所想，随你所思。移步换景，一石多景，须臾之间，变化多端，妙趣横生！

奇美之地，自然少不了水的润泽。格萨拉的水，造就条条溪流。它们或急或缓，或大或小，一律清碧透彻。急处，但见碧涛滚涌，白浪跃溪，气势不凡；缓处，水流徐徐，薄薄的水面好似轻柔披纱，袅袅婷婷，婀娜多姿，潺潺优雅；溪水流经陡峭处，转瞬变成小瀑布，宛如千万斛珍珠倾盆而下，在光照下熠熠生辉。水声激荡，山色朦胧，如洒脱而酣畅的墨韵，交汇成一幅幅动人的山水画面，气象万千。

坐在一块大山石上，观石林，听流水声，一切恍若梦境。所有跋涉的劳顿都消融殆尽，心中一片澄明。整个人神清气爽，心澄意静。在这里没有登高极目的功利野心，没有"五岳归来不看山"的骄傲，留下的唯有天然的快乐与满足。我觉得只有亲自走进这石林的人，才会真的为眼前呈现的一切而惊叹、折服，才能真正体会到大自然的神秘与伟大。

离开石林的时候，我不免有走出美妙梦境的丝丝失落。所幸，这梦境，我还可继续拥有，我决定明年带着家人和朋友再来这里旅游，让更多的人共赏大自然的美好风光。

第四辑 · 感悟篇

勿忘国耻 兴我中华

2023年9月18日如期而至！

在这个特殊的日子里，尖厉的警报声再次响彻小城的上空，一声声震耳的鸣笛，让我陷入沉思。

对于我们每一个中国人来说，今天是不应该忘记的"国耻日"。92年前的今天，日本关东军蓄意制造了九一八事变，进攻中国东北军驻地和沈阳城，从此开始了疯狂的侵华战争。

我刚上小学的20世纪60年代，村里学校有一位一只胳膊的老师，他经常给我们讲起自己的惨痛遭遇，他说1937年的秋天，自己6岁多，曾跑出家门看飞得很低的飞机，直到有一次飞机空投下好几颗炸弹，炸到了村里的很多民房，房屋纷纷倒塌，大街上留下一个个极大的大坑。他吓得大哭起来，跑回家里找妈妈，却发现妈妈倒在了院子中，脸上血肉模糊。在这样一场人间悲剧里，年幼的他失去了母亲。每次讲起这段往事，老师的眼里总是带着泪光。

上高中的时候，在阅读课外书的过程中我知道了"姜家营惨案"。据史料记载，日寇在1937年9月16日进入霸县姜家营村，与万福麟部第二十四骑兵师展开激战，日寇伤亡百余人。当中国军队撤离后，日本鬼子对手无寸铁的村民进行了疯狂屠杀。姜家营全村72户人家，352口人，有138人惨死在日寇屠刀下。这138条鲜活的生命有的被刺透了胸膛，有的被砍掉了双肢，有的被挑开了腹腔，被害的人中，有七八十岁的老人，有未换乳齿的儿童，有吃奶的孩子，有怀孕的媳妇，他们的尸体被投入村内的大水坑，殷红的鲜血把水面染红。多名霸县妇女为了保住贞洁，不愿遭受魔鬼的凌辱，带着孩子跳入水井。一个好端端的村庄变得阴森恐怖，悲声一片，到处是斑斑血迹，尸体遍地，家家房毁屋空，户户家破人亡。

历史是一面映照现实的明镜，今天，当防空警报响起，我们的双眼必须擦亮，我们的拳头必须握紧。"九一八"这个特殊的日子，它就像一根钢钉，钉在我们每个人灵与肉的最痛部位，让我们每个人在悲伤和自省中催生出一种动力，让这份动力助推我们的学习工作，建设我们更加美好的家园。让我们中华民族的脊梁，永远像珠峰一样屹立云端。

"没有和平的年代，只有和平的国家。"是的，今天的祖国早已今非昔比，落后挨打的日子已然远去，拿破仑口中的东方睡狮早已苏醒，一个伟大的民族正在崛起。

但我们不能忘却惨痛的历史，不能忘却为了民族独立而前赴后继的革命烈士，不能忘却在民族崛起进程中艰苦奋斗的仁人志士，更不能忘却时代赋予我们这代人的伟大使命——为中华民族的伟大复兴而不懈奋斗。

汶川灾民惊醒了我

2008年5月12日那场发生在四川省汶川一带的7.8级地震，给我30年前曾经战斗过的地方、我一直梦牵魂绕的第二故乡——可爱的四川汶川带来了一场空前的灾难！

从得知噩耗的那一刻起，我的心就碎了，就觉得我生活在那里的父老乡亲似乎到了世界末日一般的悲哀！多少个不眠之夜，我为他们悲伤地悄然流泪；多少个恐慌之日，我一直都在打探着至今生活在那里的战友们的下落。同时，在我的心底回荡着一个声音：汶川母亲，我要去拯救您！您需要我的救助！——瞧瞧！当时觉得自己俨然成了一个救世主，可以移山倒海，但不久我却发现，事情的发展与自己的预期大相径庭。

5月12日那天中午，因为午休我手机三点才开机，刚开机就接到弟弟从天津打来的电话，问我知不知道半小时前在四川的汶川一带发生了7.8级地震，震中就是汶川、都江堰。"啊！"我惊呆了。弟弟在电话那头，说现在央视正在热播相关报道，让我马上打开电视收看新闻，接下去他还说了些什么就不知道了，也忘记了我当时是怎么关的机。打电话！立即给我在绵阳和成都等地的战友们打电话询问情况，看他们受没受到损失，然而结果比我想象的要糟糕得多，电话一个也没有打出去。完啦完啦完啦完啦！汶川完啦！北川完啦！绵阳完啦！德阳完啦！都江堰完啦！我的战友们完啦！难道全部遇难了吗？怎么办？怎么办？！我坐立不安心急如焚，恨不能一步跨到四川，去找到我的战友们，如果他们真遇了难，我就用手一一刨出他们的遗骸……我不甘心，电话一直没停地往四川打，还是不通……不通！战友们啊，你们到底还在不在？汶川、绵阳、德阳、成都的父老乡亲们你们还在不在？直到当日晚9点，我一个家在成都的战友才用小灵通给我打电话过来。"通啦！人没事！"这是给我的第一感觉。接着，我迫不及待地询问他们那里的情况，他说家里电话全不通了，位于震中的汶川、都江堰、北川的房子全毁了，山体滑坡严重，通向灾区的道路被毁，几个县城都被夷为平地，损失惨重，还说温家宝总理已经在第一时间赶到了成都，代表党中央、国务院慰问灾区，并正在指挥抢救被困群众……

我忽然想到30年前在150师医院服役期间，一位原来跟着我的卫生班的女卫生员小孟，她怎么样呢？这次地震她碍不碍事？她也是我多年未见的战友，很是挂念，从战友口中打探到她的下落，我给她打通了电话，当她知道我是谁时，只叫了一声"班长"就呜呜地哭泣起来，随后一边哽咽，一边操着浓重的家乡口音声泪俱下地说道："我们这儿居民房屋全震坍啦！我们的厂子也完啦！这几天我们一直在救伤员……"听着她如泣如诉的声音，一种难以割舍的战友情使我也禁不住泪水扑簌簌夺眶而出，定定神儿又安慰她说："别哭了，过两天我去看你。"她忙对我说："不要来了，这里余震不断，没有住处。"我说："那怎么行？看到你们我才会放心。"

5月19日，我经过一番筹备，带着4顶帐篷、4张折叠床和6箱"84"消毒液，同另一位战友一起开车直奔四川而去。我们从霸州上高速一路南下，途经河北、河南、陕西、甘肃、四川五省，纵穿海拔3200米的秦岭山脉和长达10公里的隧道，渴了喝口矿泉水、饿了啃口方便面，昼夜兼程，经过23小时的长途跋涉，终于到达了四川省绵阳市。

呀！这就是梦牵魂绕的四川吗？我又一次惊呆了：到处是断壁残垣、片片废墟，空中弥漫着一股难闻的气味……不过，四川已不再哭泣，她挺住了，变得更加坚强，她正在党中央、国务院及本省市各级领导的关注下，同入川执行抗震救灾任务的部队官兵一道，解救危难群众，携手重建家园；并以微笑和感激的神情，接纳着来自全国各地和国际友人的救援队伍和物资……我感到了全国人民对汶川灾民无边的大爱！自己前来救助表达爱心，只不过像一滴水，汇入了全国人民、世界友好国家援助灾民的洪流之中。汶川一带包括什邡、北川、安县、绵阳和德阳，是我们当年服役的解放军某师各团的驻防区，我在师医院卫生班服役期间，曾多次下基层、下连队，到乡村义诊，也曾多次随部队来此参加军事演习和野营拉练，十分熟悉这里的一草一木，十分熟悉和眷恋这里的道路、交通、风土人情和秀丽山川。然而眼前这番景象让我心里难过，感到自己应该做点什么。于是，我去了绵阳九州体育馆，通过灾区接待处向四川灾区捐赠了带去的帐篷、折叠床和消毒液；通过四川省红十字会向都江堰灾区捐资 7000 元；去汉旺镇慰问了在那里奉命执行救灾任务的解放军某部官兵；慰问了当地灾区一所小学，给小学生们送去了价值 1500 元的笔、本等文具；最后，分别看望了家在灾区的战友们，为小孟家里送去了一箱消毒液、一顶帐篷、一张折叠床，留下了 1000 元钱……

就要离开四川了，我的心不由得沉重起来，真的不愿离开！这里毕竟是我 30 年前曾经战斗过的地方，而且从那时起，我就把这里当作了自己的第二故乡。自己把青春和汗水留给了这方热土，把用大好年华创出的骄人业绩留给了终生难忘的战斗岁月！此次汶川之行，我感受到，灾区人民正在党中央、国务院和地方党委、政府的领导下，齐心协力，抗震救灾，重建家园！

在汶川的日日夜夜，我看到了、听到了一幕幕感人肺腑的情景，一件件可歌可泣的故事，我时时刻刻被感动着，我的心灵被一次次地洗涤着。我看到了，部队官兵忠诚执行着上级下达的抗震救灾的命令；我看到了，灾区人民擦干了眼泪，他们强忍着悲痛，甚至顾不上悲痛，在瓦砾中抢救着被困的群众，在废墟上移山填海，重建家园！我听说，一位县长顾不上寻找自己家人的下落，一连几个昼夜带领灾区群众抗震救灾；我听说，一位女教师在地震发生后，不顾个人安危，组织疏散学生离开剧烈震动着的教室，献出自己年轻的生命，当救援队赶到时发现，女教师已经停止了呼吸，可是她用身体保护的几名学生却安然无恙；我听说，一位女民警顾不上回家解救自己的家人、照管自己的孩子，却在防震棚里给一个个灾民的孩子喂奶；一个年仅 10 来岁的小学生冒着强烈地震的危险，临危不惧救出了七八个班上的同学……

北归途中，我的脑海里一直萦绕着在四川灾区见到的一幕幕情景……奔驰的车子行驶在高速公路上，一辆辆满载抗震救灾物资的车辆仍然鱼贯南下。那是全国各地援川大军正在忠实执行着党中央的部署，继续同灾区人民一道，战胜灾害，重建家园！

我触景生情地想到，自己也曾一度认为，当今社会只注重搞经济了，人们变得自私，出现信仰危机。可是步入汶川这方仍然余震不止的土地之后，一幕幕活生生的事实教育了我。地震无情，大爱无边！从汶川灾民身上，我看到了一种不屈不挠、自强不息的民族精神！这种精神能够激励着汶川灾民同全国人民一道，在眼下的废墟上，重新建起一座更加美丽的新兴城市！

原以为自己是来救助汶川灾民的，最后却惊奇地发现：我被汶川灾民惊醒了，终于悟出活着的意义。

风雨一甲子，回首寿诞时

今天是我的 61 岁生日，自己已走过了从医 44 年的人生之路。

61 年前，家住霸州岔河集村的王府喜添男丁，如同赶脚的拾了个"搭腰"——有了胖（盼）。从此，我成了全家的希望，感觉王门有后，可以薪火相传。

我的童年，作为长孙、长子，因为有爷爷奶奶和父母的疼爱，再加上几个姑姑的宠爱，所以过得比较滋润。学生时期，虽然赶上"文革"，但小学、中学也还算平顺。高中毕业时，由于受外祖父和老姑的启发，选择了从医之路。中学后期在县医院举办的赤脚医生培训班学习，初步打下了中西医知识基础。高中毕业后回村当上了令人羡慕的赤脚医生，在村合作医疗站上班，整天像春苗、红雨一样，奔走在千家万户、田间地头，为村里社员群众送医上门，救死扶伤。虽说出生于"大跃进"时期的我赶上了"文革"年代，但医学上的学习并没落下，身怀一技之长，为我日后的发展奠定了基础。

1978 年，20 岁的我响应祖国召唤，应征入伍入川，成了部队里一名卫生员、师医院卫生班班长，经过专业培训，自己的中西医技能得到提高，后来，随部队执行中央军委命令，参加了对越自卫反击战。战争结束后，又回到部队原驻地，利用自己所学的中西医知识技能，积极为部队和当地居民防病治病，受到部队的立功嘉奖和表彰，自己的事迹几次被部队《战旗报》报道。

1985 年我复员回家，在本村创办了自己的诊所，后在岔河集乡卫生院工作，曾任医院风湿科主任。1992 年，在郭院长的领导下创办起霸州市类风湿病医院，后又创办了霸州市专科医院和廊坊红十字霸州开发区医院。此间，自己坚持学习中西医理论，努力临床实践，撰写了多篇学术论文并获奖，撰写专著 10 余部，并担任了全国风湿类疾病防治联盟副主席等要职。

身为一院之长，我同其他院领导一起，坚持以深化医改为动力，不断强化医院管理，医院业务收入和社会效益不断提升，尤其今年，医院新综合门诊楼已经破土动工，建成后，将使我院公共医疗事业迈上一个新台阶。

值此 61 岁诞辰之际，从医 44 个春秋之时，深感自己在党和医院领导的培养教育下，一直秉承着为医院公共卫生事业发展鞠躬尽瘁，全心全意为人民服务的理念。虽然自己已于去年办理了退休手续，但自己退而不休，依然工作在临床一线，甘愿继续为医院医疗事业发展不断做出新贡献。

你还会写信吗

有人说愿意写信的人，是我们这个喧嚣时代最后的贵族。而大多数人，在欲望肆虐的红尘中活得越来越粗糙。

我自己也已经太久没有写过信了，手机普及后，信件便慢慢成为历史。想找谁，一个电话，一个微信，就能交流。时间宽裕时，干脆驱车前往，就算是外地的故人，搭乘飞机、高铁也甚是便利，确实已不用写信。想起某人，回忆起某事，不必拿起笔来斟酌词句，仅需拿起手机，按一下号码。或许，再隔几年，虚拟人像能通过手机浮现，远隔千里，瞬间面谈，多么方便啊。

但我认为写信依然是一件非常有必要的事情，在我们的日常生活中，有要事和人探讨，试着写一封信，理顺思路，条理清晰地写出来，看的人在阅读同时，也能多一些思索，更容易引起共鸣。在我们的生活当中，也许身边逐渐长大的孩子，已不耐烦倾听你的教诲，试着写一封信，将想说的事通过笔墨告诉对方，让他知道你的想法；愤怒时，话不要冲口而出，冷静一下，试着写一封信，经过思索后的句子，不再是生气时的气话，有了理智的分析，更能达成共识；也许你想对情侣表达炙热的爱意，更可以写一封信，让文字感动她的心灵，哪怕岁月易老，多年以后，这些手写的文字依然会保持着最初的活力。

书信最能表达真情，黄花岗72烈士之一林觉民的《与妻书》，今日读来，真挚情感依然催人泪下；《傅雷家书》，每一段文字都可品读出爱子情深。书信可以抒发情怀，乐毅《报燕王书》表明了一代名将的立场，被称为"战国第一流人，第一流文"；李陵《答苏武书》阐明他的不得已，使读者产生同情；《曾国藩家书》在平淡话语中蕴含着真知灼见，尽显恭肃严谨的家风。

书信适合辩论，对事物有不同看法，出现分歧，话不要藏在心里，用书信来作答，不需要当面争论。大家辨是非，不必争胜负。书信可以抚慰灵魂，当年巴金夫妇被隔离审查，萧珊已重病缠身，忽接到沈从文从北京寄来的长信，萧珊拿着五张信纸反复地读，含着眼泪说道："还有人记得我们啊！"这是莫大的安慰。

　　生活节奏的加快，我们像机器一样不停运转，早已不知什么是"见字如面"。每逢佳节，千篇一律的短信轰炸着你的手机，发出的人、接收的人大多不看一眼，随手删除。请想一想，你已经多久没有写信？朋友，试着拿起笔来，给你身边的人写封信吧，也许惊喜马上就会到来。

故乡的草尖上站着一群英雄

家乡的田野上遍地野草，在春夏之际蓬勃地生长，在荒郊野外抬眼望去满目青碧，土坡上、小河边、树林里，到处郁郁葱葱。到了秋天，它们的生命就开始由丰茂走向凋零，直到冬天衰败成一片枯黄，在寒风或野火里碾落成尘，伴着它们的只有皑皑的白雪和漫野的荒芜。

家乡的草像所有的生命一样喜爱阳光、空气和水。它们无欲无求，静静地来，悄悄地去；绽一抹新绿，留一缕清香；装点着自然，醉美于大地。它们执着于生命，不卑不亢，狂风吹不熄，野火烧不尽。它们顽强与倔强的品质，就是家乡人品格的缩影。

在霸州的抗战史上，无数烈士视死如归，血染疆场，鲜血染红了这片土地。他们虽然像小草一样默默无闻，却用自己的生命书写了一部部可歌可泣的英雄篇章，花桑木阻击战就是其中重要的一笔。

2019 年的夏天，我独自开车到中亭堤花桑木村。这是一个不大的村庄，只有 200 来户人家。堤南是蜿蜒清澈的河水，芦苇丛生，河水里倒映着蓝天白云的倩影，岸边有几个垂钓者悠闲的身影，一派祥和安逸的田园景象。堤北树木丛生，禾苗青翠。

从花桑木村东行不到三华里的范围内，在抗日初期，曾经发生过一场阻击战，相关资料里称这场战斗为"花桑木阻击战"。

相关资料记载，1937 年寒冬，1000 多名鬼子从天津出发，沿着中亭河开始扫荡。面对趾高气扬、不可一世的侵略者，我党领导的地方武装力量沉着应战，制定了诱敌深入的战略对策。

由于花桑木村地势有利于伏击，我军就将伏击地点选择在了这里。12 月 2

日黄昏时分，400多个鬼子进入伏击圈，16挺机枪喷出愤怒的火舌，霎时之间地上倒下数十具日寇的尸体。被打蒙的鬼子立刻展开进攻，利用先进的小钢炮向我军阵地轰击。

战斗一直持续了三天。这场战役打死打伤200多个鬼子，我军也有近百人献出了宝贵的生命，倒下的不仅仅有战士，还有附近村里的老百姓——周边村子的百姓自发给战士们送饭，其中东台山村的一位村民用口袋背着自家蒸好的馒头，冒着枪林弹雨送到前线，在爬上中亭堤的时候，被日本鬼子的子弹击中腹部，他忍着剧痛爬着把馒头送到阵地上，自己因为失血过多再也没有醒来。

花桑木阻击战的胜利极大地鼓舞了冀中人民的抗日斗志，被载入抗战史册。

此刻，站在昔日的战场，蓝天白云下，我觉得，身边的草尖上蹲着他们未曾远去的灵魂，他们生前为了保家卫国，在这里浴血奋战，把一腔热血洒在了疆场。死后，他们的忠魂依然守卫在这里，他们流连在草尖上，那晶莹的露珠就是他们守望着这一片土地的目光。生与野草相伴，死与野草相依。

在四季的轮回中，他们和这些野草一样在春夏季节里疯长。这些草很普通，甚至连个名字都没有，就像82年前战死在这里的战士们。他们都是"草民"，在出生的那一刻就打上了草的印记，可他们同样是英雄，因为正是他们大无畏的革命精神才让我们这个民族看到了希望。

这些牺牲的英雄和野草一样平凡，虽不辉煌，却也悲壮，可能会被人们暂时忽略或遗忘，却不能被历史湮没。我觉得，他们就像天上的星星，单独拿出来看不见或看不清，但当他们聚在一起时，却能组成一条银河。

微笑的梧桐花

小区路两旁的梧桐花开了。喇叭状的淡紫色花朵在枝头挨挨挤挤，相依相偎，一枝成簇，簇簇交叠，堆积成一个个巨大的紫色蘑菇云。远远望去，很是壮观。

迎着花香，我走到一棵树下，随手捡起刚刚落下的一朵梧桐花仔细端详起来。厚实的金黄色花萼托起修长的花瓣，颜色从根部到喇叭口由白而紫，逐渐变深。张开的喇叭口内部，呈淡淡的乳黄色，花瓣清凉，丝滑如绸缎。将喇叭口凑近鼻孔，闭上眼，深深地一吸，花香如蜜，淡却持久。据说，梧桐花的花语是爱的使者。望着眼前枝头这众多"爱的使者"，我突然想起前不久发生在我们单元的一件小事。

3月9日，我们居住的小城，由于突发疫情封城了。

在我住的单元楼里，有一个单亲家庭，女主人30多岁的年纪，长得文文静静，是一位小学老师。几个月前，她的丈夫出车祸不幸离去了，只留下她和5岁的儿子相依为命，她们家住在我们家楼下的7楼。

事情的大概经过是这样的：这家的男孩平时爱吃甜食，母亲早就承诺儿子到了3月29日他生日当天，给他买生日蛋糕吃。没想到生日到了，却赶上了居家隔离，人们连菜都很难买到，蛋糕就更别想了。

母亲没办法兑现诺言，愧疚又无奈，想把这事儿糊弄过去。可是孩子从早晨就盯着闹钟看。到了中午，母亲开口问儿子，是不是想吃生日蛋糕？孩子没有说话，只是懂事地摇了摇头。

吃午饭的时候，母亲抱着试试看的态度在业主群发了一条消息，问我们2号楼的邻居们，谁家里有吃剩的蛋糕，能不能分一点给她，今天是儿子的生日。母亲也知道，现在各家各户食品都短缺，发这个消息自己也没有抱多大希望。她发完消息放下手机后，就继续给孩子们上网课去了。

说者无心，听者有意。我们2号楼一位热心的大姐马上建了个群，把同单元的30多户邻居都拉了进来，大家开始筹划做蛋糕的事情。11楼一位女士说自己会做蛋糕，只是自己家原材料不够，于是邻居们纷纷留言：

"我家有淡奶油啊。"

"蛋够吗？我家有蛋。"

"我家还有草莓要吗？"

"咖啡粉能用上吗？"

"我有小蜡烛。"

两个小时后，大家齐心协力凑够了食材，然后戴着口罩，分时间段把食材放在了会烘焙的女子家门前，让她给孩子做蛋糕。

妻子把这事告诉了我，然后对我说，咱们给这孩子做两碗"长寿面"吧，你和面擀面条，我炸肉酱切菜码。

大约6点的时候，妻子告诉我，11楼的女邻居把蛋糕放在7楼女人家门口了。半个小时后，我们的手擀面也大功告成，妻子在微信群告诉7楼的邻居之后，戴好口罩，用餐具盒把两份香喷喷的"长寿面"装好，也送到了7楼女人的家门口。

晚上7点多，天色刚黑，女人就在业主群里发了一个自己录的视频——母子二人把蛋糕摆在桌子上，然后关灯，点燃5根小蜡烛，小男孩闭上眼，默默地许愿，之后吹灭蜡烛……瞬间，大家纷纷在群里留言，祝福孩子生日快乐。有人写了卡片，有人送上小礼物。真诚的祝福，持续刷屏。

接着女子又发了一个视频，视频里灯亮了，母子二人开始吃蛋糕，脸上是满满的笑意，随后开始吃长寿面。看到她们吃得有滋有味，我心里也非常高兴。女人说，这是她们母子二人吃过的最好吃的蛋糕，今天的长寿面味道真的很香，感谢所有邻居们的爱心！

望着眼前充满诗意的一簇簇梧桐花，我觉得我们单元的这群邻居，就像这一树微笑的梧桐花，虽然平凡，内心却装满了爱！

此刻，我似乎听到梧桐花在齐声歌唱，动听的歌声响在春天的深处，响在万里的碧空！

疫情笼罩下的感动

2020年2月10日，晚上9点，我和助手开车来到霸州大广高速出口，夜幕下，两边的彩灯五彩斑斓，昔日车流如梭的公路上冷冷清清的，毕竟是疫情期间，人们都不愿出门。

我们开发区医院接到上级的任务，负责在大广高速霸州出口处设点，对过往人员进行登记和体温检测等相关工作。作为院长，我每天都会到这里检查工作。

远远地，透过车窗我看见医院的两名医护人员正在执勤。突然两个窈窕的身影出现在我的视野里，其中一个人将一个不大的包裹递到了医护人员的手中。此刻，我们的车也到了出口前，我急忙下车，想问问这是什么情况。

从身材上看，这应该是两个年纪不大的女孩儿，她们脸上蒙着口罩，望了我一眼，马上转身，小跑着离开了。

我急忙问卡点的护士小王，这是咋回事？小王告诉我说，这两个女孩儿应该是附近村里的，家里开超市，知道我们在执勤，担心大家脚冷，每天这个时间都会送来12副发热鞋垫。我们医院每天分六班执勤，每一组两个人，刚好12个人，这两个女孩儿真细心啊！

冬天的夜晚毕竟寒冷，医护人员在卡点站久了，脚最容易冷。我催促她们赶紧把鞋垫垫进鞋子里……时至今日，两个女孩儿依然天天来送鞋垫，我们的医护人员不知道她们姓甚名谁，但她们的善良令我们很感动……

听说老家村里的养老院缺口罩，周日下午我开车带了两箱一次性口罩回村，在村口卡点，我刚下车，就被平日老远就微笑打招呼的战友王强拦住了，60岁的他臂戴红袖章，严肃地说："回村干啥呀？"我笑着说："村里的养老院缺口罩，我给大家送口罩来了。"王强没理会我的回答，举起手里边测量体温的检测仪说："量一下体温，这是规定！"

体温出来，一切正常，王强露出了笑脸，连声说："你真行，这个时期还想着养老院的老人！"我笑着对他说："你们把关够严的？"王强回答说："对疫情不严肃能行吗？！"我随即转换话题说："疫情来了，倒让您捡到一份工作！"王强一下又严肃起来："说哪里话，我是党员，还是老兵，自愿参加的，反正在家也没事，人老了，就想为村民们做点事……"

那一刻，我脑海里突然想起当年参加对越自卫反击战时，我们经常在战场上说的一句话——"位卑未敢忘忧国"，一种平凡的感动，令我在这个冬日感觉浑身暖暖的……

白玉兰礼赞

春天是个花开如潮的季节，从初春到暮春，各种花儿争奇斗艳，点缀着我们的生活。但是，在春天众多的花儿当中，我最喜欢、最欣赏的唯有白玉兰。我居住的小城无论是小区还是公园内，白玉兰随处可见。每次见到绽放的白色玉兰花，看到它们傲然绽放，我都会被吸引停下脚步，驻足凝望。

在我的家乡，白玉兰是春天最早绽放的花儿。残冬里依然寒风刺骨，此刻的玉兰就像深埋地下的小草，已经开始积蓄全身的能量，顶风冒雪孕育着花苞。它们伸着毛茸茸深绿色饱胀的小花蕾，在寒风里悄然生长，在人们不经意间，把自己的绿意映入路人的眼帘。自古以来，世人就为玉兰这种不畏严寒的品格所折服，视其为报春的使者之一，鲁迅先生称赞玉兰有"寒凝大地发春华"的刚毅风骨。我觉得家乡白玉兰的这种风骨，是可以和"松、竹、梅"岁寒三友媲美的，它们不畏严寒、不惧艰难险阻的精神令人敬佩。

白玉兰是一种不畏严寒的花，更是一种团结的花。白玉兰的花苞酷似未绽放的莲花。花开之际，每一朵花都直立向上绽放在枝头，一团团，一簇簇，簇拥在一起挂满枝梢，如只只白鸽飞落枝头，如一片白雪栖息枝头，高扬着笑脸深情地凝望着蓝天。白玉兰没有丁香的婉约，也不能和桃花的红艳相媲美，却用自己的端庄大气展示了独特的美。它们一棵树就是一个整体，盛放的花儿悄然娉婷在或斜逸或直立的细长枝条上，绚丽多姿，美得让人几乎屏住了呼吸，同时也让人们看到了它们团结向上的磅礴气势。

玉兰花不仅是一种美丽的花，更是一种乐于奉献的花。白玉兰的一个主要特点就是先开花后长叶子。在春寒料峭之际，你看，绽放的树干上的每一朵花，都不依靠、不偏斜、不纠缠；每一朵花都璀璨而不妖娆，多姿而不浮夸，绚丽而不娇艳，清秀而不妖媚。她们就像一个个不忘初心的战士，不随波逐流，不迷茫彷徨，更不人云亦云，始终明明白白做人，清清白白做事，用自己的美装点着我们的生活。

白玉兰开在春天，却不贪恋春色。虽然它们仅有 10 多天的花期，却开得认真，开得热烈。开花伊始，白玉兰花一天比一天繁茂，一天比一天灿烂。从羞羞怯怯含苞待放，到陆陆续续争前恐后地开放，它们风雨无阻，无怨无悔。当花瓣凋零飘落之时，花托的壳儿也在纷纷扬扬剥落一地，但在花托的剥落处，在光秃秃的枝条上，又悄悄地探露出几个饱满、清新的嫩黄绿芽儿，这些嫩芽就是即将喷薄而出的绿叶。白玉兰花魂飘逝，芬芳却留在人世间，它们的生命以树叶的形式继续延续。

今年白玉兰开花的时候，正是新冠肺炎病毒肆虐的阶段，大家都知道全国上下正在进行一场没有硝烟的战斗，防疫战士战斗在疫情防控的第一线。他们冒着牺牲的危险，守护着全国 14 亿人民的健康。疫情无情人有情，他们用自己的一片片爱心，构筑起一座座爱的桥梁。为了控制疫情，中国政府和人民以表现出来的强大的凝聚力，迅速控制住了疫情蔓延的势头，为西方国家所赞叹。4 月 8 日武汉解封，在国内疫情稍有缓解的情况下，我们派出专家医疗队支援世界几十个国家，表现出的友善与大爱获得了世界各国人民的尊敬。

我觉得白玉兰不畏严寒、团结一致、乐于奉献，它们的风骨就是我们中国政府和人民在抗击疫情中表现出来的品格。此时此刻，纵观世界疫情变化，欧美各国深陷疫情的泥潭而不能自拔，我们更为生活在中国而庆幸，也为我们拥有为人民利益负责的政府而骄傲。我们每一位中国人，在今年疫情造成的诸多艰难险阻面前，更应该像白玉兰一样，把我们中国人意气风发、奋发向上的时代风貌和不怕困难、积极进取的精神发挥得淋漓尽致。

朋友圈的温暖与感动

立春之后，尽管天气逐渐转暖，我依然蜗居在家。由于村里发现了疑似疫情患者，于是村里实行严格的管控措施，禁止村民出行。我只能在家里客厅和卧室辗转。在屋里憋久了，午后我会趁着好天气，来到院子里晒晒太阳。

我是一个不喜欢玩微信的人，这个下午由于无聊，便打开了朋友圈，看到有三个微信好友发的帖子，看后很是感动。这三条帖子就像春天里最美的馈赠，让我对美好的未来又有了新的憧憬。

第一个感动我的是一个视频，在一架南航从墨尔本返航广州的客机机舱内，空荡荡的机舱里没有一个旅客，座位上堆满箱子，背景音乐是《我爱你中国》。这些箱子是澳洲华人为了及时把医疗物资运送回国内，号召大家购票后，把无偿捐助的救援物资放在自己的座位上的结果。看到视频的那一刻，我耳畔响起了一首老歌"洋装虽然穿在身，我心依然是中国心，我的祖先早已把我的一切烙上中国印……就算身在他乡也改变不了我的中国心。"

"等闲识得东风面，万紫千红总是春"，在危急时刻，海外华人用自己的实际行动，告诉我们他们身体里跳动的永远是一颗中国心。他们的行为就像一缕缕春风，吹遍祖国的天南地北，温暖着每个人的心。

第二个帖子是一条新闻，题目叫《为爱逆行：河南无数"蒙面侠"献血支援武汉》，1月23日10时武汉"封城"后，为缓解武汉地区临床用血紧张局面，根据国家卫生健康委的统一部署，根据就近原则，由河南省、湖南省对口向武汉供应临床医疗用血。新型冠状病毒感染的肺炎疫情仍在蔓延，河南省已启动重大突发公共卫生事件一级响应，严格的人员防控措施已落实到各个社区、村庄。冬日的天空飘着雪花，室外气温骤降，然而依然有很多年轻人戴好口罩走出了家门去献爱心。在这样的特殊时期，这些"蒙面侠"逆行到各地献血小屋、血站，捐献热血，用自己的热血支援武汉。

都说现在的年轻人贪图享受，缺乏奉献精神，可是在这民族危难之际，我们欣喜地看到，有无数年轻人走上街头，无私献血。他们的行为让我想到的是破土而出的嫩绿，这绿色代表着希望，焕发着激情，让我看到了一个民族美好的明天。

第三条帖子是关于一场特殊的婚礼：近日，在云南陆良县召夸镇一场只有新郎和新娘、没有迎亲队伍、没有宾客和婚宴的婚礼，却收到千万网友的祝福。新娘说，她和新郎认识十多年，两人都不在乎（婚礼）这些形式，"在全民抗击新冠肺炎的日子，我们就不给国家添麻烦了"。新郎也表示，会用一生一世的爱来保护新娘，等疫情过后，会为新娘再补办一场隆重的婚宴。虽然没有宾客到场相贺，但亲友们的祝福并未缺席，大家还是通过电话、微信等方式"隔空"传递祝福给这对新人。此外，这场婚礼的视频被传到网上后，人们看到了新郎一人背着新娘进门的背影，新郎和新娘紧握的双手和两人脸上口罩都掩盖不住的幸福笑容，网友们对这样的婚礼形式表示支持，并纷纷为这对新人送上"百年好合""白头偕老""早生贵子"等祝福。

"吹面不寒杨柳风"，我觉得这对年轻人的行为虽然称不上轰轰烈烈，却很温馨，就像吹面不寒的杨柳风，杨柳风是无声的，它不会装腔作势，也不会煽情，只是默默地做着自己分内的事儿。疫情期间的普通人，隔离在家中，用自己的实际行动默默为抗击疫情做贡献。

感动之余，我分明感受到春天的万紫千红，我们汇集起四面八方的力量，用我们雄鹰一样的翅膀抗击疫情，我坚信春花烂漫时，就是举杯同庆的时候，就是我们相逢的时候！

元宵里的温暖时光

马上就到元宵节了，由于疫情的原因，小区出入都实行了管控措施，我终日蜗居在家里，除了读书、看电视，就是吃饭睡觉了。所幸的是，小区的超市还开着，日常用品绝对能保障。

正月十四的中午，妻子突然对我说："明天就元宵节了，中午咱俩包元宵吃吧？家里有黄米面和豆馅儿，闲着也是闲着，咱们自己动手丰衣足食。"原来明天就是元宵节了，如果不是老妻提醒，我都没想起来。

老妻的话语，一下子唤起了我对元宵的童年记忆。小的时候，每当春节过后，我和弟弟就盼着元宵节早点到来。只有元宵节到了，我们才能吃上甜甜的元宵。那时候要想吃顿元宵还真得费一番周折：春节前家里要把黏玉米或者黄米和大米备好，拿到村里的石磨磨成面，磨面是力气活，大多是两个人抱着磨杆，绕着石磨一圈一圈地转。为了准备包元宵的面，在冰天雪地里，我们一家四口要忙活三四个小时才能回家。

我家一般都是在元宵节的中午吃元宵，母亲包元宵最在行，她和的元宵馅有两种，一种是红糖里放上些炒好的芝麻，一种是豆沙馅。红糖芝麻的吃起来又香又甜，豆沙馅的甜甜黏黏更爽口。包好元宵后，母亲就把小木桌放在炕上，我和弟弟双手托腮坐在桌前，眼巴巴盼着元宵早点上桌，爷爷、奶奶和父亲则笑眯眯地望着我们。

热气腾腾的元宵上桌后，我总是小心地咬开一个，让甜甜的汁液唤醒味蕾，然后缓缓流下食道，去温暖自己的胃。看着我和弟弟吃得高兴，爷爷奶奶就会不停地夹给我："你尽管吃，不够了锅里还有。"母亲站在一边笑着望着大家，她的笑容里有着一份独属于乡村的淳朴与亲和，暖融融的。

我认为元宵把过年的喜庆与吉祥都包裹在里面，它无疑丰富了人们对新一年的展望与畅想。在这个被疫情笼罩的元宵节，我希望甜甜的元宵能给我们大家带来一份生活的甜蜜。

此时此刻，窗外透进的午后的阳光是那么明媚，我和老妻品尝着自己动手包的元宵，心情很安逸。我在细嚼慢咽吃元宵的过程中，想到自己连续多天宅在家里，每天翻看手机微信和网络，关注疫情的发展。我看到80多岁的钟南山院士依然奋战在抗疫一线，看到青春美丽的白衣天使与病魔进行着殊死搏斗，看到那么多捐款捐物的先进事迹，温暖和敬意溢满心间。

我作为普通人能做的就是宅家隔离，不给国家添乱。我坚信中国人民战无不胜，胜利就在前方。春暖花开之际，便是笑语欢声之时。这个特殊的元宵节，这段特别的经历，将会成为我们每个人心中一段终生难忘的记忆。

胜利属于春天绽放的每一朵花

4月6日下午，由于工作原因我们医院的救护车从霸州牤牛河畔的公路驶过。透过车窗向外望去，牤牛河是安静的，阳光从蓝色的天空倾泻下来，洒在清澈的水面上，棉絮一样的白云倒映在水中，孩子一般悠闲地散着步。阳光仿佛流动起来，水波似的透过柳树的枝叶在地上荡漾。河两岸的玉兰花、杏花、桃花开得正艳，五颜六色点缀在树木和草坪中间，给人一种春光无限的愉悦。

牤牛河畔无疑是我们霸州人赏春的最佳去处，每年这个时候人们就会卸下厚重的衣物，来公园赏春。可是此刻，由于疫情暴发人们居家隔离的缘故，这里空无一人。

望着两岸一树树盛开的花朵，我觉得这些烂漫的花朵，不仅愉悦人的眼睛，更令我们的心灵接受了美的熏陶。在我的眼里，这些春天绽放的花朵，它们的绽放不夹杂任何利己目的，带给我们的唯有希望和信心。就像我们身边每天忙碌在抗疫一线的战士们，他们每天的工作，不就是一次次花开的过程吗？

从3月9日开始，家乡遭遇着前所未有的疫情。在抗击疫情的日子里，感动总是无处不在，每天黎明的晨曦中，核酸检测声声呼唤，便是这春天最常见的景致。无论是忙碌的"逆行者"，还是志愿者，从早晨忙到半夜，每天都会拖着疲惫的身体回单位睡觉。在每个村外的卡口，党员和干部，站在夜的寒风里坚守岗位，只为保一方平安。

各地的支援队伍也及时赶来了，这群白衣天使虽然来自四面八方，他们却有一个相同的信念，那就是早日战胜病毒，让我们霸州早日恢复正常生活。他们大爱无疆的品格，让我们看到了"一方有难八方支援"的大爱。

为了帮助群众渡过难关，很多人捐款捐物，有的买来米面粮油挨家挨户送，有的买来各种蔬菜和鸡蛋分给大家，一幕幕互帮互助的暖人场面屡屡上演。封城让很多重症病人无法买到急需药品，志愿者救援队就免费为他们送，解决了患者的燃眉之急。

感人的事情每天都在发生，就像春天绽放的玉兰花、杏花、桃花一样，每时每刻都会有新的花朵绽放。我认为，这树上每一朵绽放的花朵，都成了春天不可或缺的组成部分。

其实对于我们每个人来说，大家都是这场没有硝烟的战场上不可缺少的一分子，在抗击疫情的日子里，我们穿过风雨，拥有了一身坚强的盔甲，由于无处不在的爱和鼓励，后来的日子再无恐惧。

我始终坚信，眼前的困难与境遇，只是生命中的一段体验。经历过劫数，品尝过人生百味的灵魂，才会变得更加丰盈而澄澈，这一程并肩同心共抗疫情的经历，让我们每个普通人的生命里充满深情，让我们每个人的内心变得强大。

此刻，在疾驰的车厢内，我用内心去触摸每一朵花开，这一树树绽放的花儿呀，在我眼里就是白衣战士坚毅的双眸，是志愿者们笃定的身影，是每个普通人感恩的心，大家一起唱着激进高昂的歌，迎接胜利的到来！

枝头杏花艳

2022 年 3 月 30 日早晨，我一如既往走进医院，抬头间竟被院子里的两棵杏树所惊艳！只见一棵枝头上缀满含苞待放的花蕾，红白交映，如少女羞红的脸；另一棵枝头花开得正浓，灿若云霞，占尽了春风。

我提起这两棵杏树顿时感慨万千。它们是我 18 年前种下的，现在大概有 4 米多高了。这两棵杏树的树干经历了低处分杈、再分杈、又分杈的过程，繁茂的枝条恣意朝向天空伸展，粗犷中不乏优雅，背阳面的枝干如水墨画般层层渲染。此刻，枝条上的花蕾，在晨光的照耀下，犹如一颗颗琥珀，有着冰清玉洁的韵致。

那棵盛开的杏花，洋溢着清新、喜悦和生命力，让人感觉春天的气息正扑面而来。记得梵高晚期有一幅名画《盛开的杏花》，画面以清澈的天空为背景，以强劲粗犷的笔触勾勒出枝条和花朵。画中的杏树花朵初开，零零散散缀于枝头，透着初春的勃勃生机。梵高以此画祝贺侄子诞生，象征着生命的延续与希望。

当年我种下杏树的目的，源于那个"杏林"的传说。据《神仙传》记载："君异居山间，为人治病，不取钱物，使人重病愈者，使栽杏五株，轻者一株，如此数年，计得十万余株，郁然成林……"根据董奉的传说，人们用"杏林"称颂医生。医家每每以"杏林中人"自居。后世遂以"杏林春暖""誉满杏林"等来称颂医家的高尚品质和精良医术。所以在我的潜意识里，如果选择一种花朵象征我们的白衣天使，那一定非杏花莫属！

再过三两天，树上的花蕾就会全部绽放，那花团锦簇的杏花就像天边美丽的彩霞。杏花之美不禁让我想到了我们的医护工作者。疫情期间，"大白"

成了我们医护人员的代名词。用网络最火的一句话来说，"哪有什么天使，只不过是一群穿上白色战袍的孩子！没有天生的英雄，只有挺身而出的普通人！"是呀，他们确实都是普通人，但是在这个疫情笼罩的春天，他们却把自己绽放成天空下的杏花，让我们看到了胜利的希望，看到了胜利的曙光。

说实话，对于这群80、90、00后来说，我总认为他们是温室里的花朵吃不了苦，但是自从疫情发生后，他们刷新了我的认知。

3月9日，开发区医院接到上级通知，80多名医护人员立即赶往疫情最严重的霸州东部乡镇，进行核酸检测。带队的是57岁的郭主任。利用休息的间隙，郭主任向我及时汇报队伍里发生的一些情况。

队伍里那位娇小的护士，在自己的防护服上画了一个"喜羊羊"。于是，大家都喜欢叫她"小羊子"，她也很喜欢大家这样叫她。在村里进行核酸检测的时候，"小羊子"不小心脚部扭伤，每天一瘸一拐地走路坚持去工作现场。晚上回到休息的教室，同事会用酒精给她按摩，可是由于连日来得不到休息，脚部已经红肿得老高。有时同事按摩时稍微用力，她就会疼得眼里噙满泪花。

大家劝她休息一两天，但由于人手少，工作量巨大，她一天都没休息，一直忍痛坚持着每天正常上下班。为这样的好护士点赞！

在支援队伍里，有一位30多岁的女医生，不但人长得漂亮，还是位才女，她的防护服上写的是她自己创作的诗词："投身医院即为家，愿送人间幸福花。大疫当前又何惧，白衣胜雪是生涯。"忍不住为她跷起大拇指！

3月20日中午吃饭的时候，她在微信上接到母亲不幸去世的噩耗，哥哥告诉她，由于疫情管控，母亲今天下午就必须安葬。老人在弥留之际，一直呼喊着自己女儿的名字。她强忍着眼泪跑到了无人处，抱着一棵白杨树，任眼泪不停地往下淌，然后向着家的方向磕了几个头，站起身擦干泪水，与同事一起又投入到工作中去了。

队伍里感人的事情很多，它们就像蓬勃小苗在我心里长成了大树；它们就像一束束光温暖着每个人的心。

这群支援一线的孩子，睡觉的地方是简易的宾馆和浴池。每天早晨三四点钟就起床，从领取物资、现场采样再到挨家入户为行动不便的老人做核酸检测，每个角落都有他们忙碌的身影。他们经常工作到凌晨，中午也只是短暂地休息。疫情就是战场，在这场没有硝烟的战争中，年轻的医护人员得到了锤炼，他们由铁变成钢再变成钢铁战士！

柳树吐绿，杏花绽放，妩媚的春光越来越美好，可他们没有时间欣赏春色，终日奋战在抗疫一线。说实话，从这支医护队伍身上，我看到了希望，就像严寒阻挡不了杏花的开放，突如其来的新冠肺炎疫情，同样阻挡不了我们走向美好春天的步伐。无论在怎样的逆境中，我们都有众志成城的凝聚力、向心力，都有着敢打、敢拼、敢冲的精神，都有着甘于奉献的担当。疫魔只能逞强一时，终将会被我们对工作的赤诚击败的。

我们坚信，胜利指日可待！杏花烟雨，桃之夭夭，美好的生活，正在不远处向我们招手……

中亭河，英雄的河

英雄与河流，似乎是两个风马牛不相及的字眼，但在特定的历史背景下，当一条河流与伟大的抗日战争联系在一起，它就有了一种大无畏的"精神"。而我家乡的中亭河就是这样的一条河。

家乡的中亭河上游与白洋淀相接，下游直通天津的海河。他全长72公里，流经霸州的多个乡镇和近百个村庄。

我从小就在河边长大，记忆里的河水是那么清澈、明亮、甘甜。我和小伙伴经常在上学、打猪草的时候跳下河去洗澡，顺带摸螃蟹。那时候的河水可以饮用，不仅有牲畜到水边饮水，就是干活累了的庄稼人，也会在岸边弓腰伸手捧水喝。夏天的傍晚，累了一天的男人在河里洗澡冲凉，孩子们则在岸边玩水，直到夜幕降临才上岸来。

小时候在河边玩耍，我听大人们讲得最多的就是家乡人打日本鬼子的故事，有八路军在中亭河上伏击鬼子小汽船，有武工队在苇塘里用大抬杆打鬼子。这些与自己当时看的小人书《小兵张嘎》《雁翎队》的情节多有相似之处。

对于家乡抗日的事情真正有所了解是上了高中以后，那年春节在大连工作的大姑和大姑父回乡探亲，晚上大姑夫给我讲起他和大姑参军的经过。大姑父是1938年3月参加的抗日队伍，那一年他才20岁，刚和大姑成亲。当时日本鬼子经常下乡烧杀抢掠，中学毕业的大姑父就想参军打鬼子。偶然听说在村子东南的靳家堡村，河北游击军第五路黄久征部正在招兵，就趁着黑夜和几个伙伴偷偷离开家，然后义无反顾去参军。他们先后参加了攻打霸县县城、夜袭苏桥镇、高家坟阻击战、胜芳保卫战，部队四战四捷。

据大姑夫讲，胜利的消息传遍中亭河两岸后，各个村庄青壮年争相参军入伍，新婚的丈夫告别妻子，毅然踏上抗日征途；年迈的父母叮嘱儿子："一定要跟着八路军打跑鬼子才能回家……"一时间，中亭河两岸的村庄，演奏着一曲曲"父送子，妻送郎，夫妻双双上战场"的感人乐章，我大姑夫就是在这种大环境下参军入伍的。

最后大姑父含着眼泪说，燕赵自古多慷慨悲歌之士，无论是打鬼子，还是后来打国民党，从中亭河两岸走出去的霸州子弟，每次打仗都冲锋在前，没有一个孬种。46 年过去了，老人的话我依然记得。

近年来，由于写作的缘故，我经常翻阅各类书籍。在一本由中央党史研究室第一研究部、中国人民解放军档案室编印的《抗日战争时期八路军人员伤亡和财产损失档案汇编》的书里面，我找到了 120 师独一旅一团战士阵亡的名单，书里是一栏一栏整齐的表格，表格很长，有好几十页，表格的内容有英烈的名字、生卒年、牺牲时所在的部队以及在部队的职务。我发现牺牲的战士的出生地，很多都是我熟悉的地方，这些地方就在中亭河两岸，有我们岔河集，从西向东还有老堤村、大台山、小东庄、邱庄子、黄庄子、王庄子、王泊、胜芳等近百个村庄，牺牲的烈士有近 300 余人。读着这些陌生的名字，我心生敬畏，对家乡的中亭河更加热爱，因为它是一个英雄辈出的地方。

更为可喜的是，一个月前我从朋友处得知，大姑父他们当年的 120 师独一旅一团，打完了日本鬼子，参加完解放战争后改编为中国人民解放军陆军第一军步兵第二师第四团，1996 年 6 月改编为中国人民武装警察部队第二师第四团，2017 年 11 月改编为中国人民武装警察部队第二机动总队特战第二支队，现驻地为浙江省湖州市。从中亭河畔走出的这支部队，目前依然保存在我军的战斗序列中，这无疑也是中亭河父老乡亲们的光荣。

今天，改革开放使新中国经济迅猛发展，傲立于"世界之林"，国人扬眉吐气。在实现伟大中国梦的征途上，中亭河两岸的乡村日新月异，风景绝美如画。这条曾经写满抗日传奇的河流，如今需要我们这代人书写出新的奇迹！

第五辑·节气篇

春　雪

入春以来先后下了两场雪，尽管两次雪都不大，但这种气象在我近几年的印象里并不多见。这种少见的气象让我想到三四首与众不同的描写春雪的诗。一首是唐代王初的《早春咏雪》："句芒宫树已先开，珠蕊琼花斗剪裁。散作上林今夜雪，送教春色一时来。"另一首是刘方平的《春雪》："飞雪带春风，徘徊乱绕空。君看似花处，偏在洛阳东。"第三首是欧阳修的诗："雪消门外千山绿，花发江边二月晴。"第四首是卢梅坡的诗："梅须逊雪三分白，雪却输梅一段香。"

我为什么觉得这几首诗与众不同呢？因为古往今来的文人墨客大都描写冬雪，而他们描写的是春雪。

春雪是一种自然现象，它很可贵，因为它稀少，物以稀为贵；它跟春雨有着同样的益处，常说"春雨贵如油"，春雪也一样，雪化了变成水，和春雨的作用一样，同样能够滋润万物。

春雪能净化空气，雪花将空间的粉尘粘连下来落到地上，令人觉得空气清新。

春日见雪，想到雪的诗意。"画堂晨起，来报雪花坠。""白雪却嫌春色晚，故穿庭树作飞花。""妆点万家清景，普绽琼花鲜丽。""谁剪轻琼作物华，春绕天涯，水绕天涯。"无论它"嫌"也好，"穿"也罢，"妆点"也好，"普绽"也罢，"绕春"也好，"绕水"也罢，这种拟人化的雪不都成了人们眼前的俏丽姑娘吗？

春雪的降临，也让人想起那些关于雪的谚语："瑞雪兆丰年"，"雪姐久留住，明年好谷收"，"今年大雪飘，明年收成好"，"大雪半融加一冰，明年虫害一扫空"。

看到雪，想到"瑞雪兆丰年"，给人间以希望，有了希望，我们不该做些什么吗？

春夜喜雨

已是惊蛰时节，却不见小区里的桃花开放。冷冷的小北风刮了一天，傍晚突然转了一阵南风，晚上 7 点多便下起了霏霏细雨。

我住的是高层，站在窗前，透过街灯，只见雨滴在空中飞舞。薄薄的雾气将雨团团围住，雨到了哪儿雾气便也到了哪儿，雾将雨拥入怀中，用温柔将雨呵护……这些洋洋洒洒的细雨，像刁蛮任性的公主，在屋檐下、在树下、在马路上，肆无忌惮地留下自己的足迹。

夜幕里，马路边的梧桐树撑着巨大的伞篷，在雨雾里静默着。她不摇亦不摆，那么恬静安详，在雨雾里静听雨的絮语。虽然隔离已经解除数日，但昔日繁华的马路上，车辆和行人却寥寥无几，显得有些冷清，让这场春雨显得有些落寞。

这场雨充满了美感，无论在声韵上或是明暗上。它们不同于夏雨的急躁，没有"大珠小珠落玉盘"的嘈杂，有的只是淅淅沥沥的细语，像唐诗宋词里的小令，清新隽永。雨声仿佛一阵阵从琴弦上点点滴落的天籁之音，悄悄地渗入干涸的心田，让我的思绪宛如久旱逢甘霖的禾苗，一下子泛出几分绿意。

倾听着夜雨，沏一杯香茶慢慢品味。不知不觉间，我散漫的心思已经游离了躯体，在窗外那一片迷蒙的雨雾里自由自在地徜徉。我见过各式各样的雨，比如深深庭院中古典婉约的雨，悠悠小巷里诗意彷徨的雨，深潭秀水中细密温软的雨，密林深草间浓烈喧响的雨，都市广场上疏落单调的雨，荒原旷野中豪放大气的雨，但这些雨远远不及今夜的春雨，充满着勃勃的生命力。

今夜的春雨就像一位慈爱的母亲，在轻轻唤醒自己熟睡的孩子，用自己独特的方式唤醒大自然每一个沉睡的孩子。夜幕里每一滴小雨滴仿佛都带着化腐朽为神奇的魔力，它们点红了杏花，点绿了小草芽，点醒了土中的蚯蚓，点肥了河里的鱼虾，点掉了孩子们身上厚重的衣服，为我们点亮了一个绿遍天涯的明天！

"好雨知时节，当春乃发生，随风潜入夜，润物细无声。"我的思绪静默在这潇潇春雨里，又一次想起这首古诗，别有一番情趣在心头。都说"春雨贵如油"，这个比喻将春雨的宝贵刻画得入木三分。经过这场春雨的滋润，我知道草长莺飞、花红柳绿的日子马上就要开始。

更让我欣喜的是，一场更及时的春雨，也在滋润着我们的生活。从相关新闻中得知，我省多家银行通过强化线上服务、推广专属服务、赠送关爱保险等一系列政策保障措施，全力支持小微企业抵御疫情影响，顺利复工复产，为他们送上绵绵不断的金融"春雨"，助力越来越多的企业尽快干起来，尽快活起来。其实这只是各地开展复工复产以来一个微不足道的小动作。为了保民生促发展，在严控疫情的同时，国家目前已经出台了一系列惠民政策，推动全国的复工复产，这些措施如春雨般普降神州大地，滋润着各行各业……

伴着这场春雨入梦，许多人的心里正在悄悄播下理想的种子……

255

惊蛰，点燃希望的日子

在我的记忆中，春天不是从立春开始，而是从惊蛰开始。熟悉农谚的人都知道，大家耳熟能详的"九九歌"就是从冬至那天开始，到惊蛰和春分的过渡期结束。

从小父亲就告诉我，惊蛰，乃是上天叫醒大地万物的节令。从惊蛰开始，春雷始鸣，雨来了，小草醒了，穿上了鲜绿的新装；蛰伏的虫子醒了，开始在泥土里活动。

惊蛰大多在"九九"这个节气里，此时寒冷已失去了往日的肆虐，太阳跃出了地平线，风变得柔软起来，空气里透出几分清新，漾起几分暖意。麻雀站在枝头上，鸣叫着冲向天空。田间麦苗已开始返青，嫩绿的小脑袋在微风吹拂下轻轻摇曳，放眼望去犹如一片绿色的海洋，呈现出一片生机盎然的景象。一股青草夹带着泥土的芳香扑面而来，沁入你的肺腑，让人们如痴如醉。

村头路边的白杨树，仿佛一夜之间苏醒，一串串杨树花在春风吹拂下破茧而出，密密麻麻挂满枝头。在这依然寂寥单调的春光里，杨树花开得直接而奔放，那毛茸茸的花串迎风飘荡，宣示着杨树繁盛的花期。

此时，河边的柳条变得很柔软，风吹着枝条飘荡在水面上，仿佛一个个婀娜多姿的少女在梳理细长的辫子。枝条上不知什么时候，冒出了一个个米粒般大小的嫩绿的小芽，那些小芽犹如一个个刚出生的宝宝，睁开蒙眬的睡眼打量这个新奇的世界。

记得在童年，惊蛰之后我和小伙伴们常在岸边玩耍。我们会折下一段柳条来，很熟练地做一支柳笛，大家急不可待地把它放在唇间吹响，笛声在旷野中回荡，悠扬婉转的笛声被风儿捎向了远方。

惊蛰过后，那时正值壮年的父亲，就开始把犁铧和锄头倒腾到院子里，一遍又一遍将其擦拭得锃亮。母亲走进屋里，拿起簸箕，收拾种子和与春耕有关的一切农具和希望。晚饭后，父亲会带着我来到自家的田间地头，他的眼睛望着松软的土地，眸子里跳动着憧憬的光，我知道他是在盘算今年种什么庄稼，才能秋后丰收让全家人丰衣足食。

在中国二十四个节气里，我一直认为惊蛰非常了不起，它唤醒了春天的梦，带着我们走进桃红柳绿的季节，让大地呈现一派生机。我觉得惊蛰就是一粒火种，它为我们点燃了生活的希望。

今天是 3 月 5 日，惊蛰到来了，在这万物萌发的季节，我期盼着惊蛰之后的春风能尽快把疫情的阴霾吹散，期盼着日子一天比一天更好。

花开如潮醉清明

在我的家乡，清明前后，是一个花开如潮、各种花儿争奇斗艳的日子，也是人们出去踏青、欣赏大好春光的最佳时节。

清明总是伴随着一场如约而至的春雨。一场不大的雨过后，当你走在田野上会发现，天空如洗，风清气朗。土膏柔软，踩上去，如踏棉絮，悠悠半浮在草木气息漫溢的空气里，沁人肺腑。清明的雨，让大地朗润，绿草芳香，如毯似毡；树木返青，枝条吐芽，片片树叶青翠欲滴，碧碧的，嫩嫩的；中亭河边的杨柳，经过清明雨的滋润，在不经意间，满树新叶，没过几天就会遮天蔽日。

清明更是花的季节，果园里雪白的梨花、粉艳的桃花、娇俏的杏花争相绽放，更为喜人的是今年我们村南的千亩樱花也开花了，烂漫的樱花与果园里的各色花朵争奇斗艳，仿佛在极力地挽留着春天。"青梅如豆柳如眉，日长蝴蝶飞。"当你漫步田野，俯身去采撷一束不知名的野花之时，顿觉指间色彩晃动，暗香盈袖。

清明开得最盛的就是桃花，果园的桃花犹如一颗颗红色大宝石在空中闪烁，光彩夺目，分外妖娆。细一听，"沙沙沙"的声音传来，好像是正在欢迎游客的鼓掌声。等你弯腰捡起地上刚刚飘落的一朵桃花，捧在手里，花瓣嫩得如刚出生的婴儿。桃花散发出一阵阵清香，沁人心脾，冲进你的鼻里，闯进你的心扉。

有诗曰："桃花一簇开无主，可爱深红爱浅红。"桃花红艳如燃烧的烈火，犹如天边的骄阳。桃花粉嫩，犹如天空中那美丽的晚霞，犹如那美丽少女的可爱脸蛋儿。阳光明媚，蓝天白云下，桃花沿着纵横交错的枝条，朵朵盛开，团团怒放，如彩画，若云霞。人们喜欢把桃花比作姑娘们的笑脸。的确，一串串粉红的桃花，贴着那穿来插去的枝条，朝上的，像亭亭玉立的大家闺秀；向下的，又像顽皮可爱的小家碧玉。

清明前后，各种花儿争奇斗艳，那些红色的、粉色的、白色的、紫色的花儿，仿佛要把积了一冬的能量都释放出来，霎时间，家乡的大街小巷，村庄社区，处处姹紫嫣红，花香袭人。随处可见的桃花、杏花、樱花、玉兰花、柿子花，让家乡像一幅巨幅油画舒展在蓝天下。人们生活在画里，心儿都是热乎乎、暖洋洋的，就像这温暖的天气。

百花盛开的清明，聚积了太多芬芳和美丽，然后慢慢地将这些美丽，反馈给清明过后的每一天，使每一个生命都能享受到花开带来的快乐。

那些杏树、桃树、柿子树、樱花树，就像一群做事低调的人，虽然也有过花开的美丽，但它们从来不在乎掌声，做自己应该做的事，就很知足。这些朴实的树啊，就像一个个平凡的人，用自己的花开告诉大家，在人生路上多一份淡定从容，少一点孤傲彷徨。沿着心中的梦想，一步一个脚印地执着向前才是生命的真谛。

七夕的月光

在我的心中，最迷人的月光就是家乡七夕的月光。

去年七夕我回了趟老家岔河集，吃过晚饭后，沿着村东夹河岸边的小公路散步。公路的一边是田野，长着一尺多高的玉米，另一边是河水，岸边芦苇丛生，水面上荷叶簇拥着荷花，像恋人一般紧紧地挨在一起。风中送来荷花的清香，吸入肺腑，便不肯吐出。

当那弯新月爬上了树梢头的时候，它宛如一位害羞的少女，在枝条的摆动间若隐若现，给大地万物涂上了一层淡淡的脂粉，将夜色里的一切笼罩在了轻纱般的梦里。说实话，对于近年来人们把七夕当作"中国的情人节"，我并不太"感冒"，像我这样的年龄，中年夫妻间早已是相伴为生，亲情多于爱情。

不过对于牛郎织女的传说，从小我就知道。在无数个七夕之夜，我对着明月常常思忖，织女作为一个仙女，在天庭的生活是何等奢华，为何还要下凡与放牛郎相爱？在过了一段简朴的男耕女织的人间生活，回到天界后，为何还一如既往地眷恋着红尘？一条天河隔东西，为何不离又不弃？我想，还是缘于你情我愿心心相印吧。男耕女织，虽不奢华富足，却幸福满怀；一对儿女承欢于膝下，那是享不尽的天伦之乐。如此这般的日子，岂不比天堂的生活还幸福？

月悬中天，夜幕沉沉，疏星点点，银白的月光瀑布般从高处滑落，轻纱般柔和。夜色深沉，在这里，有城市里听不到的阵阵蛙鸣，有儿时记忆里各种各样虫子的浅吟低唱，它们像早已约好了似的，青蛙和虫子都憋足了劲儿尽情鸣叫，不甘示弱，蛙鸣和虫叫相互应和，此起彼伏，共同演绎一曲夜晚的大合唱。

走在这柔美的月光里，阵阵荷香袭来，月光的柔情，让我想起了宋朝词人秦观那首名垂千古的诗词："两情若是久长时，又岂在朝朝暮暮。"荷香袅袅，月色溶溶。此时的我真想为爱人轻轻弹唱一首《和你一起慢慢变老》。在以后的日子里，我们相依相偎看那细水长流，看那花开花谢，看那云卷云舒。

我感觉，乡村的七夕，清新而自然，静谧而温馨，远离了城市的喧嚣，有的只是大自然馈赠的天籁之音，没有任何矫揉造作的成分。徜徉在这夜景里，我才真正地体会到了大自然的宁静与美妙。我想爱情也应该像这如水的月光一样，看似波澜不惊，却处处藏满了爱。

月亮越升越高，柔和的月光里，又多了层金黄。夜风也有了些许的凉意，我沿着原路向村中的老屋走去，我知道老屋里一定亮着灯，爱人正在等着我回家。我拿出手机，给她发了一条微信："今晚，你就是我最美的月光。"

白露为霜

在诗词大会上，蒙曼老师说："二十四节气中，有两个最美的节气，一个是清明，一个是白露。"

今年一踏入白露的门槛，我居住的小城夜里就下起了细雨，一直到第二天还在继续。开车走在路上，随处可见雨的身影，路旁的梧桐树、地面上的花草以及路旁的建筑物，在雨水的冲刷下，给人一种焕然一新的感觉……

一场秋雨一场寒，小时候父亲常说"白露秋风夜，一夜凉一夜"，"过了白露，长衣长裤"……"白露为霜"日子的到来意味着天气转凉了。

白露季节，当鸟鸣唤醒黎明，走在田野上，每一处青草的叶尖和花瓣上，都缀着晶莹的露珠，太阳出来，露珠的身影就消失了，她们藏身于白云之上，用自己清澈的双眸，温柔的目光抚慰着硕果累累的田野。

此时，田野里葱绿的玉米一天天变了色彩，在阡陌间静静地站立成一道道迷人的风景，硕大的玉米棒子，像一排排等待检阅的士兵，威武霸气，昭示着它们"主粮"的地位。充满激情的鸟雀从它们头顶掠过，发出欢快的叫声。高粱同样高调，火红的穗子在风中高高轻摇，像一面面迎风招展的旗帜，唯有谷穗谦逊地低下头，倾听着秋风的歌唱。

挂在树上的苹果、梨无疑是果园的主角，红彤彤的苹果、黄澄澄的梨子，圆滚滚、香喷喷，掩映在泛黄、泛红、泛绿的叶片间，骄傲地在枝头招摇，催绽了主人的笑脸。

农家院墙上爬着的丝瓜花依然开得热烈，朵朵黄色的小花摇曳在风中，如一群群活泼可爱的孩子，在阳光里跳跃着、舞蹈着，显得是那么天真无邪，那么清爽干净。

黄昏时分，勤快的庄稼人从菜地里采摘了鲜嫩的小白菜、熟透的南瓜，满心欢喜，像是把整个秋天的丰收都装进了篮子一样。清风拂面而来，夜色慢慢拉下了帷幕，像柔美的轻纱笼罩了四野，让人沉醉。

"白露"里的夜色是静美的，天地、空气、草木会呈现出一片宁静与澄明。走在秋虫鸣唱的旷野，你浮躁的内心会渐渐沉静下来，让我们每个人开始学会思考人生。

"譬如朝露，去日苦多。"露珠纤尘不染，生动而又丰盈，闪烁着智慧的光芒。它一定是在提醒我们，人的生命虽然像露水一样短暂，也要学会珍惜，珍惜露珠一般短暂的人生……

最美不过中秋月

如果问一年之中什么时间段的月亮最迷人，我的回答一定是中秋的月亮，而且唯有故乡的中秋月，才是最浪漫和富有诗意的月亮。

城里的灯火太绚丽，让城里的月光缺少了田园气息的静美，只有故乡村庄上空的月亮，才是中秋月本该有的模样。所以每年的中秋，我一定要从城里回到乡下的老院子，与家人共度中秋，然后漫步在家乡的夜色里赏月，此时我的心是陶醉的。

每一次站在自己的农家小院里，凉风习习，虫鸣窃窃，当那轮圆润如玉盘的满月如期而至，举头望月，我的思绪随之升腾，脑海里的诗句"大珠小珠落玉盘"一样，瞬间从星空洒落下来："海上生明月，天涯共此时。""好时节，愿得年年，常见中秋月。""西北望乡何处是，东南见月几回圆。""嫦娥应悔偷灵药，碧海青天夜夜心。"

就是自己头顶的这一轮明月，让古今多少的文人墨客，用浓淡各异的水墨，将它点染得千姿百态，风情万种。

年年岁岁，时光流转，月是同一轮月，中秋也是同一个中秋，不同的是赏月的人，和赏月人眼里不一样的月亮。镶嵌在浩瀚夜空的中秋月如磁石一般，牵引古往今来众多赏月者的视线，令其对月沉思。

面对着同一轮明月，李白发出"今人不见古时月，今月曾经照古人"的感慨；苏轼有了"人有悲欢离合，月有阴晴圆缺，此事古难全"的人生体味；辛弃疾写下"问嫦娥，孤冷有愁无？"的灵魂拷问；赵鼎的"年年岁岁，月满高楼"和白朴的"年年赏月，愿人如月长久"，抒发了自己喜悦与烦恼交杂的矛盾心情；当代诗人余光中则用一首《乡愁》，将自己心中的月亮，化成邮票、船票……

感怀至此，人生至此，经过的风景无数，遇见的人和物也无数，他们以各种各样的姿态丰富了我的人生，各以美的本质存在于世间，而我始终以为岁月之美不过中秋月。

首先它给予了我从童年到如今的各种想象。中华民族几千年前就向往月宫，如嫦娥奔月，想象无穷，想象月宫中的美好和神奇。繁茂的桂花树，热情的吴刚捧来桂花酒，可爱的玉兔蹦蹦跳跳，安静又娴适，一定是了无纷争的世外桃源。远可望星辰，近可摘云朵。把云朵做成漂浮的小船，遨游太空。如今，可以飞天了，奔月已不再是梦想，而是实实在在的壮美，宏伟又浩大，不再遥远。

其次它给了人们最美的乡愁。从穿上军装的那一刻起，我就明白了乡愁在边关的明月里更为浓郁。多少军人在这一轮圆月下守望边关，多少人在圆月下幸福地团圆。那清香的糖火烧，是母亲牵挂儿女的丝丝香甜，那甜甜的笑声是一家人怀抱月亮的光华。月华如辉，尽是亲人团圆的祥和美。家在，乡愁在；月光在，乡愁美。中秋，是最美的乡愁，也是最美的月光。

中秋月之美，美在丰收。那一地地的丰裕，就是圆月的丰裕。季节也只有等到中秋才有最美的奉献：高粱红了，大豆饱满了，玉米黄了，棉花白了，稻谷飘香了，都在中秋盈月之际，展示出丰硕的魅力和诚实。那土地的金色赋予了勤劳人的金色，勤劳人的金色成为心中的金色，赋予了圆月的金色。多么美好的丰收图景啊！

最是多情中秋月，照得人间欢乐多。站在这丰收的院落里，看一家人的欢笑，感觉那月和我一样，心里美呢！

秋雨的清晨

早晨起来，习惯性地打开窗子，发现窗外下着小雨。细雨霏霏，淅淅沥沥地敲打着万物。一阵阵滴水的声音穿过玻璃窗传入耳中，隔着窗玻璃向外张望，阴暗的天空中，蒙蒙细雨连成一片，飘落在树叶、小草上，清洗着对面小区的楼群，清洗着空间，秋雨汇成晶莹透亮的小水滴落到水泥地上。

一阵阵清风袭来，令人感到伏天不再，酷暑逝去，初秋好舒爽！这是立秋时节的雨，送来阵阵透心的清凉。俗话说，一场秋雨一场凉。

秋雨，带来丰收的前兆，一如年轻母亲的哺育，给田野里日渐成熟的庄稼进行着又一次水分的给养，使辛勤了一年的农民获得更大可能的丰收。

秋雨给小区里早起的孩子们带来快乐。他们在秋雨中嬉戏，即使是雨水把他们的头发、衣服打湿了也不觉得冷。这些顽皮的孩童竟在这秋雨中寻觅到天真无邪的乐趣！

当然，在我看来，秋雨给人们带来的不都是快乐，也有悲伤。也许你会问，秋天，这个丰收的季节，怎么会变得悲伤呢？这是因为秋天有中秋节，如果这雨赶在中秋节去下，这个团圆的节日，不就给那些漂泊在外的游子带来了悲伤吗？他们想到不能和家人团圆，不能一块儿赏月吃月饼，心中有多么难受，多么失望！到了晚秋时节，夜间那些雨水从树上落下，早晨又被冷风一吹，树上的叶子因不再胶着树枝而变得脆弱，只需那风轻轻地一吹便使其与树分离，那时，满树的叶子便被这风裹挟而走。

到了晚秋，天空中飘荡的秋雨，可以让树叶瑟瑟发抖，那曾经让我们纳凉或给我们带来收获的树木，在风雨的摧残下，只留下孤独的树枝。如果是在山间，雨中的颜色则是黄的，那样的黄，抑或黄中还透着红，那是因为在许多株树木的遮掩下，秋雨居然忘了那以红色叶子而著名的枫树！在那里，秋雨会在飘落中安静地看着那别具一格的红色，这红色，游子们看到的是生活的希望，游子们把对家乡、故人的思念都寄托在了这鲜红如血的枫叶上，希望家人能够知道他们那思念的心，不要挂念他们。当然，我们也很想你们！

秋雨是秋天辛勤的使者。秋雨给秋天带来了丰收，给城市带来了生机，给山间带来了清新。

一丝丝凉意侵袭而来，好似有意在提醒人们已到了添衣的时刻。

天色早已大亮，室外雨声也渐渐大了起来。上班路上，人们都不约而同地添加了外衣，不同颜色的伞像秋天的花朵，在绿树成荫的道路上绽放着奔来飘去，给小城的清晨增添了一道迷人的风景。漫步秋雨中，听着雨水落在伞上的滴答声、人们的耳语声、汽车驶过的发动机声、小孩子偶尔从身旁溜过的嬉戏声……内心涌动的不是那种秋思的哀愁，而是对秋的感叹和眷恋……

在这秋雨绵绵的清晨，在这撑伞而行的途中，出于一种医生的本能，我忽然想到，这雨看来没有停意，是否有病患行进在路上？如有，你们可带了雨具？如果重症患者此时还在家里，你们立即拨打医院的电话或我的手机，我立即安排救护车前去接应！

时间之下

过了寒露，家乡的气温明显降低。

早晨起床推窗，风带着它无孔不入的本性，挤进屋中。院子里的白杨树，叶子开始纷纷辞别枝头，落在地上。

此时，地里的庄稼已陆续收割干净，人们正忙碌着给冬小麦浇水。地里的田鼠也在为过冬做着准备，大雁也开始跋涉千里万里向南飞行，它们之所以没有迷途，是因为心怀方位，这些坐标代代相传。

寒露是二十四节气中最早出现"寒"字的节气，如果说白露是由炎热向凉爽的转折，那么寒露则是由凉爽向寒冷的过渡。

寒露到来，我们身上的短袖、凉鞋就再也穿不住了，晚上睡觉薄被也必须换成比较厚的被子。

寒露时节除了一天比一天冷，还与"萧"字有着不解之缘。大街上，各种树木的树叶开始纷纷飘落，颇似诗人笔下"无边落木萧萧下，不尽长江滚滚来"的画面。清晨与黄昏，骑车从街边经过，车篮、车头以及骑车人的身上，总能看到几处落叶的印记。

寒露最美的景致就是菊花，菊花因其君子品性备受古人推崇，不独采菊东篱下的陶渊明喜欢，帝王将相和庶民百姓无一不爱。唐末农民起义领袖黄巢在落第后写过一首诗，吟咏的便是菊花："待到秋来九月八，我花开后百花杀。冲天香阵透长安，满城尽带黄金甲。"菊花盛开的时候，秋风飒飒，其他的花开得不多了，对比之下，更显其隐逸之风。我始终认为，与季节走得最近的应该是那些小草，唐诗里的"一岁一枯荣"就是最好的证明。春来了，小草怯怯地眺望着时间的方向，渐渐地浩荡起来，走向暮春。在夏季里调皮，把乡村描绘得诗情画意，这是季节赋予它们的天性。到了寒露，小草们开始衰败，一天天走向枯萎。

有人说，草是卑微的，我不这么想。草是伟大的，它的伟大在于它的生命力，即使斩草除根，它都不会服输，只要有土壤的地方，它都会有生长的机会，它在时间的方位看清了这个世界，它要把自己的虔诚还给清波暖流的岁月，与农人为伍。

小时候父亲说过，农村是最能看清时间方位的地方。"春雨惊春清谷天，夏满芒夏暑相连，秋处露秋寒霜降，冬雪雪冬小大寒。"这些时间的坐标，铭刻在农人心里，永远抹不掉啊！他们年年耕种庄稼，低头锄禾，抬头望天，什么时候种什么作物，什么时候收割，一切了然于心。没错，这就他们心里的时间坐标，一天都没有偏离过，所以大地之上的丰衣足食才不是传说。

时间之上还是时间，时间之下是勤劳的农人。在我童年的记忆里，父辈们面朝黄土背朝天，收获着五谷杂粮，在岁月的河床里，用一粒粒饱满的粮食，滋养着每一个饥饿的胃，他们所期盼的不是锦衣玉食的生活，而是儿女辈辈把勤劳和善良的品德传承下去啊！

诗意重阳

我觉得，在传统节日里，最具有诗意的就是重阳节。在中国所有与节日有关的诗词中，以重阳为主题的非常多。

在这个菊花盛开的日子里，假如你手捧一杯香茗，于诗词中寻找重阳的文化内涵，绝对会给你带来一份浪漫的情怀。

重阳，在古人眼里是个思亲的日子。"独在异乡为异客，每逢佳节倍思亲。"唐代诗人王维在这首《九月九日忆山东兄弟》中，用一个"独"和两个"异"字，写出了对亲人的思念和自己身处异乡时的寂寥心情。这首千古绝唱，无疑成为思亲最好的诠释。

北宋词人晏几道在《阮郎归》中写道："天边金掌露成霜。云随雁字长。绿杯红袖趁重阳。人情似故乡。"此时已是深秋，天气已逐渐寒冷。在重阳节畅饮之时，思念故乡的情感伴随着浓浓酒香，在诗人心中散发开来。这份思乡的情怀，一定会传染给每一位身在他乡的游子。

对于宋代词人李清照来说，重阳节则充满了凄婉伤感。在这一天，夫君赵明诚出行在外，独守空房的她不禁发出了这样的感慨："薄雾浓云愁永昼，瑞脑消金兽。佳节又重阳，玉枕纱橱，半夜凉初透。东篱把酒黄昏后，有暗香盈袖。莫道不消魂，帘卷西风，人比黄花瘦。"一首《醉花阴》，写尽了对丈夫的相思之苦。

重阳与菊花是一对孪生兄弟，它们的相遇定会碰出火花与诗意。秋高气爽，菊花盛开，窗前篱下，片片金黄，时逢佳节，共赏菊花，绝对是一件愉悦心灵的雅事。

孟浩然的《过故人庄》："故人具鸡黍，邀我至田家。绿树村边合，青山

270

郭外斜。开轩面场圃,把酒话桑麻。待到重阳日,还来就菊花。"全诗仿佛一幅图画,写出了田园生活的美。

唐朝诗人杜荀鹤的《重阳日有作》:"一为重阳上古台,乱时谁见菊花开。偷持白发真堪笑,牢锁黄金实可哀。是个少年皆老去,争知荒冢不荣来。大家拍手高声唱,日未沈山且莫回。"诗句写出了与朋友在重阳节的高台赏菊,欢聚高歌忘记回家的快乐心情。

重阳,更是个表达政治情怀的日子。唐末农民起义领袖,黄巢借《不第后赋菊》抒发了自己壮志凌云的博大胸怀:"待到秋来九月八,我花开后百花杀。冲天香阵透长安,满城尽带黄金甲。"

宋代爱国诗人郑思肖的《寒菊》,更是表达了自己忧国忧民、不屈不挠的高尚情怀:"花开不并百花丛,独立疏篱趣未穷。宁可枝头抱香死,何曾吹落北风中。"

大诗人陶渊明被称为"菊花神",他的《和郭主簿·其二》写道:"芳菊开林耀,青松冠岩列。怀此贞秀姿,卓为霜下杰。"菊花成了坚贞不屈、高风亮节的代名词,被人们一代代吟唱。

眼睛与古人的诗词对视,我忘记了今夕何年,只明白,重阳又来,菊花正开。内心之中,有菊花的香气弥漫开来……

小雪的声音

小雪的前一天下午，冀中平原刮起了入冬以来最冷的风。

风，吹着尖厉的口哨，在市区街巷、城镇乡村、原野阡陌之间到处乱窜，就像脱缰的驴子撒着欢儿地奔跑着，风中传来那些叶落萧条的树所发出的一声声叹息。

最先落叶的是在乡下不多见的槐树。槐树在北方农村是一个古老的树种，自古就有"千年松，万年柏，赶不上槐树一赖歹（萎靡）"之说。由此可见，槐树的寿命比松树柏树都久。每逢秋末冬初时节，最先落光叶子的就是槐树。此时伫立在寒风中的它们，没有任何的抱怨和悲苦，自觉酣畅地冬眠，静待来年五月槐树香的绽放时节。

柳树倒也安然，或固守在村边、沟壑，或摇曳在河畔塘边，它也落光了叶子，为自己的风光不再而懊悔，因为这个时节，不会有人过来欣赏它，或折枝作笛吹奏春曲，总觉得自己还没有在春、夏和整个秋季的风光里将长发舞够。它心里唯一感谢的就是唐代诗人贺知章，因为正是贺知章的《咏柳》，才让人们世世代代记住了它。此刻，尽管寒风凛冽，它似乎仍在吟诵着诗人的名句："碧玉妆成一树高，万条垂下绿丝绦……"

唯一披着一树枯叶的是杨树，尽管它也在寒风中摇曳婆娑，抑或瑟瑟抖动，但它依旧昂首挺立，不畏严冬，我的耳畔响起雪莱的诗句："冬天来了，春天还会远吗？"这仿佛是对它的安慰，怪不得著名作家茅盾在 20 世纪 40 年代就写下《白杨礼赞》的经典之作，对其性格给予了由衷的称赞。

在小雪节气的寒风里，每一种树木都是奇迹，有着超乎寻常的生命本能和昂扬向上的精神，带给我们的永远是希望和力量。

在寒风里，各种树木发出的声音都是铿锵有力的，就像家乡人永不停歇的脚步声。

大雪之美

现在已经进入大雪节气，在中国二十四节气里，大雪是相对于小雪而言的，意味着降雪的可能性比较大，但实践证明，比起小雪节气来，大雪节气不一定就下大雪，只不过是"只要下雪，就往往下得大、范围也广"这种概率更大一些罢了。

对于我们北方人来说，"大雪"节气的到来，才意味着冬天的开始。"小雪封山，大雪封河"，到了大雪节气，村外的河流、沟渠就开始结冰了。在我的潜意识里，有雪，冬天才有味道，并且最好是一场纷纷扬扬的大雪。那种千里冰封万里雪飘的气势，才是我们北方冬天应该有的样子。

记得小时候，大雪节气来临之后，经常会有雪花飞舞，纷纷扬扬的雪花如鹅毛一般，煞是好看。感觉那时候的雪花就是一个"大"。后来读到李白的"燕山雪花大如席"，感觉这首诗就是为家乡的雪量身定做的。

大雪飘落的日子，庄稼人的脸上一定是喜气洋洋的，因为雪越大，往往预示着来年麦子一定有个好收成。村里人农闲了喜欢串门，由于心情好，在下雪的天气里，男人们会聚在一起玩扑克，"打百分"呀，"争上游"啊，这些在当年是非常流行的娱乐方式。女人们会抱进柴火，炒上一锅瓜子，然后倒在炕上，让大家嗑。更讲究的人家，会沏上一壶花茶，炕上放几个大海碗，让人们喝。外间屋灶膛里的干树叶总是燃烧着，那红彤彤的火苗，就像庄稼人延绵不断的好日子，将寒冷阻挡在房门之外。如果晚上再包一顿白菜馅饺子，一家人坐在暖暖的炕头上美美地吃，那一家人脸上绝对会笑逐颜开！

窗外雪舞苍穹，铺天盖地落下来，瘦骨嶙峋的大地和简陋的村庄，一下子变得丰腴起来，沟沟壑壑都被填得满满当当，万物都悄无声息地遁去了原形，成了白茫茫的一片，仿佛进入了一个童话的世界。此时，土坯房成了童话里的宫殿，柴火垛、鸡窝和土坯墙头等，这些平日里不起眼的设施，在皑皑白雪的包裹下，一下子就变得生动起来，为身边的土坯屋添上了灵动的一笔。最令人赏心悦目的，当然是院子里或者村边、路口的各种树木，无论是高大的白杨还是粗壮的柳树、遒劲扭曲的枣树、挺拔的梧桐等树木，枝头都挂满积雪，给人一种"千树万树梨花开"的感觉。当你站在雪地上放眼四望，感觉这个银白的世界，有声有色充满活力。

在雪花纷飞的日子里，我会跟小伙伴们一起，站在村庄的某间屋子背后，解开布条做的腰带，对着墙角比赛谁尿得时间长，谁尿得比较远。一阵笑闹后顶着漫天飞雪，排成一行，向田野里跑去。对我们这些孩子们而言，有雪的冬天才有趣，有雪的冬天才属于孩子们。那时，期盼下雪，就是为了好玩儿，至于小麦能否丰收，那是大人们考虑的事，我们是不会考虑那么长远的。打雪仗、堆雪人、雪地里捉麻雀，或者带着自家的土狗去雪地追野兔子，这才是我们的最爱。

在我的潜意识里，雪是冰的同伴，冷的象征。小时候雪后天气冷，曾被冻过手脚，心里对雪难免有些怨恨。喜欢雪的缘故，是因为它的洁白、它的湿润。所以雪在我的心里，始终有个可怕与可爱并存的结。可是随着年龄的增长，经历了生活的洗礼，现在我越来越喜欢素静的日子。每到冬天，我都渴望一场大雪的来临，期盼着满天的雪花能覆盖人世间所有的灰尘，让人们被欲望蒙蔽的心，变得善良而温暖。我更渴望在灵魂深处，用雪花垒起一座冰清玉洁的城池，让每一个路过的人，都能看到它的真诚，都能回归曾经的纯洁！

期待一场雪的到来

不知不觉间，季节就到了冬天。枯黄的树叶纷纷飘落，光秃秃的树枝在寒风里挺立着，天空中的鸟儿也少了很多，偶尔有几只麻雀，在高处的电线上蹦跳。远处的田野上也少了秋天的喧闹，变得寂静起来，只有枯黄的小草在冷风中摇摆。

此刻，站在家乡的野外，我默默地仰望天空。天空有些阴暗，据天气预报说，今天会迎来入冬以来的第一场雪。其实，每年只要到了冬天，我内心深处就会期盼着雪花能早日到来。我总觉得，冬天如果不下雪，就好比盛大的宴席上缺少了美酒，春节晚会的舞台上缺少了灯光，中秋之夜没有月亮，元宵灯会上看不到花灯……

我从小就喜欢雪，现在虽然年过60，依然是初衷不改。我觉得雪花和童心是一对孪生兄弟，雪花飘舞的时候，我就会感觉回到了童年，那一颗曾经朝气蓬勃的童心，就会在银装素裹的天地间又一次无忧无虑地绽放。所以只要到了冬天，我就盼望着早一点下雪，哪怕是很小很小的一场雪，也会满足我心里的期待。

小时候，冬天最快乐的日子就是下雪。那时候雪花总是在夜里飘下来。早晨躺在被窝里的我，只要听见早起的父母说外面下雪了，我就赶紧穿上衣服，不顾爸妈的一再制止，快步跑到院子里，跑到大门外。啊！一个银装素裹的世界就呈现在我的面前了，院子里全白了，屋顶全白了，村路全白了，杨树、泡桐、槐树，一棵棵都被雪打扮得雍容华贵。

站在这冰雪的世界里，洁白的雪花在天地间勾勒出一幅洁白的画，让我心旷神怡。在我的眼里，纷纷扬扬落下来的雪花是那么纯洁通透，轻盈自然。

雪花不浮不躁，落也无声无息，让世界改变模样，给人以意外的惊喜。

雪停了，让我们这些孩子最得意的，就是打雪仗，堆雪人。其实，我们这群刚上学的孩子哪里会堆雪人，忙碌了半天也不过堆出一个雪堆而已。我姐姐那时候已经上初中了，臃肿丑陋的雪堆，经她一番修改后，一个活灵活现的雪人就在我们面前诞生了。只见那雪人洁白微胖的上半身俨然一副石膏雕像，两只用煤球做的眼睛，黑宝石般扑闪着灵光，鲜嫩粉红的辣椒鼻子，让人感受到丝丝暖意。

长大后，每一次面对雪花，我就会想起童年，唤起童心。我觉得雪花是纯洁的，而童心就像雪花一尘不染。一个人只要童心未泯，心态年轻，即使年龄再大，也不算真正的衰老，因为只要永远保持一颗童心，谁就永远不会老。

我觉得人生的风景，其实是内心的风景，到最后都会回归简单，于简单处看人间冷暖。只有保持童心的人，才能在名利面前淡然处之。作为一名救死扶伤的医生，经过 40 多年的风风雨雨，荡涤了生活中一切污泥浊水，我依然初心不改，始终把"救死扶伤"牢记心间。有这种理念作动力，我发觉自己越来越纯洁，越来越天真无邪，心态也越来越年轻，越来越乐观。

冷风里，我望向天空的眼神是充满期待的，这期待的眼神就像一位慈祥的母亲在倚门而望，期待远方游子的归来一样殷切。在这个冬日里，让我们期盼一场雪的来临，在纷纷扬扬的雪花里，找回金子一般宝贵的童心。